娘子押對寶

上

文創風 491

新綠 著

目錄

序文

新綠

老家有一個堂姊再婚，伯伯通知我們去參加婚宴，末了竟不忘叮囑一句。「不要和別人說！」

老人家尷尬的笑容像是做了什麼見不得人的事。我驚訝萬分，結婚應該是高興的事，新娘還是飽受家暴而離婚的堂姊，這時候不是應該覺得終於揚眉吐氣了嗎？

因為這件事，我憑著一股氣寫了前面三章，沒想到竟受到許多讀者喜歡，便繼續順著寫下去了。斷斷續續寫了三個月，一直不忍完結，就像作了一場美夢而不願意清醒的人。

都說小說源自於生活，其實生活比小說更荒誕，也更曲折離奇。有時我會想，也許我筆下的這些故事在我一個字、一個字敲下去的同時，也正發生在某個地方的某個女孩身上，或者是在她們的夢境裡。

這本小說於我的意義，並不僅僅是完成了一個故事，它也開啟了我的寫作之路。自幼熱愛文學，但是對於靈感這種東西，我一直缺乏自信，因為我認為它像鬼火一樣飄搖不定，由此可知，怯懦與猶疑會遮蔽我們的雙眼。

所以，親愛的姑娘們，在未來的路上千萬不要委屈自己，閒言碎語都是別人說的，可日子是我們自己過的，人生如此短暫，一定要明白自己到底想要什麼，那才是我們最終值得期待的歸宿。

第一章

張慕走出公司的時候，外面已經天黑了，晚風拂拂，讓人直想好好睡一覺。但她倏地一驚，抬起手錶一看。「不好！都快八點了！」

她脫下高跟鞋，慌慌忙忙地跑去攔車。

其實今天是她的第九十八次相親。

先前在她已經相親到麻木的時候，閨蜜薇薇拿了一個男孩子的一系列照片到她家，有鋪床的照片、做飯的照片、洗衣服的照片等等，從照片的角度來看，應該都是偷拍的，幾張正面照有點模糊，只能看出大概的輪廓。

張慕不想搭理薇薇，趴在桌上懶得動彈，薇薇猛地吼道：「難不成妳還能一輩子不嫁？」

張慕揉了揉又一次飽受殘害的耳朵，薇薇就是有吼到讓人心底發虛的氣勢。

其實看過照片之後，她對這個男孩子是頗滿意的，身形是排骨型，並且勤快會做飯，很符合她的擇偶條件。

可她真的不想再像商品一樣去給人家看了。每次去都好像菜市場裡的菜一樣給人挑挑揀揀，真的很傷自尊。

「我真想不通，妳說妳就這兩個標準，可為什麼都奔四了還單身呢？」薇薇見張慕耷拉著腦袋裝縮頭烏龜，將手上的照片往她懷裡一塞，毫不留情地道。

張慕猶疑地舉起右手。「我糾正一下，我虛歲三十，實歲才二十九，離奔四還有好幾年……」

薇薇眼睛微瞇，冷冷地看著她，一手伸過來往她頭上摸，嘲諷地說：「大嬸，給我一個妳像二十歲小姑娘的理由。」嘆了口氣又道：「就妳這比黃臉婆也好不到哪的皮膚，就妳這亂糟糟的頭髮。」

張慕忙從薇薇手裡把頭髮搶回來，弱弱地道：「我每天忙到連吃飯都得用趕的，哪有時間敷面膜、做頭髮啊……」

「那妳只能讓公司養妳一輩子了，妳就抱著妳家的美人取暖吧！」薇薇洩氣地往床上一躺。

「喵喵！」貓咪美人體貼地拱了拱張慕的腳。愚蠢的人類，我家主人會嫁出去的！

張慕抱起美人，看了看攤在桌上的照片，手指劃過那一張站在廚房裡做飯的男人身影，終於下定決心，輕聲道：「還是去看一看吧！」

她原本下定了決心去相親，沒想到一加班又忘記了，跟人家約好七點半，現在卻已經遲到了。

突然，她看到有輛車從轉角駛來，立刻一邊招手一邊跑過去。

張慕躺在床上，心如死灰。

她依稀記得自己在去相親的路上被車撞了，結果她的第九十八次相親最後還是沒去成。

唉，沒想到自己到死都沒嫁出去，反而還穿越到古代。

她在這裡醒來已經有半個月了，原主是個出嫁的婦人，可待她接手這身體的時候，竟然已經和離了。巧的是，兩人的名字發音一樣，只是原主的字是樹木的木，所以她現在的名字是張木，一個二十歲的婦人，和離後借住在娘家。

張木兩眼放空，直盯著上頭的屋樑發呆。以前她總想，古代講究父母之命、媒妁之言，自己若是生在古代，肯定不愁嫁不出去；可是從將近三十歲的輕熟齡剩女到二十歲的和離小婦人，她始終沒有擺脫這嫁不出去的命運。

不如再死一回算了！

想是這樣想，一見到窗戶透進來的陽光，她又極不爭氣地起來過日子了。

她剛穿過來的時候，張家人日日小心翼翼地給她端飯、端水，動作輕緩，生怕刺激到她。見著張老娘斑白頭髮下一張與年齡不符的蒼老臉龐，張木就不由得想起了自己的奶奶，那個一輩子要強的老人，她知道無論什麼時候，奶奶都希望她開開心心地好好過生活。

無論在哪個地方，父母愛子女的心都是一樣的吧！張木不禁為一臉疲累的張老娘感到心疼。

於是那時她就想，既然都穿過來了，那自己便代替原主好好地活下去吧！

可她雖然也是出自農村的孩子，從小卻只顧著讀書，除了洗洗碗、掃掃地，什麼活都沒幹過，連做飯都不會，現在生活水準一下子退化了幾個世紀，她要怎麼在這裡生活下去？

她只能在張家當廢人，一點都不敢動，因為她連怎麼生火都不會，只好裝悲傷、裝憂鬱。

在暗暗觀察了半個月後，她發現張家應該算是有些家底的農戶，還能以十畝稻田維持生計。住的地方是用黃泥磚砌成的一個院子，坐北朝南，院門附近有一間廚房，院子正中是四間正房，正房的西側是茅房和堆放雜物的小屋子，東邊是養牲畜的棚子，裡面關著雞、鴨，還有兩頭小羊。院裡有一口水井，旁邊放著提水的木桶和洗刷的木盆。

當張木洗漱完來到廚房的時候，原主的大嫂桃子已經將饃饃蒸好了。

桃子是個體型微微豐滿的婦人，頭髮綰成一個簡單的髮髻，一身翠綠色的襦裙雖有幾處補丁，卻洗得非常乾淨。

見自家小姑子過來，桃子臉上露出笑容，忙上前說道：「阿木，我已經蒸好饃饃了，我去喊一下阿爹和阿娘就可以吃飯了，妳等一下啊！」

現下正是春耕時節，張老爹和張老娘他們一早就去田裡翻地了。

除了灶臺，廚房只有一張有些搖搖晃晃的舊木桌，張木看著，再度感到絕望襲來，她趕緊壓下這不合時宜的感覺，把大鍋掀開，待氤氳的熱氣散去後，鍋裡的米粥竟可見底。

她不禁鼻頭一酸，盛好五大碗稀稀的米粥後，再拿起一個小木碗給小姪子盛了一碗較稠的。

這半個月以來，她每日的粥都是稠的，從來沒想過那一碗稠的是因為盛走這鍋裡大半的米粒。

自己在家什麼都不做，也不怎麼覺得餓，倒是小姪子張小水今年才五歲，正是長身體的時候，必須多吃一點。

等張木盛好米粥，小水已經起來了，正在院子裡的水井旁洗臉，他仰著脖子咕嚕咕嚕地漱口，小小的腮幫子鼓鼓的。

看到姑姑正看著他，小水的眼睛頓時亮了起來，很快吐掉嘴裡的水大喊。「姑姑，我來幫妳端碗！」

這時桃子和張老爹他們剛好回來，看到桌上已經盛好的小米粥，臉上都微微露出安心的表情。

吃完早飯，桃子收拾起碗筷，張木也趕緊站起來，一旁的張大哥卻把她拉住。「阿木，就讓妳大嫂收拾吧！」

張木看著張大哥有話要說的模樣，垂著眼又坐了下來，畢竟她還不了解原主是如何與家人相處的，還是少開口為妙。

張大哥見自家妹子雖然開始主動幹活，但依舊鬱鬱寡歡，輕輕嘆了口氣道：「阿木，既然妳已經和趙問和離，以前的事就不要多想了，現在和離的人也不是沒有，日子還是可以好好過的。妳先安心在家裡住著，以後若是有看上眼的，也可以再嫁人，如果沒有合適的，哥哥願意養妳一輩子。」

張木看著眼眶有些發紅的張大哥，也紅了眼眶，雖然她莫名其妙來到這裡，可是還好上天送給她的家人都是真心待她的。

「爹、娘、哥哥、嫂嫂，你們都放心吧。我已經想清楚了，以後會好好過日子的，你們不用擔心。」

聽張木這樣說，張老爹和張老娘相視一眼，露出如釋重負的笑容，很開心閨女終於想通了。

張老娘開口道：「阿木，妳當初帶去趙家的嫁妝我都給妳收拾到我房裡了，之前怕妳看到會覺得不痛快，現在妳想開了，一會兒我就讓妳嫂子搬到妳屋裡。」

之前張木見自己屋裡就只有一套換洗衣物，還以為原主就這一點私有財產，沒想到還有嫁妝，當下便點頭道：「那一會兒就麻煩大嫂了。」

只不過當她看到原主的嫁妝後，著實有些意外，她以為最多就幾個箱子和幾件衣服，沒想到還有一箱書、硯臺和毛筆之類的東西。

她不禁看向大嫂，後者一邊收拾東西一邊道：「阿木，沒想到妳這幾年幫他們買了這麼多筆墨紙硯，這得做多少個荷包啊？還好最後都要回來了，不然真便宜了他們趙家！」

說到這裡，桃子語氣微微上揚。「他們那一家都太上不得檯面了，就欺妳心軟，這次還慫恿趙問跟妳和離，去娶李秀才家的女兒；趙問也不是好的，妳在他家任勞任怨了五年，他最後竟真的為了攀上李秀才家而跟妳和離。不過我說啊，這樣的人早離開早好，省得耽誤了一生。」

張木看著桃子一臉憤憤不平的樣子，心裡暖暖的。「嫂子說得對，我以後會重新好好過日子的。」

桃子看著小姑平靜的臉，忍不住微微嘆氣。「阿木，妳以前就是脾氣太好、性格太軟，誰欺負一下都不吱聲，以後得狠一點才行。」

張木微微一笑。「嫂子，以後還得請妳多多指點我。」

桃子連忙點頭。「那當然，妳哥就妳一個妹子，我能不幫妳嗎？」

桃子走後，張木翻了翻那一箱子的書，都是四書五經之類的，翻到箱底，找到一本本縣的《地方誌》和一本《前朝遺事》，她仔細翻閱，雖然是繁體豎寫，但是身為中文相關科系出身的，大致還是能看懂。

原來自己現下住的地方是通台縣的水陽村，通台縣隸屬於順泰府，此時所處的朝代是蕪朝。本朝的太祖皇帝原是前朝沐朝的鎮國將軍，沐朝最後一位皇帝整日不問政事，只知尋仙覓藥，最後被還是鎮國將軍的太祖皇帝取而代之，更國號為「蕪」。

太祖皇帝繼位後廢除了許多陋規，其中就有休妻一條，言明夫妻雙方若想結束婚姻只能和離。和離夫妻雙方需根據婚前財產和婚內財務狀況進行合理分配，一般是婚前財產歸自己所有，婚內財產參照夫妻雙方對家庭的貢獻再進行一定比例的分配。

由於張木婚後勤儉持家、孝敬婆婆、善待小姑，所以相對於背棄家庭的男方，張木不僅可以在和離後拿回自己的嫁妝，還可以帶回自己出資為前夫購買的書，另外還有十五兩銀子和二十串銅錢。

自太祖皇帝後歷經了三代帝王，這其間已有許多和離後的婦人再嫁的先例，張木看到這裡不由得動了心思。

因為現在自己剛和離，家人以為她心情抑鬱，所以能夠理解她的不正常舉動，可若是待久了，必定會穿幫，到時自己面臨的不知道會是怎樣的處境，因此現下最好的辦法是自己另謀出路或趕緊嫁出去。

她對婚姻的態度一直十分慎重，並不想隨便嫁一個人，而且她還不知道會在古代待多長的時間，要是一輩子都在這兒，可得找一個順心的人好好過日子。

所以眼下還是先找一條自力更生的法子更妥當，不然在這個吃飯要靠體力的地方，自己真的會餓死。

於是在接下來幾日，張木一邊打著幫忙的名義跟大嫂學做飯，一邊苦思掙錢的法子。她想過要刺繡，看過穿越小說裡的女主角靠刺繡繡出錦繡人生；也想過要賣特色小吃，什麼鹹鴨蛋、臭豆腐、酸白菜之類的，可是她連油鹽調味都不會拿捏，只是個吃貨而已，要動手乾脆歇火吧！

而以她的性子，也不可能去當丫鬟，自己這直來直往的個性說不定會被活活打死。

張木覺得自己一個人在家想可能想到明年也想不出來，不如先去鎮上看看情勢。

打定主意後，她挑了晚上大家一起圍著桌子吃飯的時候，提出明天要去鎮上看看的想法。張老爹和張老娘都不放心，畢竟女兒才剛和離，去鎮上難免會遇到不長眼的人，要是說幾句不中聽的，自家閨女心裡肯定不痛快，可見女兒一臉期待的樣子，老夫妻倆也不好一口回絕。

桃子見公爹、婆婆一臉為難，也知道他們在擔心什麼，便提議道：「不如小姑把小水也帶去吧，他一直很想去鎮上看看呢！」

桃子認為自家兒子跟著，至少也能當個眼線，要是小姑受了什麼委屈，他們好歹能夠知道，不像在趙家，生生地悶了五年。

老夫妻倆被兒媳婦這麼一提醒，才想起來他們這個寶貝孫子，臉上表情也放鬆了一點。「小水，你現在也是個小男子漢了，明天要看好你姑姑啊！」

「爺爺、奶奶，我會跟好姑姑的。」小水乖巧地應道，卻私下對娘親眨了眨眼。

第二天一早，天還沒亮，小水就過來敲張木的門。張木麻溜地爬起來，洗漱好後，牽著小水的手走去村口。

張木不禁鬆了口氣，要是小水不跟她一起去，她都不知道村口在哪。

一路上，她從小水嘴裡套出：如果要去鎮上買東西，一早就要在村口集合坐牛車，村裡有幾戶人家每天都會拉著牛車去鎮上幫人家運貨，也會順便帶村民去鎮上，一人只要兩枚銅板就行，小孩需要一枚。她還不是很清楚這個朝代的貨幣怎麼換算，心想待會兒一定要偷偷留意一下。

待張木到村口的時候，其中一輛牛車上已經坐滿了人，正準備出發，另一輛牛車上只有一個年輕的婦人，大概二十七、八歲的年紀，見張木來了，忙招呼道：「大妹子，妳今天也去鎮上啊？剛好我們一起結個伴呢！」

張木愣了一下，不知道這位大姊怎麼稱呼，只好露出傻笑，低頭小聲地問小水。「小水，我這眼睛被迷住了，前面那位是……」

「是王嬸。」小水回頭看了一下。「王嬸，石頭沒和妳一起來嗎？」他想確認小夥伴是不是真的沒來。

王嬸一把拉住小水。「假如知道你今天也會去，我就把他帶著了。」說完又轉過來問張木。「大妹子，今天要去鎮上買啥啊？」

「哦，大嫂子，我就去看看，否則在家裡悶得慌。」張木見對方態度親切，也不自覺稍微放開了一些。「我好久都沒去鎮上看看了，一會兒還得靠大嫂子幫忙帶個路呢，現在市場上的價格我都不清楚。」

「哎喲，大妹子，妳這就客氣了，我和妳嫂子關係一向好得很，一會兒妳只管跟著我就好了。說起來妳不要多心，我是真心覺得妳和離好，妳還年輕，人又勤快，還能再找一個好的。」

張木早知道自己和離這事大家肯定都聽說了，但還是覺得有些尷尬，內心已經有個小人在絮叨：其實和離跟我沒關係，大嫂子我知道妳就是嘴碎忍不住嘮叨兩句而已啦！

這時候有三個婦人也朝這邊走，車伕見人滿了，便駕車離開。路上坑坑窪窪的，張木被顛得身體疼得慌，但見大家都沒吭聲，她也不好意思開口。

後來的三個婦人上車後，王大嫂就一直沒開腔了，張木也不認識她們，只好低著頭裝作在想事情，就連小水都規規矩矩地坐著。

只是張木一直覺得好像有雙眼睛在打量自己，忍不住抬頭，就見對面穿著藍色棉布褂子的婦人正神情輕蔑地看著她，張木心裡有一萬頭小羊駝跑過去，她是神經病啊？

但是人生地不熟的，張木還是做了幾下深呼吸，生生忍住了。

小水也發現了那婦人的視線，見她盯著自家姑姑要笑不笑的樣子，忍不住問道：「楊嬸，妳的臉在抽筋嗎？」

小男子漢心裡明白著呢，上回楊嬸家的小三子說姑姑壞話，他還揍了人家一頓，昨晚他可是跟爺爺、奶奶說好，要看著姑姑不受人欺負的。

楊嬸被這麼擠兌，也不好和小孩子吵，白了小水一眼就轉過頭看路邊的風景。張木悄悄對小水比了下大拇指，小水得意地挺了下小胸脯。

到了鎮上，付了三枚銅錢，張木就牽著小水跟著王大嫂走，大家出門得早，都沒來得及吃早飯，三人便先去早點攤買了些東西墊墊肚子。

王大嫂買了一個饅頭、一個菜包和一個肉包，饅頭和菜包都是兩文錢一個，肉包則是三文錢一個。

張木見王大嫂把兩個包子包好放在挎籃裡，就知道那是留給她家石頭的。張木買了兩個菜包和兩個肉包，小水咬著剛出爐的肉包，燙得呼呼吐氣。

王大嫂要去買點布頭，張木也跟著一起去了，聽說原主手工好，還好自己也會一點繡活。

多虧小時候在家看媽媽繡，邊看邊偷學，媽媽手工好，卻不讓自己碰這些，只說讓她讀好書就行了，學這些沒用，看來媽媽還是說錯了，現在真是用來救命的技能啊！

也不知道原主的手工好到什麼程度？張木決定先買點布頭回去練練手，所以買了五十文的碎布頭，用這些布頭做荷包、鞋面也不會浪費。

因為是碎布頭，裡面還有一些品質比較好的細棉布和巴掌大的緞子，五十文足夠挑一大包，然後又買了二十文的繡線和針，待張木和王大嫂挑好以後，手上已經是滿滿當當兩大包的東西，帶著也不方便，便和店家說了一聲先放在店裡，一會兒回來再取。

王大嫂又帶著張木簡單逛了一下街道，有米麵鋪、點心鋪、生鐵鋪、銀樓、書鋪、陶瓷鋪、棺材鋪、茶館、酒樓等等。

鎮上雖不大，但是因為鄰近的幾個村都會到這裡趕集，所以店面還是滿齊全的，張木看到前面有賣冰糖葫蘆的，正在吆喝兩文一串，便拿出四文錢給小水，讓他買兩串回來。

她將一串給王大嫂，讓她帶回去給石頭吃，王大嫂客氣了幾句才收下，左右糖葫蘆也不是多貴的吃食，大家都是鄉里鄰居的，本就是互贈有餘。

小水咬下一顆糖葫蘆後就遞給張木，非要讓她咬一顆，張木看著小水的機靈樣，低下身就著小水的手咬了一顆。

「喲，被夫家休棄的人還好意思出門？」這時後面忽然傳來一個婦人大剌剌的聲音。

張木循著聲音回頭，就見一個四十多歲的婦人和一個妙齡少女正站在他們身後的點心鋪子旁，手上拎著兩包東西，估計是剛從點心鋪出來。

婦人穿著一身銀灰色細棉布褂，下半身穿著一條藏藍色的棉裙，少女則穿著一身黃色長裙，外面套著一件白色坎褂。

從穿著來看，對方家境比自家要好上許多，張木心想她認識這些人？

第二章

「趙家嬸子妳可不要瞎說，我們大妹子是和妳家兒子和離的，妳怎麼能紅口白舌地瞎謅呢！」王大嫂忍不住嗆聲。

張木覺得今天出門前應該先好好翻翻黃曆，第一次出門就遇到了前婆婆，見周圍已經有三三兩兩的人圍過來，擺出一副看熱鬧的模樣，張木第一次被許多古人圍觀，瞬間有些窘迫。

趙婆子見張木一副懦弱的樣子，非常滿意，她果然還是和以前一樣沒用。「喲，王家媳婦，這和妳有什麼關係啊，人家被休的都沒開口，妳急個什麼勁？」

「妳──」王大嫂也不是慣會吵架的，一下子被反駁得找不到詞。

張木在這時終於反應過來了，冷冷地看著趙婆子。「妳以為妳家兒子是天帝老兒？還休妻？他有什麼資格把我休了？他要想休妻，得爬回祖宗懷裡早百年投胎才好！」

這說的正是本朝早就廢除休妻這個陋習。

趙婆子見張木張口就詛咒自家兒子，怒目圓睜，作勢就要開罵，卻看到一個不明物體飛了過來。

「壞人，妳又欺負我家姑姑！我讓我爹揍妳們！」小水糖葫蘆也不吃了，「咻」的一下就扔了過去。

趙婆子側身躲開，糖葫蘆剛好砸上旁邊少女的坎褂，胸前立刻沾上一塊紅色的印記，少女皺著眉頭嘟囔道：「娘，我這衣服今天才穿呢！」

趙婆子看著那紅色的印記，也有些心疼，這可是她花了一百文給女兒做的新衣裳。

「這有娘養、沒娘教的東西，敢砸老娘？老娘今天非得好好教你規矩不可！」

說著趙婆子就要過來逮小水，小水連忙躲到張木後面，張木看著眼前這胡攪蠻纏的婦人，十分不耐，伸出手猛推了一下企圖抓小水的趙婆子。

趙婆子收勢不住，踉蹌了一下，差點栽倒。

「哎呀呀，兒媳婦打婆婆了，這是哪家的規矩啊，這個小娼婦竟然敢打婆婆！」

張木的氣性也被這婆子給激了出來，拉過小水就罵道：「臭不要臉的，泥人還有兩分氣性呢！妳是我哪門子的婆婆？不要往自個兒臉上貼金！腦子不好就不要隨便出門，在街上亂咬也不怕風閃了舌頭！」

趙婆子被張木一嗆，頓時愣住了，這還是她頭一回見張木嗆回來，待她回過神，連忙罵道：「哎喲喲，膽子肥了，還敢罵老娘了?!不過是一個被我家兒子穿過的破鞋，有什麼好矯情的！」

張木橫跨了幾個世紀，真是頭一回見到這樣噁心人的婆娘，當下就用袖子抹眼角，一臉戚容，向圍觀的人哭道：「各位嬸娘叔伯幫忙評評理！我在她家五年，孝敬公婆、友愛小姑，每天雞還未啼，我就爬起來做飯幹活，她家兒子在學堂裡讀書，筆墨紙硯樣樣價值不菲，我沒日沒夜地繡花掙錢幫她家的兒子買紙墨，她家兒子卻在書院裡和秀才的女兒勾搭上了。」

說到這裡，張木一時哽咽，緩一會兒又接著哭道：「他們說我五年不出不賢良，小婦人無奈之下只好和離，可是她家卻連活路都不想給我，將我堵在這裡這般羞辱，真是生生地要斷了我的活路。」

說罷，她忽為原主生出一點悲意，要是原主還在，估計會再次用一條繩子吊死吧！古代女子的困境竟就這樣生生地鋪在她面前，以前覺得被婆婆逼死的女人都是古老社會裡的遙遠往事，每每被書中文字嚇到的時候，張木都會對自己說「都過去了」，可現在，當歷史變成現實，她只覺得心驚。

周圍看熱鬧的人聽張木這般說，又見她一臉生無可戀的模樣，都覺得這婆子真是太過分了。有人出來勸趙婆子給人家姑娘留一條活路，趙婆子眼睛卻往上一翻，不屑地說道：「她也是在我家聽了幾年詩書的，竟然這般寡廉鮮恥，被夫家休棄，不但不拿一條繩子上吊，竟然還大剌剌地出來丟人現眼！」

聽了這話，周圍的婦人一下子就炸開了，自蕪國開國廢除休妻制度，鼓勵女子再嫁以來已經歷了三代，百年來這鎮上也有一些婦人和離再嫁的，所以此刻聽到趙婆子說和離女子就該抹脖子上吊的言論，不禁心生憤懣。

人群躁動之際，張木也已經忍無可忍。

她左右張望了一下，看到左邊趕集的大叔正抱著一根扁擔，滿眼怒意地瞪著趙婆子，一把奪過來，劈頭蓋臉地朝趙婆子打過去。「我劈死妳這個老虔婆！」

趙婆子沒想到張木會一下子發瘋，一個不注意，胳膊和後背被打中，疼得她都要背過氣去，連忙忍痛拉著女兒逃跑，手上的兩袋糕點也不要了。

張木作勢追了兩步，見人跑了，也就作罷。

她瞄了小水一眼，小水非常麻溜地撿起了兩袋糕點，接著張木把扁擔還給身旁的大叔，非常客氣地向大叔道謝，然後就拉著小水和王大嫂走了。

王大嫂還沈浸在剛才張木發飆的勢頭裡緩不過神，見張木拉她，才反應過來，激動地說：「大妹子，妳剛才真厲害，那老婆子嘴太缺德，就應該好好教訓她，我真想不到——」說到這，王大嫂忽然收了聲，猛地一跺腳。「大妹子，我們趕緊回家，一會兒那趙婆子肯定會帶著她三個兒子去妳家裡鬧，我們趕緊回去和妳爹知會一聲。」

張木剛才是痛快了，現在一聽王大嫂提醒，也想到那趙婆子肯定會來鬧，當下就和王大嫂去市場裡割了兩斤肉，再去之前的布店裡拿碎布頭。

因為現在是春耕季節，有些車伕上午來鎮上運貨，下午還要回去耕地，於是張木和王大嫂很幸運地在下車的地方遇到一輛要回村裡的牛車。

待她回到家的時候，桃子正在廚房裡忙活，她忙去和桃子說起今天在鎮上遇到趙婆子的事，待說到自己衝動之下打了趙婆子時，張木有點忐忑，不知道嫂子會不會覺得自己已經和離在家了還總是惹事？

張木心裡一時既惆悵又煩躁。

「那趙婆子就該好好打一頓，妳先在家裡把門窗閂好，我去地裡找爹和妳哥。」

張木眼睛一亮，沒想到平日溫溫吞吞的嫂子也是個有氣性的婦人，一時又為剛才胡亂揣度嫂子的想法而慚愧。

眼見嫂子跑得不見了影子，她先去把門閂好，接著又去屋裡挪了張桌子抵在門上，讓小水坐在桌上注意外面的動靜，她則先去廚房把嫂子沒揀完的菜揀好。

何苦為了那一家神經病而餓肚子？況且今天還買了兩斤肉呢！

中午她就給小水做個肉末蒸蛋，至於大菜還是等嫂子回來再說，不然把菜燒糊了可不好。話說回來，她得趕緊把廚藝練好，不然以女子在古代的地位，自己遲早得被唾沫淹死。

「開門！開門！」

「姓張的，你別以為躲在家裡就沒事了，今天你一定要給我個說法！」

「也就你家會把一個被休棄的女兒當成寶，這等沒皮沒臉的小婦人就活該沈塘，省得留在世上丟人現眼！」

張木才剛把菜洗好，門外就吵鬧起來，她知道是趙家婆娘尋人過來鬧事，估計阿爹和哥哥正在回家的路上，不知道村裡的人會不會幫忙出頭？要是只有自家爹娘和哥哥，無論如何也擋不住趙家父子四人的。聽外面這陣仗，估計連他們家兒媳婦都過來了，一會兒絕對少不得一場罵戰。

大門被趙家人拍得砰砰作響，張木看了眼門邊被震下來的小土塊，趕緊先把小水拉到廚房。

外面的罵聲越來越難聽，趙家婆娘和兒媳婦已經從罵張木不知廉恥到問候張家十八代祖宗了。

「你們張家十八代都不是好東西，男的雞鳴狗盜，女的不是戲子也是娼婦，我趙家詩禮傳家，怎麼著了你家的道，娶了個沒羞沒恥的潑皮貨回去！」

趙婆子已全然忘記當初是自己四方託人打聽，得知張木性子軟、手腳勤快，還有一手好繡活，算計著能娶回去掙錢，便天天派媒人來張家說好話，好說歹說才求娶回去的。

張木全當聽不見，姑姪兩人在廚房裡生火煮飯。桃子早就把米淘洗好了，火生起來後，她讓小水在灶下看火，她則去雞窩裡拿了兩個雞蛋，把肉末放在碗裡，再倒入拌好的雞蛋，接著放在蒸菜用的木架子上，再蓋上鍋蓋。

門外似乎已經聚集了不少村人，先前聽趙家婆媳罵張木，只是有人小聲勸解，但現在罵到張家祖宗，好些村人就不樂意了，大家一個村的，親緣關係難免都攪和在一塊。

蕪朝律法嚴明，凡擅闖他人家門是要上堂挨板子的，所以趙家也不敢公然破門而入。於是張木姑姪兩人就在廚房裡煮飯聊天，小水還小，沒經過事，被人堵在家門口，心裡不由得惴惴不安，一張小臉皺得更小了。

張木看他這模樣，不由得被逗樂，心裡反而安定下來。

心靜以後，想起剛才回來時，王大嫂還吐槽趙家幾個兒子都在書院讀書，平時以文人自詡，不屑下地幹活，說是有辱斯文，最後譏諷地總結道：「書沒翻出個花樣來，骨頭倒越讀越軟！」

張木心下忽然有了主意。

外邊趙家二媳婦罵得口乾舌燥，見張家一直沒人應聲，以為家裡真的沒人，看著身邊還怒氣沖沖的婆婆，不由得有些不耐煩。

她抬頭看看日頭，忽然看見張家屋頂的煙囪在冒煙，連忙扯了扯婆婆的衣袖。趙婆子正罵得起勁，被二媳婦猛一扯，心裡不由得更火大，正想斥罵兩句，見二媳婦指著張家屋頂，也抬頭看去，這一看心裡怒火更熾了。

「一家子孬種！老娘問候了你們家十八代，你們還有心思生火做飯？我告訴你們，今天不把張木這個小賤人交出來，老娘是不會善罷甘休的，你們躲得了初一，躲不了十五！」

陽春三月，講究些的人家還穿著薄襖，因此趙婆子已經氣得冒了一身熱汗，髮絲都緊緊貼在了頭皮上。

婦人們見張家煙囪冒煙，才想起自個兒也要回去做飯了，不然一會兒公婆餓了又要擺臉色，於是人群一下子散開，幾個小娃兒還捨不得走，大人也就由著他們聽，一會兒聽完了還可以回去當耳報神。

剛才人多，趙婆子越罵越起勁，現在只剩下幾個小娃兒在樹蔭下笑嘻嘻地看著她，即使趙婆子臉皮再厚，這時候被幾個小娃兒看笑話，也一下子臊紅了臉，不由得狠狠瞪了小娃兒一眼。

幾個娃兒才不怕她，反而朝著她做鬼臉。

折騰了一上午，從鎮上跑回家，又從自家溪水村趕到水陽村，趙婆子覺得小腿痠麻得有點站不住，肚子也開始鬧飢荒，正準備吩咐大兒媳回家做飯，就見張家兩老和張木哥嫂匆匆地朝家裡走來。

趙婆子的鬥志立刻又昂揚起來。

「哪來的龜孫子，半天才摸到家門口！一家子不要臉的東西，也只配縮在龜殼裡！」

一直在一旁當隱形人的趙老爹扯了扯趙婆子的衣袖。怎麼罵小輩都可以，但他和老張做了幾年親家，也知道老張是一個厚道人，結成親家後兩人常有往來，可說是趙老爹難得聊得來的老夥伴。

當時張木和兒子和離的時候，趙婆子擺明了不會把張木的嫁妝還回去，後來還是趙老爹從中周旋的；只是趙老爹在家不吭聲二十多年，趙家一向都是由趙婆子當家作主，所以這次來張家鬧事，趙老爹也沒能攔住。

眼見以前的親家匆匆忙忙地過來，趙老爹一下子便有些侷促。

趙婆子瞧見自家老頭子微紅的臉，立刻明白趙老爹的想法，伸出手便揪住了他的耳朵。「呸！這等人家你還想結交？你怎麼眼瞎成這樣，之前還堅持讓他家小娼婦帶了那麼多東西回家，人家可記得你的好了？轉眼就在街上打你的婆娘！」

趙老爹把趙婆子的手拉下，一聲不響地走了。

張老爹見老夥伴這樣，心裡不由得感嘆，當年若不是被算計了，老夥伴也不會娶這樣的婦人回家，生生地敗壞了門風。

眼見趙婆子還想來罵他，張老爹連眼神都懶得給，趕緊去敲門。「阿木，爹爹回來了，快來開門。」

趙婆子一個眼神瞄過去，自家兒子和兒媳都知道老娘的意思，忙擠到張老爹身後，準備等等一起擠進去。

老三趙問想起和離後，有許久沒見到張木了，二嫂洗的衣服、大嫂煮的飯都沒有張木弄得合他心意；但是一想起李家知情識趣的小娘子，心裡又覺得張木這等只知洗衣做飯的婦人，以後絕對配不上自己的身分。

畢竟他未來可是要做舉人的，像李家小娘子這般的美嬌娘，才配和自己站在一起。

張木聽到阿爹的聲音，忙讓小水先去開門，她則在鍋灶裡搗鼓了兩下，取出兩根燒得發紅的木棒，包好握處拿穩，隨後走到門邊。

趙家人見門開了，正準備湧入，就看到張木舉著燒得紅豔豔的木棒站在門邊，立刻不敢動了。

「小賤人，妳終於出來了，今天妳不給老娘一個交代，老娘用唾沫淹死妳！」趙婆子嘴裡繼續罵。

張木看著趙婆子色厲內荏的樣子，把手上的木棒往前伸了伸，劃過趙婆子的胸前，嚇得趙婆子一下子啞了聲，猛地往後退。

趙家大兒媳見張木肅著一張臉，極為不屑地開口。「弟妹，妳以前在我們家，我們可沒苛待妳，妳怎麼可以翻臉不認人呢？俗話說一日夫妻百日恩，妳和三弟好歹也做了五年夫妻，女人家怎麼可以這麼水性楊花，轉眼就忘了舊情，現在竟然還對婆母動手？妳自己的名聲不要沒關係，可也不能連累娘家啊，以後嫂子要是有了女兒，可不就給妳連累了嗎？」

張木看了趙家大兒媳一眼，暗道：真是好歹毒的嘴，辱罵自己就算了，竟然還挑撥自己和娘家的關係。

「是啊，弟妹，妳在趙家五年，我們一向處得很愉快，可妳五年無所出，也不能怪娘和三弟容不下妳，妳總不能讓三弟斷了後啊！娘總是一片慈母心腸，妳怎麼能因此而責怪娘，還當街毆打娘呢？還不趕快給娘道個歉！」趙家二兒媳也在一旁附和。

張木忍不住微微笑了起來。

「哼，這可不是道個歉就能解決的事，妳家得賠我十五兩醫藥錢，我這老胳膊、老腿的，被妳一陣亂打，還不知道傷成什麼樣了！念在妳在我家待了五年的情分上，只要妳賠我十五兩銀子，我就不和妳計較，不然我就去報官，讓官老爺來收拾妳這潑婦！」有了兩個兒媳婦助陣，趙婆子也挺著胸脯要脅起來。

張老娘見這些女人這般欺辱自己的女兒，淚水早在眼裡滾了好幾回，不由得狠戾地瞪向趙婆子。也不知道女兒以前在他們家過的是什麼日子，這一個個沒理得這般不饒人，這是想把她女兒往絕路上逼啊！

趙婆子吞了下口水，下意識往後退了一些。「張妹子，是妳家女兒不對，妳可得講理；再說一個被休的婦人，妳還養在家裡浪費糧食幹什麼？不如趕緊把她嫁出去，我們村的趙瘸子還缺個媳婦呢！」

趙婆子眼睛亮了亮，覺得自己真是聰明，怎麼能一下子就想到趙瘸子呢，這二嫁婦人可不是和瘸子般配嗎？要是自己來作媒，張家還不得求著她？

第三章

張老娘一輩子不與人爭口舌，年輕的時候，偶爾婆母挑剔，也都一一忍下來了，臨到自己做婆婆，明白女人在婆家的不易，從來不曾大聲說過兒媳一句，心裡也希望自家女兒在別人家能被這般善待。

可沒想到女兒辛辛苦苦地伺候了趙家五年，趙問反倒搭上別家的小娘子，這老婆子更是一而再、再而三地上門鬧事，張老娘彷彿被人勒住了脖子，生生地要將她呼吸掐斷。

原主婆家人的無恥，張木算是徹底領教了，她微微看了眼手上拿的兩根木棒，不丟出去，心裡還真是忍不住。

於是她舉著木棒朝趙婆子衝過去，誓要將她燒個窟窿出來！

張大郎隱忍了許久，見一向軟弱的妹妹出手，來不及驚詫，男兒的血性也被激發出來，原本想等村長過來處理的理智早已拋在了腦後。

他衝進院裡拿了一根趕羊的長棍，劈頭蓋臉地朝趙家人一頓亂打，也不管是男是女，抓住就一頓猛揍。

趙家人立刻做鳥獸散，趙家兒媳自顧自地跑，趙家三個兒子也顧不得老娘，見張家大郎發飆都趕快撤離，而趙問腿腳慢，已經挨了好幾棍。

張木扔出一根火紅的木棒，落在趙婆子的腿上，頓時一陣鬼哭狼嚎。

「張家的，你們等著，不要以為我們溪水村的人是好欺負的！」趙婆子一邊狂奔，一邊不甘示弱地放狠話，眼下一個沒注意，被一塊土疙瘩絆了腳，臉朝下撲在了地上，揚起一陣灰。

張大郎還想再追，卻被桃子攔住了，她怕他真把他們打出好歹來，到時自家就算有理也得賠償藥費了。

大家都沒有注意到站在院內望著這一切的小水暗暗地捏緊了拳頭，他以後一定見一次趙家的滿福、滿丁就揍一次！

滿福是趙大郎家的兒子，滿丁是趙二郎家的兒子，趙家還有一個女孩兒珍珍，但是小水一向不會和女孩子計較，就沒有把她算在內了。

到了晚上，王大郎過來對張老爹說：「大爺，我大伯讓我來喊你們過去一趟，溪水村村長和阿木以前的婆婆來了，要求我大伯給他們溪水村一個交代。」

王大郎的伯父是水陽村村長，專管一個村子裡的雜事，村長之上還有鎮長，鎮長負責管理幾個村的徵兵賦稅，偶爾也調解村與村之間的矛盾。

張老爹和張大郎立刻起身，張老娘也想跟去，張大郎卻攔住了她，耐心地勸道：「娘，那趙家人沒口德，妳去準要生氣。我和爹爹過去就好，在村長家裡，他們也沒那麼容易欺負人，妳就在家等我們回來吧！」

張木也道：「娘，妳就在家陪我吧！村長肯定會為我們主持公道的，妳就放寬心吧！」

張木這句話正說到了張老娘的心坎上，水陽村村民都是幾十年前逃難至此的，雖村民平時偶有嫌隙，但是當外地人欺負過來的時候，炮口總會一致對外，畢竟大家都是獨戶居住在此，難保下回不會有別人欺負到自己頭上。

待張家人到村長家的時候，就見溪水村村長和趙婆子都坐在長桌邊，兩人面前放著一杯茶，這也是溪水村村長過來才有的待遇，不然平時來客最多倒一碗白水。

趙家兩個兒子站在趙婆子身後，趙問今天被張大哥打狠了，躺在床上起不了身，其實是怕晚上一言不合又要開打，不想過來受這無妄之災。

村長見張老爹過來，忙招呼他坐下來。

溪水村村長見人來了，便對王村長道：「老兄弟，你看人都來齊了，先讓張家給趙家的賠個禮，咱們再和和氣氣地好好商議賠償。」

溪水村不同於水陽村，多是一脈傳下來的，認真說起來，一個村裡的人都能喊一聲叔伯或兄弟，因此對水陽村這才成立幾十年、根還沒紮穩的難民村向來不放在眼裡。

王村長見趙村長那囂張的氣勢，早就不耐煩忍他了。早知道這老狗是這副德行，就不浪費他兒子給他買的好茶了；不過同為村長，也不能鬧得太僵，他當下就把話題丟給了張老爹。

「張老弟，你看這怎麼辦？趙家的說你家阿木傷了她們母女兩人，他們來討說法，又被大姪子給打了一頓。」

張老爹知道這事不能完全靠村長來給他們主持公道，當下便道：「趙家的腳程也太快了一些，我本也是準備明日就跟王村長商議去溪水村找趙村長討個說法的，既然趙村長過來了，我自然也想向趙村長好好說道說道。趙家本與我家是兒女親家，這事王村長和趙村長都知道，我家木兒與趙家三郎和離之事，想必兩位村長都有聽聞，這事誰對誰錯，我也不想再追究。」

張老爹說到這裡，看了眼趙家人，語調上揚。「但是趙家婆娘不該在大庭廣眾之下羞辱我家阿木，再是木頭人，也沒有被這般欺辱的道理！要說我家大郎打趙家人，也是趙家跑來我家門前辱罵，阿木她娘被氣得差點背過氣去，大郎見有人欺辱他娘和妹妹，難道不應該出手嗎？趙村長一向家風清明，我倒想請教一下，趙村長家的公子見別人欺辱自家娘親和姊妹時，會如何處理？」

趙婆子見張老爹噼哩啪啦說了這麼一大串，且還條理清晰，一下子懵了。

她原以為會是張木或張婆子過來理論，就憑那兩個鋸嘴葫蘆，一定不是自己的對手。就算剛剛見到是張家一老一少兩個男人過來，她心裡也挺樂的，在村長家，就不信這兩人敢對她動手，若要說爭論，這兩人哪懂得怎麼和女人家爭辯？這次一定要訛他們個二十兩銀子。

她早知道張木手裡有十幾兩，再算計張家老頭出個幾兩剛好，誰叫他家教出了這麼一個不知廉恥的女兒。

趙婆子算盤打得好好的，現下見張老頭井井有條地和她講道理，轉頭見趙村長氣勢也弱了下去，當下就往地上一滑。

「哎喲，有人就欺負我婦人家口拙，打傷了人連禮都不賠，這世道真是沒王法了啊！可憐我家問兒躺在床上都起不了身，以後要是落下什麼毛病，一輩子可怎麼辦喲！老天爺啊，祢怎麼都不給小婦人作主啊！」

張老爹看了在地上撒潑的婦人一眼，冷冷說道：「既然趙家的一口咬定我們傷了她家兒子，那就請郎中來看看好了，我家雖然好欺負，也不能平白就被人家訛上了！」

受傷請郎中是理所當然的，王村長雖然擔心趙家會藉機訛張家銀子，但是見張老爹話都說出口了，也不好攔著。

接著趙村長吩咐人將趙問抬來，又派人將鎮上的郎中請了過來。

可憐老郎中在家逗著孫兒準備睡覺了，大晚上的還得坐著牛車出門。趕車的車伕正是白日裡順道載王大嫂和張木回來的牛大郎，他家婆娘一向和張木的嫂子關係好得很，平時也沒少聽自家婆娘嘮叨木妹子婆家每一個都是壞人，接了這活計，也是賣力得很，牛車趕得飛快，差點沒將老郎中的骨頭顛散。

那邊趙問見村長派人來抬自己過去，就知道自家娘親肯定準備狠狠訛張家一筆。他知道張木手裡有十幾兩，而且她帶回娘家的書當時也是花了許多錢買回來的，這回可得讓張家都吐出來不可，於是他便裝作疼得要死要活的模樣。

等老郎中到了王村長家，就見地上的擔架上躺著一個年輕人，正疼得瞎叫喚，以為這病人真生了重病，當下也不計較牛車把自己顛得快散架的事，忙上去察看趙問有些瘀青的胳膊和腿。

他按了按傷處，又瞧了瞧趙問的面色，當即心裡便罵晦氣。

「老頭我也快六十的人了，大晚上的被你們折騰過來，要是有人病入膏肓我就不說了，現在這不過蹭了一點，只是貼塊膏藥就好的事，用得著這樣大動干戈嗎?!」

老郎中氣得吹鬍子瞪眼。

張大郎連忙上前付了錢給老郎中，將原委說個明白。可不能將這老先生給得罪了，平日家裡有個頭疼腦熱的還要請這老先生看呢！

至於趙家，那就和他沒關係了。

此時趙村長自知被趙家婆娘坑了，但這時候也不好拆臺，只得硬著頭皮問道：「老先生，您看看我這姪兒需要怎麼治才好？」說罷忙對老郎中使眼色。

老郎中像沒看見似的，眼皮都不抬地說：「怎麼治？你沒聽見剛才他叫得多歡？中氣這麼足，我看啊，連膏藥都不需要了！」

一句話說得趙村長面上也過不去，一時只能抿嘴端坐在椅子上不動。

趙婆子見村長一副不想再管的樣子，爬起來跑到老郎中面前。「你是水陽村請來的，誰知道你有沒有和他們串通好？可憐我兒被人傷得只能臥床，還被人這般奚落！」說著眼淚便流了下來。

老郎中見這婦人這般無理取鬧，一句話都懶得多說，揹著藥箱坐上牛車回去了。

王村長站起身來對趙村長說：「我這邊是沒覺得張老弟一家有什麼錯的，趙家欺人在先，張姪女和大姪子動手也是因為氣不過，趙村長要是覺得我說得不妥當，我們就去找鎮長處置吧！鎮長家的妹子前年也正好和離歸家，我想鎮長處理這事，肯定比你、我都更得心應手。」

本來還在哀號的趙婆子聽到這裡立刻噤口。整個鎮上的人都知道鎮長非常關心自家妹子，無奈妹子嫁的是別鎮上的富戶，鎮長不能替妹子出頭，這一口氣可一直憋著呢，要是傳到鎮長那裡，自家可不是往槍口上撞？

但是趙婆子又不願這般便宜張家，於是嘴硬道：「無論如何，張家的人打傷了我兒子，這醫藥錢一定得付，不然即使捅到官老爺那裡，我也是不服的。」

直到半夜，張老爹和張大郎才回到家，除了小水睏得在娘懷裡睡著外，張家三個女人一個都沒睡。她們得知最後賠了五百個銅錢給趙婆子，張老娘頗為不滿，但是當得知趙婆子立下字據，以後不再敗壞張木的名聲，不然一次賠償一兩銀子後，張老娘心裡才好受一點，要是花五百個銅錢就能擺脫那一家人，張老娘自然也是願意的。

忙了一天，大家都累了，便各自回房休息，沒想到第二天一早就有個餡餅狠狠砸中了張家——有媒婆替丁二爺的徒弟向張木提親！

說起姓丁的人家，除了丁二爺外，另一個就是丁老頭家，他家兒子丁大在鎮上賣豬肉，張木買的肉就是王大嫂帶她去那兒買的，同村的人互相照顧一下生意很正常。

丁大長相有些凶狠，所以當丁老頭覺得兒子該成家時，願意嫁給他的女孩子卻不多，雖也有那些看上丁大家富足的生活而不顧及女兒意願的，但是丁大不願意勉強人家。

於是丁大硬生生又拖了好幾年，歲月不僅是把殺豬刀，也是把豬飼料，過了這幾年，丁大長得越發「波瀾壯闊」，將丁老頭愁壞了。

這陣子聽到張家姑娘和離回家的消息，又點燃了丁老頭給兒子娶媳婦的雄心壯志。

這天晚上，待兒子從鎮上賣完肉回來，丁老頭一邊抽著旱煙，一邊抬眼問兒子。「你覺得張大郎家的妹妹怎麼樣？」

丁大眼皮一跳，問：「哪個張大郎？」

「張樹，他家妹子剛跟溪水村的趙家三兒和離。那姑娘自小勤快，人也明理，你要是願意的話，我明兒個就請人上門向張老頭提親。」

丁大想起今天來肉攤買肉的姑娘，眼眸亮亮的，穿著一身乾淨的綠色衣裙，看著自己的時候，臉上還有笑意，頓時點頭說道：「阿爹作主便成。」

丁老頭聽見兒子的話，嘴巴立刻張大，不知道提了多少回，兒子終於點頭了！以前一提起哪家姑娘，兒子都說一句「不能勉強人家姑娘，還是算了吧」，丁老頭都有些不抱希望了，沒想到自家兒子終於答應了。

當下他旱煙也不抽了，連忙起身翻箱倒櫃找東西去。前幾年給兒子買來當作聘禮用的布不知道還能不能用？以前的鐲子也要找出來翻新了。

丁大看著老爹樂呵呵的模樣，心裡也有些愧疚，心想讓阿爹為自己操心這麼多年，要是張家姑娘訂不下來，自己也真的要好好找一個媳婦回來過日子了。

第二天，待丁老頭請的何媒婆到張家的時候，就看見自己的死對頭徐媒婆穿紅著綠地坐在張家的堂屋裡。

只見徐媒婆口沫橫飛地對張老爹和張老娘說：「這小夥子還真不是我誇口，雖然是孤身一人，但是他那手藝連他師父都說青出於藍而勝於藍呢！您家姑娘嫁過去，吃穿不愁不說，還不用伺候公婆，自己就能當家作主！」

徐媒婆見張家兩老不作聲，眼眸微微耷拉，繼續道：「說句不好聽的，您兩老也不要往心裡去，您家姑娘怎麼說都是嫁過一次，這小夥子可是頭婚呢！人家既然託我來您家說媒，說明心裡自是十分中意您家姑娘的，這可是再好不過的姻緣啊！您兩老點個頭，您家姑娘就一輩子不用愁了。」

張老娘看著張老爹，心裡何嘗不知道這個道理。

何媒婆見狀，趕忙衝進去笑道：「哎喲，張老爹、張老娘，我給您兩老先道喜了！我們村的丁老頭託我來給他家丁大向您家阿木提親呢！這丁家不用我誇，想必您兩老都知道是最富裕不過的人家，家裡就靠賣豬肉賺進大筆銀子，您家阿木過去，不說吃穿不愁，穿金戴銀也是少不了的——」

「等等，妳說替誰來提親？」張老娘打斷正準備細數丁家富裕的何媒婆，出聲問道。

呵，難不成這張家還會看不上丁大不成？她女兒可是和離過的婦人啊！但一想到丁老頭承諾的媒錢，何媒婆收起不滿，喜笑顏開地道：「我們村的丁大啊！」

張老爹和張老娘兩人面面相覷，何媒婆見兩人詫異的神色，也有些莫名其妙，忍不住出聲問道：「您兩老這是覺得哪裡不如意？」

旁邊的徐媒婆忽然用一條蔥綠帕子捂嘴笑道：「何大妹子，我們倆這回真是大水沖了龍王廟，一家人不識一家人。」

見何媒婆還是一臉茫然地看著自己，徐媒婆挺了挺胸笑道：「我是為丁二爺的徒弟吳陵來提親的。」

「啥？丁二爺的徒弟吳陵？哎喲，這一家人怎麼也不提前通個氣啊！」何媒婆不滿地嘀咕道。

這下可不好貶低徐媒婆說的人家了，不然丁家知道後又是一樁事，於是她當下便和徐媒婆商議。「既是一家人，我倆也不好多嘴說誰的不好，既然都好，就看張家的意思吧！」

徐媒婆也同意了，反正這家說不好還有下家，吳陵總歸要說親的，自己和這何媒婆已經鬧了好幾次，再鬧下去也沒意思。

想明白後，徐媒婆便大方地對張家兩老道：「您兩老也看見了，這下是一家人提的親，我啊，也不好多說什麼，您兩老就和姑娘合計合計，我們倆過兩日再過來聽消息。」

張老爹和張老娘也被丁家鬧得有點懵，一早以為老天爺賞了塊餡餅，沒想到老天爺今天這麼大方，一下子賞了兩塊，心裡激動，當下便客氣地請媒婆過兩日再過來。

待媒婆一走，兩老便將女兒喊過來，將兩家提的親事和女兒說。

這兩家都是清清白白的人家，男方都有一門手藝，也沒什麼惡習；至於丁大的長相，張家兩老到了這個年紀也不覺得有什麼問題，莊稼人最重要的還是能踏踏實實地過日子。

張木聽張老爹和張老娘說完，才明白現在有人向自己提親了，就看她是要選擇成為殺豬匠家的小娘子，還是成為小木匠家的小娘子。

第四章

在張木印象中，那個殺豬匠自己倒是見過一回，長得滿魁梧的，而且因為長年殺豬，身上好像還有些陳年的血腥味，一副生人勿近的樣子，要找願意嫁他的小娘子確實有些困難。

要說丁大是因為這個原因才看上自己這個和離的婦人，那小木匠吳陵又是怎麼回事？

張老娘適時地解惑道：「說起來吳陵這孩子也滿可憐的，當他還是小孤兒的時候，流浪到我們鎮上，被丁二爺收留當徒弟，因為沒爹沒娘的，也沒人給他張羅親事，連間屋子也沒有，就住在丁二爺家裡。」

張老娘想起那孩子小時候懵懵懂懂的模樣，不由得心疼，接著道：「今年丁二爺才說自家兒子以後要走讀書人的路，未來那鋪子就傳給吳陵，夫妻倆便給小徒弟張羅起親事。丁二爺夫妻倆為人一向寬和，聽說對待這小徒弟像自個兒親生的一樣。」

張老娘琢磨了一會兒，又道：「認真說起來，還是丁大好一些，他家底厚不說，家裡還有一個老爹，凡事還能給他搭把手；吳陵孤家寡人的，以後有事也不好向師父、師母伸手。」

張老爹也在一旁點頭附和。

張木看著張老爹和張老娘眼巴巴地等著自己點頭，難道自己這是要成為殺豬匠家的小娘子嗎？可她和丁大也就見過一面而已……

在張家兩老的注視下，張木小心地嚥了口口水，吶吶地說道：「那個……我這幾年都不在家，也很少出門，對這兩人都沒啥印象，我這是二嫁，還是仔細想一想為好……」

兩老見張木沒立即點頭，心裡有些失落，但是讓自家女兒想一想也好，反正過兩天她一定會做出決定。

張老爹當即大手一揮，表示同意。

晚上，張木躺在床上左思右想，自己才穿過來沒多久就要嫁人了？

殺豬匠？小木匠？

她不禁惋惜昨天去鎮上時沒有到竹篾店裡看看，也不知道小木匠長什麼樣子？

要不明天偷偷去鎮上看看？也不知道爹娘會不會同意，這時候相親連個相片都沒有，否則好歹也能知道小木匠的面容……

這廂，張木翻來覆去地糾結在殺豬匠和小木匠之間，正屋裡，張老爹和張老娘也沒睡著。

「老頭子，沒想到咱家阿木二嫁還能找到這樣好的兒郎。」

張老娘邊說邊擦拭有些濕潤的眼角，張老爹在一旁輕輕拍著她的背。「還是老婆子妳教得好啊，咱家阿木勤快又標緻，有眼睛的兒郎自會瞧得見。」

張老娘立刻被張老爹逗笑了。

另一頭東邊屋裡，張大郎也跟媳婦說道：「沒想到咱家阿木二嫁會這麼容易，我還以為和離這事會阻礙她以後的姻緣呢！」

桃子也有些感嘆，離開了趙家，上天倒眷顧小姑一些了，便和張大郎提議道：「要不你明天帶小姑去鎮上瞧一瞧吳陵，小姑以前在家的時候就很少去鎮上，嫁到趙家後，出門的機會更是一隻手都數得過來，估計她連吳陵長啥樣都不知道呢！既然人家不在意她和離的身分，想必也是極中意小姑的，你就帶小姑去瞧一眼吧！」

張大郎點頭，他覺得吳陵斯斯文文，挺適合妹妹的；雖說丁大也挺好，但畢竟有些粗魯，妹妹在趙家也唸了些書，說不定就喜歡斯文些的。

這一晚，除了五歲的小水以外，張家一家人都被突如其來的喜訊弄得失眠了；只是張大郎沒想到的是，他還沒帶妹妹去鎮上瞧吳陵，吳陵就先上門了。

第二日一早，張老爹和張大郎正要出門幹活，才剛開門，就發現門外正站著一人。來人身形頎長，模樣周正，見到張家父子倆，客客氣氣地拱手見禮。

張老爹覺得這人面熟，一時間卻想不起來是誰。

張大郎倒是認識，見吳陵出現在自家門前，知道必是為妹妹來的。

見自家阿爹仔細盯著人家不放，猜到阿爹可能沒認出來，便解釋道：「阿爹，這是丁二叔的徒弟吳陵。」

張老爹這才想起這小郎君可不就是吳陵那小子嗎？當下便笑道：「幾年沒見過你了，倒是越長越好看來著，連我這個老頭子都覺得俊得很咧！」

一會兒自家丫頭見到這張臉不知道會不會就看上了？唉，一張好面皮娶媳婦都討巧啊！

雖然吳陵也常聽師母誇他越長越俊，可猛地從張老爹一個同性長輩嘴裡聽到，饒是吳陵心裡再三勸自己鎮定，也不禁紅了耳朵。

父子倆見吳陵有些窘迫，也不打趣了，忙把他請進去坐，對於不計較自家阿木和離身分的，張家人都會釋出最大的善意和熱情。

這時張木正在院裡用樹枝一筆一劃地教小水寫字。

其實張木自己對繁體字也還沒弄清楚，所以只能教小水一些最簡單的，而她自己也藉著教小水認字的機會，偷偷學一學繁體字。

畢竟她不知道原主學到了哪個程度，也不敢輕舉妄動，只能慢慢來。

見張老爹和張大哥去而復返，她抬起頭來看了一眼，發現兩人身邊多了一個年輕人，大概二十歲不到，寬肩窄腰，唇紅齒白，長得挺俊秀的。

張木忽然覺得自己有點眼花，她為什麼覺得他好像在對著自己笑，而且還是靦覥羞澀的笑？

她突然有種大灰狼欺負小白兔的既視感。

後來張木想起第一次見到吳陵的場景，不禁一次次懊惱不已，當時真被他膚白貌美的外表給迷惑了。

大灰狼和小白兔確實存在，不過是披著狼皮的羊和一隻無肉不歡的兔子。

張木還沈浸在欣賞小鮮肉的世界裡，卻被一聲驚雷炸迷糊了。

已經坐在堂屋裡的吳陵說：「大爺、大娘，我是誠心求娶張木姑娘的！其實今天不是我第一次見到張木姑娘，前兩天張木姑娘去鎮上時，我剛好看到，心裡便有了求娶的念頭，故才請師父幫忙請媒人上門提親。」

這小郎君看起來比原主還小，敢情卻是來提親的，對象還是我？正在聽牆腳的張木覺得今天的太陽真是太炙熱了，彷彿一下子從陽春三月跳到了三伏天，曬得她一大早就冒汗。

堂屋裡，吳陵見張家人面色都很和善，才硬著頭皮繼續說：「昨天徐媒婆跟我們說了，原來丁家大哥也想求娶張木姑娘；論心裡話，丁家大哥人實誠，家底也厚，又是您兩老看著長大的，確實比我這外鄉來的流浪兒要穩妥許多。

「可是。」吳陵正著身子，誠懇地道：「不怕您兩老笑話，我小時候受過些苦，心裡明白，自己想要的就要去爭取，不能一味認命。我就覺得張木姑娘很好，雖然我沒什麼家底可言，但是我一直很努力跟著師父學手藝，以後也能夠憑手藝養活一家子；我若娶了張木姑娘，以後也必定尊她、敬她、愛她、護她，晚輩誠心希望您兩老能給我這個機會。」

說到最後，吳陵語氣不自覺有些激動。

張家兩老聽完，不禁重新衡量起吳陵這個小郎君，一時間，堂屋內安靜無聲。

「姑，剛才的字我會寫了，妳再教我一個吧！」小水的聲音突然在堂屋外響起，而且還是在牆根上。

「行、行，我們去那邊，這裡太陽照過來太熱了，我還沒站穩就受不住了……」張木有些心虛地企圖掩蓋偷聽的事實。

張老爹和張老娘都有些無奈，自家女兒以前一向是規規矩矩的姑娘，怎麼最近性子這麼跳脫？

吳陵知道自己剛才說的話被張木聽到了，心裡忽然生出點點滴滴的喜悅，脹得心裡既甜蜜又惆悵，卻也覺得美妙異常。

屋內安靜的氛圍倒被這一段小插曲打破了，張老爹喝了一口茶，清了清嗓子才說：「小郎君也知道，我們家阿木是和離之身，她這二嫁，我們都希望她能找個合心意的，能夠好好待她一輩子，所以這親事我們還是得問問阿木的意思。」

「小姪明白的，今天過來也是讓兩老明白我的誠意，至於親事最終如何，還是得看姑娘和兩老的意思，小姪自不會強求。」吳陵誠惶誠恐地說道。

見張家兩老頷首，吳陵站了起來道：「小姪來訪有一會兒了，這段時間店鋪裡比較忙，怕出來太久師父會忙不過來，小姪這就先回去了，明天再託媒人來府上聽信。」

因為張老娘急著與張木商量親事，也沒虛留吳陵，吳陵走出堂屋的時候，眼角瞄了瞄，沒見到剛才綠色的身影，不禁有些失落。

待吳陵一走，張木便被爹娘喊到堂屋，張老爹和張老娘都被吳陵的誠意所打動，雖然家底差了些，但是對阿木的心意卻是沒法說。

想當初趙家家境也好，但是夫君不護，女兒嫁過去並沒有享到一點福，整天做牛做馬地伺候那一家老小不說，婆婆還擺臉色，加上妯娌擠兌、小姑嘲諷……所以說，夫妻倆過日子，不光是看家境好壞，彼此的心意也很重要。

張老爹和張老娘這樣一想，心中的女婿人選不由得都偏向了吳陵。

張木見兩老眼巴巴地望著自己，嚥了口口水才說道：「爹娘，我再想想吧，明天早上再說。」

兩人之前就答應要讓女兒好好考慮，現在沒聽到女兒的答覆，也不以為意，女兒都說明早了，那就明早唄！

只是他們卻不知，沒等到明早，張家就又熱鬧起來了，原來是王村長家的婆娘帶著女兒王二姐過來了。

張家院子裡，王大娘剛跨進院子，看到張木，便開門見山說道：「阿木，聽說丁大向妳家提親了，就連丁二爺家的徒弟也想娶妳？不過我們家茉莉早就看上丁大了，她本就等著三年孝滿再和丁家通氣的，沒想到妳也和離回來了。妳們兩個都是二嫁，妳也體諒一下女子二嫁的不易，妳就嫁給丁二爺的徒弟吧！把丁大留給我們家茉莉。」

張木看著這個等著自己點頭的大嬸，又看了眼旁邊的王茉莉，見她髮髻上還戴著一朵白色珠花，應該是還在為亡夫守孝。

張木聽王大嫂提過王茉莉，王茉莉的夫君是三年前的六月去世的，到今年六月才滿三年，若是夫婿一亡就立刻改嫁，面上難免有些不好看，王茉莉便準備隨一般未亡人一樣守孝三年。

因為王茉莉婆家有些刻薄，王茉莉身為未亡人，在婆家更不受待見，因此王大娘便把女兒接回家，並答應王茉莉的婆家會在家給女婿守孝三年，所以王茉莉便帶著六歲的女兒珠珠回到了娘家。

王大娘早就替女兒看中了丁大，為人實誠、家境好不說，最重要的是有一股蠻力且長相凶惡，女兒要是嫁給他，就不用再怕前婆家的人上門鬧事了。
此時，王茉莉聽完自家娘親的話，站在一旁默默不語，眼睛盯著鞋面。
自己這是要被搶親了嗎？張木腦袋不暈都不行，這都什麼事啊？她連忙用求救的眼神往爹娘屋子望過去。
張老爹和張老娘一早就被吳陵感動到不能自已，不禁想起年少時……兩人在屋裡懷念過往，也沒心思去田裡幹活，因此當王大娘開腔的時候，老夫妻倆聽得一清二楚，不禁憤憤不平。
張老娘率先起身往屋外衝，吼道：「王家的，妳家女兒看上丁大和我們家阿木有什麼關係啊？妳要是想讓女兒嫁到丁家，也該去丁家才是，我們阿木一個年輕姑娘家，可擔不了替妳家說媒的重任，妳還是帶著女兒趕緊回去。」
王大娘一聽，心下就不樂意了。「張家婆娘，妳這是不答應嘍？我醜話說在前頭，妳家阿木要是擋了我家茉莉的姻緣，我可不會善罷甘休！」
這幾天張木為了這些事煩得很，此時又來個難纏的，一點應付的心思都沒有，她走到王茉莉面前說道：「妳要是有意就去和丁家說，丁大的姻緣又不是我能阻止的，妳既然敢來我家鬧，也是豁出了臉面，既然如此，再豁出去一次又有什麼關係呢？」
王茉莉抬起頭，看了張木一眼，對面的女人比自己還小兩歲，可是眼眸亮晶晶的，彷彿生活的苦難並沒有帶給她太大的打擊。
也許是心境不同吧，她比自己也好不了多少，卻還像二八年華的姑娘，而自己的心，似乎已經乾枯了……

王茉莉拉著還想開腔的王大娘慌張地離開，可張老娘卻覺得心頭一口濁氣難消。

張木不清楚後來王家母女有沒有去丁家，但是她卻看到自家娘親揣著上次從趙家婆娘那裡撿來的點心去隔壁方奶奶家串門子了。

說起這村裡的方奶奶家，連五歲的小水都知道：到方奶奶家說一件事，就等於和牛大娘、李大娘，還有七大姑、八大婆一干人等說，就像是召開一場全村八卦會議。

這倒不是說方奶奶喜歡搬弄口舌，而是方家本身就是個八卦中心。

方奶奶是村裡年紀最大的老人，六十多年前逃難的時候，家裡的人都餓死、病死了，就剩下她一個小孤女，之後遇到一起逃難的方家，收了她當童養媳，後來就隨著方家在水陽村安家，是水陽村第一代村民。

村裡人都說方奶奶是個最和善不過的老人家，年紀越大越喜歡熱鬧，平時人也明理，還有些老人家的小智慧，大家遇到什麼想說的事，都喜歡往她跟前來。

張老娘到的時候，剛回娘家串門子的李家老姑奶奶也在。

李家老姑奶奶嫁到了溪水村，就在張木前婆家的屋後，以前她每次回來，張老娘必定會來坐坐，問問女兒在溪水村的情況。

現在張木和離了，張老娘見到李老姑奶奶，依舊高興得很，這也是一個人緣好的老太太，張老娘很感激她以前對女兒的照顧。

張老娘親親熱熱地握著她的手說道：「老嬸子，妳回來了怎麼也不去我家坐坐啊！要不是在方嬸子這兒碰到妳，還不知道妳回來了咧！」

李老姑奶奶擺擺手。「我這不是知道妳家最近事忙嗎？我可聽說了，我家阿木姪女已經有兩戶人家來提親了。」

一聽到這裡，張老娘的肝火不由得又旺起來，拉過一張板凳開始發牢騷。「哎，老嬸子，我這心裡真是憋得難受，正準備過來和方嬸子嘮嗑嘮嗑呢！」

「阿木娘，難道趙家又來鬧不成？」方奶奶也傾身過來問道。

「哎，比這更讓人窩火！之前丁大家不是讓何媒婆來我家提親嗎？我們兩口子沒作主，畢竟阿木在趙家受了不少苦，我們就想讓她自個兒選個合心意的，讓她自己考慮兩天，哪知道就在剛才，村長家的婆娘帶著在家守寡的二丫頭來了，妳們知道她們說啥嗎？」

第五章

張老娘說得有些口渴，喝了一口水才又道：「讓我家阿木不要阻礙茉莉的姻緣，因為她家茉莉看上了丁大，等著守完孝就嫁呢！」

聽到這裡，兩位老奶奶都面面相覷，這是上演兩女搶夫的戲碼？

方奶奶開口道：「村長家的婆娘也真是的，要是看上了丁大，幹麼不早早過去通個氣？」

「我看就是通氣了，丁大也未必看得上她家茉莉。丁大可挑得很呢，這幾年何媒婆給他介紹了多少姑娘，就連我們溪水村的姑娘也介紹了十幾個，他一個都未瞧上，我看他心裡主意正得很。」李老姑奶奶抿著嘴說道。

其實李老姑奶奶當時也想把女兒嫁給丁大，他家的家底厚，女兒嫁過去就能穿金戴銀，只是那死丫頭卻覺得丁大長得太過凶神惡煞。

哎，年輕的姑娘家不知道，日子可不是靠一張臉皮過活的。

「可不是嗎！丁大是瞧上阿木勤快，人也活絡，村長家的二丫硬生生在婆家被磨得像根木頭一樣，一點兒活泛氣都沒有，還帶著個丫頭。不是我嘴巴毒，雖說現在再嫁的有很多，但是帶著丫頭的未亡人，姻緣上還是更艱難些。」牛大嫂心直口快，想到什麼就說什麼。

牛大嫂說的也是世間的常態，死了丈夫的婦人難免要被冠上「剋夫」的名號，何況王茉莉還帶著與前夫的孩子，這世間願意幫他人養孩子的男人並不多見。

「唉，茉莉也是個可憐的，以前是多嬌俏的小姑娘啊，那時候我們水陽村就茉莉和妳家阿木最討人喜歡了，人俊俏不說，既勤快能幹，還有一手好繡活；沒想到會是這兩個丫頭的姻緣不順遂……」

方奶奶想起以前兩個花朵一樣的小姑娘，忽然想起戲文裡的一句唱詞：紅顏勝人多薄命，莫怨春風當自嗟。

張老娘聽到方奶奶可憐王茉莉，不由得一撇嘴，不滿地道：「茉莉再可憐，也不能來欺負我家阿木啊，以前她們兩個還是頗說得來的小姊妹呢！後來又都嫁到了溪水村……唉，沒想到兩個丫頭最後都回來了。」

說到最後，張老娘忽然也能理解王大娘的心思了。當時她們兩個嫁的都是溪水村比較富裕的人家，結果茉莉守寡、阿木和離，本是差不多的命運，可是轉眼阿木便有兩戶人家來提親，其中還有王大娘為茉莉看中的丁大。

在方奶奶這絮叨了半天，晌午張老娘回家的時候，氣也消得差不多了。

當然，王茉莉看上丁大的消息也傳得差不多了。

當丁老頭知道村長家的二丫看上自家兒子的時候，心裡頗不樂意。二丫回村裡守寡快三年了，她去河邊洗衣服時會經過自家門口，二十幾歲的人生過得像三十多歲一樣，還有個女兒跟著。

雖然張木也嫁過人，兩人同樣俊俏，但最重要的是張木沒有孩子啊，在趙家還學了些詩書，茉莉比起張木是差太多了。

想著，丁老頭當下便又往何媒婆家走，望她明天能再多替自家兒子說幾句好話，更承諾將媒錢再加上一些。

何媒婆一聽，當下就想往張家再跑一趟，但是想起和徐媒婆的約定，還是忍住了，對丁老頭還是滿口答應，畢竟若張木選了丁大，自是自己的功勞。

何媒婆籌劃著，若張木明天還沒決定好，自己要怎麼說才能打動她選丁大？可她卻不知，徐媒婆答應她不去說，可沒答應當事人不去說。

到了媒婆上門的這天早上，張木和桃子在廚房做飯，桃子忍不住問道：「阿木，妳決定好要選誰了嗎？」

「嫂子，說實話，我這心裡實在沒底，我對他們也不是太熟悉，畢竟我去溪水村也有五年了……」張木無奈地說。

一下子讓她在兩個陌生人中選一個，她還真不知道要選誰，雖說吳陵很誠懇地說了那一番話，但是兩個人到底合不合適，也不是態度誠懇就可以決定的。

不過她不可能一輩子不嫁，她這個冒牌貨在張家人眼皮下待久了，肯定會穿幫的，而且張老爹和張老娘只說讓自己選一個，可沒說自己能兩個都不選。

廚房事務忙到了一個段落，張木走回房裡，找到之前教小水認字的樹枝，她為了方便偷偷認字，便把它帶回房裡，她拿起樹枝在地上一筆一劃地寫——

丁大——有肉可吃、有首飾可戴。
吳陵——會疼老婆，兩人能一起奮鬥。

吳陵的條件確實比丁大弱些，嫁給他還離娘家很遠……

張木思路猛地一頓。吳陵住在鎮上，自己要是嫁過去，以後和張家人至少得十天半月才能見一次吧？這樣可不就安全多了？

這時外面有了動靜，原來不止兩個媒婆上門，就連王大娘也來了，不過她可不是來瞧熱鬧，她是來盯著張木別選丁大的，要是這丫頭不識好歹地選了丁大，她今天就抓花她的臉，看丁大還會不會看上她。

張老娘見到王大娘過來，猛地瞪過去，王大娘見她瞪著眼，正眼都不給張老娘一個。茉莉她爹可是村長，只要沒鬧到明面上，張家不敢把她怎麼樣。

張木也見到了王大娘，不過她不怕，反正她選的是吳陵。

「真是麻煩兩位嬸娘往我家跑腿了，不管我選哪一個，萬望兩位嬸娘見諒才好。」張木對兩位媒婆說道。

「哎，沒事，我們倆說好了，妳選誰，我們都認了。」徐媒婆甩著蔥綠的帕子道。

何媒婆也在一旁附和。

張木吸了一口氣，說道：「我比較中意吳家郎君。」說罷就匆匆回房。

「哈哈，木丫頭真有眼光，吳陵那小子長得多俊俏啊！」王大娘聽見張木選吳陵，樂得合不攏嘴。

何媒婆也知道王家中意丁大的消息，見王大娘這般樂呵，方才丁大落選的失落感立刻全消。

這不還有一樁生意呢！

當吳陵從徐媒婆嘴裡得知自己中選的時候，也像王大娘一樣樂得合不攏嘴——

他終於要娶媳婦了。

他一直以為是自己那天的話打動了在牆根處偷聽的張木，壓根兒沒想到自己其實勝在離張家遠，況且他也不知道，娶媳婦這事不是張木答應就可以的。

接著吳陵託師母幫忙採買聘禮，丁二娘那頭自是喜不自勝，吳陵到丁家已經有十三年了，跟自家兒子一起長大，感情好得不得了，她一直希望兒子能多個兄弟當玩伴，這麼多年來對吳陵也是照顧有加。

當吳陵把這幾年攢的銀子交給師母時，丁二娘推辭道：「傻孩子，那是我和你師父給你的零花，你以為你的手藝就值這麼點錢啊？我們早給你攢著要娶媳婦呢，我和你師父自當幫你把婚事辦圓滿了。」

饒是吳陵自幼看多了人性的虛妄，體會了種種人情冷暖，而使個性較為內斂，此時也不禁覺得有一股暖流湧入四肢百骸，整個人像沐浴在陽光裡，眼角、眉梢都染上一層暖意。

他壓下心底的紛亂情緒，誠摯地對丁二娘說：「那我也不多推辭，就勞師父和師母費心了。」

師父和師母的恩情，他日後必定會報答，雖然他們許是也有盼望自己以後幫襯師弟的心，不過他們現在確實是這個世界上對自己最好的人；以後，還會有妻子對自己好……

吳陵忽然覺得體內的血液好像流得更快，像要沸騰一樣，這十九年的人生裡，彷彿突然多了一種名叫衝動和熱血的東西。

張木和吳陵即將成親的消息從徐媒婆和李老姑奶奶那裡傳開了，有些和張家交好的人家自然為張木高興，有些不相熟或不待見再嫁女子的人難免開始說幾句不中聽的。

其中說得最難聽的非趙問的親娘莫屬，趙婆子從李老姑奶奶那裡得知張木要嫁到鎮上，當場就沒忍住，罵道：「好一個沒羞恥的小娘皮，和我家三兒和離還沒多久呢，就搭上了不知道哪兒來的野小子，這般趕時間，也不知道是不是早就暗地裡勾搭上了，這種女人就該浸豬籠。」

李老姑奶奶本來想看趙家婆娘吃癟的模樣，沒想到這潑皮貨卻肆言無忌，當下就黑著臉走了。本朝從開國就廢除浸豬籠這一項陋習，連自己這快入土的人都知道，趙家婆娘還這般瘋瘋癲癲的。

趙婆子對著李老姑奶奶的背影狠狠啐了一口，早知道這老妖婆不是好東西，以前就常和張木那小娘皮一起作妖，不就想來看自己笑話嗎？那她就讓她好好看看。

當趙婆子去找自家三兒說這件事時，趙問卻無所謂地喝著茶。

「娘，妳不要生氣，張木這輩子除了我之外，她誰也跟不了，等我和秀兒成了婚，再把張木弄回來伺候妳。」

趙婆子倒被自家兒子的話說得一愣。「你們不是和離了嗎？你還準備讓她回來做小？」

趙問眼神貪婪地道：「她那一手繡活可值不少錢呢！娘妳願意就這樣放走一棵搖錢樹？」

沒有人比趙問更明白張木掙錢的能力，張木交給趙婆子的錢只有一半，還有一半一直在口袋裡呢！

趙婆子想起張木每個月交上來的二兩銀子，心裡也癢得很，可就算自己願意，張家也不願意讓張木回來吧，而且還是做小。趙婆子懷疑地看著自家胸有成竹的小兒子。

趙問當下也不願多解釋。「娘，妳就看著好了，不過妳得抓緊時間趕快把我和秀兒的事給辦了，秀兒的肚子可遮不住。」

趙婆子見自家兒子心急的模樣，心裡不以為然，她就是要拖到李秀兒的肚子遮不住，讓她臉面盡失，一輩子抬不起頭，以後進門了還不是隨自己想怎麼拿捏就怎麼拿捏。

但她卻不能讓兒子知道自己的心思，小兒子和這小狐狸精正是好得蜜裡調油的時候，她滿嘴應道：「你放心，你看上的，娘還能不用心嗎？只是聘禮要置辦得豐厚些，有些東西還要去縣裡買呢，一來一回可不是要花上一段時間？」

趙問見老娘將自己的事放在心上，便也不多說了，聘禮說是給媳婦的，到時隨秀兒一起抬過來，還不是自己的。

晚上，丁二娘和丁二爺在商量給張家的聘禮時，兩人都有些唏噓，一轉眼吳陵來到丁家都有十三年了，自家兒子也都十三歲了。

當年吳陵餓暈在丁家竹篾鋪前的時候，丁二娘正在鋪子裡幫忙，見門口暈倒的孩子身上都是泥，身形瘦得有些駭人，猜測必定是從哪裡逃難過來的，不由得起了憐憫之心，便把他抱進了店裡。

丁二娘細心地用湯湯水水餵了幾天，當吳陵好多了之後，便有禮地向丁家兩口子作揖行禮，那一刻，丁二娘腦袋靈光一閃。

自己成親幾年都沒有孩子，原本還在思量著要不要買個小妾回來，現在見這孩子無依無靠，個性乖巧懂事，要是以後一輩子都沒有孩子，養個孩子傍身不也挺好？

夫妻倆商議過後，便打算收六歲的吳陵當義子。

只是沒想到幾天後，丁二娘就被診出了喜脈，夫妻倆當場喜極而泣。丁二娘默默地想，許是老天爺見自己心善，收養了一個孩子，才恩賜自己一個孩子，夫妻倆都認為吳陵是自家的福星。

只是夫妻倆後來都沒再提起收吳陵做義子的話頭，因為在蕪朝，義子有資格繼承養父母的財產，也必須替養父母養老送終，可當時丁家鋪子的收入也就夠一家人的衣食，丁二娘才會猶疑。如今家裡小有積蓄，自家兒子又將心思放在科舉上，丁二爺這時便覺得該將這間鋪子留給吳陵打理。

「這幾年陵兒待妳我都孝順至極，對竹兒也頗有兄長的樣子，在婚事上我們自是不能虧待了他，聘禮就按大哥給大姪兒準備的來辦吧！」丁二爺沈思了一會兒說道。

「行，就聽你的，這十多年，我也早將陵兒當兒子看待，雖說不及竹兒重要，但是人家母親愛親子，也更愛小兒些呢。」丁二娘見丁二爺這般囑託自己，嘴上忍不住為自己辯駁一句。

丁二爺瞧了老妻一眼，不由得笑道：「都在一起這麼多年了，我還不了解妳嗎？妳啊，心地是最良善不過的，我不過是怕妳操心，給妳出主意呢！」

丁二娘聽了這話，才笑笑作罷。

第二日，丁二娘便託一位來自縣城的相熟客商，請他幫忙在縣城買些衣料、吃食和好看的妝奩。

接著她又選了幾個吉日，讓徐媒婆拿去給張家挑日子。自古都是婆家望穿秋水地盼著兒媳婦進門，娘家兩眼淚汪汪地捨不得閨女出門。

張老爹和張老娘看著寫著日期的單子，有五月十八、五月二十八、六月初八、六月二十六、八月初二。

哎，按老夫妻倆的意思，合該等到明年才好，自家閨女好不容易能夠在家長住；可閨女畢竟是二嫁，老夫妻倆怕拖得太久會出什麼岔子，最終還是同意女兒在八月初二出嫁。

第六章

張家把日子一訂下，丁家就著手準備過定。

過定那日，吳陵帶著兩隻活雁、八盒糕點、一支玲瓏點翠草頭蟲鑲珠銀簪、一支銀鳳鏤花長簪、一支雲鳳紋金簪、一支寶藍點翠珠釵、一對白銀纏絲雙釦鐲、一對蝦鬚金鐲、一對耳墜，另外還有細棉布四疋以及絲線若干，棉布和絲線都是要給張木做嫁衣和婚後見婆家親戚的新衣用的。

過定的時候，相熟的人家可以過來觀禮。大家見吳陵準備了兩隻活雁，明白吳陵對張木確實是上心的，再見到其他的飾物，都被嚇得不輕，這份小定禮就算擺到縣城裡富裕些的人家也差不了多少。

饒是張木在現代首飾店裡見慣了各種價格不菲的飾品，此刻也覺得這些首飾好看得緊，無論雕刻、鑲嵌還是金銀的成色都很難挑出毛病，心下也覺得丁二爺一家對吳陵確是十分看重的。

「沒想到妳家阿木這般有福氣啊！」王大嫂見到這些小定禮也不禁咋舌，當年自己只有一對銀簪和一對銀鐲子呢！雖說當時也羨煞了不少姊妹，沒想到阿木二嫁的小定禮竟如此豐厚。

「喲，我記得當時趙家的小定禮除了吃食，也就兩疋布和一對銀簪吧？沒想到阿木這二嫁倒比頭婚還體面呢！」王茉莉的娘酸溜溜地道。

丁家老頭子怎樣都不同意茉莉進他家門，沒想到張木卻這般好運地訂了親，夫家還這般大方。這丁二爺一家子都是傻子，給一個外姓人備這麼好的禮幹麼，還不如留著給他親姪子丁大呢！

張老娘見王大娘一副酸溜溜又眼饞的模樣，內心舒暢不少，當下也不計較了。「妳家茉莉也會和阿木一樣有福氣的。」

「那是自然，我家茉莉到時不僅聘禮厚，嫁妝也厚。」王大娘立即大聲回道，一邊還回了張老娘一個輕蔑的眼神。

呵，我家茉莉可不會輸給妳家閨女。

張老娘今天見未來女婿這般給面子，心情好得不得了，才不會和王大娘這種眼饞的人計較，也不再接話茬。

兩家過小定後，婚事也算正式確立下來了，由於吳陵一直住在師父家，成家後自不好再住著，他便打算選一塊合適的地買下來，畢竟攢下的幾十兩銀子要買屋並不夠，但是買塊地自己蓋還是可以的。

而張木要做的就是在家好好繡嫁衣，在現代學的一些繡功也讓她過了一回開金手指的癮，她忽然覺得自己好像也沒有那麼一無是處啊！

不過像是裁衣服什麼的她就完全不在行，只能找理由求助傳說中的裁剪好手方奶奶了。

另一頭的溪水村，在趙問的催促下，趙婆子也不好再將說媒的事拖下去，便往屋後的李老姑奶奶家走去。

李老姑奶奶見趙婆子過來，斂下眼裡的鄙視，換上一張笑臉，畢竟屋前屋後住著，也不好鬧得面上不好看，便客氣地讓趙家婆娘進來坐一坐、嘮嗑一下。

趙婆子一坐下就道：「老嬸子，我今天過來可是有正經事相託的。」哼，老虔婆，不是要看熱鬧嗎？就讓妳好好看個夠。

說完這句，她便笑盈盈地看著李老姑奶奶，只等著她問什麼事。

李老姑奶奶一時有些懵，自家和趙家雖然偶有往來，但因自己常幫木丫頭說話，趙家的便不待見自己，這回怎麼還有事來找她，看起來還是件喜事？

「哎喲，姪兒媳婦，妳就別和我這個老婆子賣關子了，我看妳這表情，應該也是件好事吧？快說來讓我也開心一下。」李老姑奶奶一笑，滿是皺紋的臉擠成了一朵菊花。

「老嬸子，可不是件喜事嗎？我來是想請妳幫我往李秀才家跑一趟，給我家三兒保個大媒咧！」趙婆子拉著李老姑奶奶的手極親熱地說道。

李老姑奶奶一聽這話，也不笑了，立刻肅起臉道：「姪兒媳婦，妳家三兒剛和離不說，就說這年紀也比我二姪孫家的秀兒大七歲有餘呢！這事我可不好應承。」說完堅決地擺手。

趙婆子見李老姑奶奶這麼快就板起臉色，當下也不客套了，拿出繡著如意紋的帕子，輕輕地沾了沾嘴角說道：「老嬸子，我也不瞞妳了，妳和李秀才家也是親戚，這事妳知道倒無妨。李家閨女懷著我家三兒的骨肉已經有兩個月了，我家要是再不去提親，這肚子可就瞞不住了。」

「妳說什麼？秀丫頭有身子了?!」李老姑奶奶看到趙家婆娘一臉幸災樂禍的表情也不在意了，她現在只想去鎮上問問二姪孫。

她連忙喚兒媳婦過來，陪她去鎮上走一趟。

「行，既然老孀子答應幫我跑一趟，那我就先回去了。若老孀子有好消息，可得來告知我一聲啊，不然我這邊不知情，要是再耽擱個十天、八天的，怕妳家姪孫就得來求妳了。」趙婆子說完便站起身，用帕子撢一撢裙襬，昂首挺胸地走了。

李家兒媳婦眼尖，看見趙家婆娘手上的帕子，知道是張木做的，又見自家婆婆被氣得身體都在抖，連忙讓兒子把丈夫找回來，一起陪李老姑奶奶去鎮上。

李秀才和水陽村的李大郎都是李老姑奶奶的娘家姪孫，李老爹和李老娘去世後，李秀才和李大郎就分了家，因為李大嫂和李秀才的媳婦合不來，兩家來往也少；但是對於李老姑奶奶，兩人還是相當尊敬的。畢竟爹娘在世時和李老姑奶奶常有聯絡，李老爹臨終之際還抓著兄弟兩人的手，要他們以後一定要孝敬李老姑奶奶，說當年如果不是姑奶奶，自己早就餓死了，當時兄弟兩人都含淚答應了。

李秀才身為鎮上唯二的秀才，在鎮上開館教書多年，村裡許多小學童都是由李秀才開蒙的，趙問便是其中之一。

李秀才家的女兒秀兒，今年才十五歲，下面還有一個五歲的弟弟。

李秀才既然能在千百位童生中脫穎而出，成為秀才，自是從小就一心苦讀詩書，奉孔孟為聖明，因此在庶務上一向少一竅，還好娶了個能幹的婆娘洪氏。

女兒十三歲的時候，洪氏就在李秀才的學生中幫自家女兒物色好兒郎，挑來挑去，她發現這些學生中，論長相、家境、聰穎程度，竟沒有一個比得上趙問。

她心裡直嘆息，每每在考慮其他小郎君的時候，都要說一句。「和趙家郎君比起來，還是差一些。」

實是趙問平時一副謙恭有禮的模樣，每年送的節禮比一般學生大方，洪氏才覺得趙問是個有前途、有家底的小郎君。

而趙問送的節禮之所以比旁人貴重，是因為張木每個月的繡活錢有一半會交到他手裡，手上有銀子，平時出手自然比手頭拮据的學子大方。

李秀兒聽到自家娘親嘴裡常嘮叨姓趙的學子，難免有些不耐煩，有一次便隨口道：「那還趙公子不就好了？」

洪氏看著女兒這般無憂無慮的模樣，嘆道：「那趙家小郎君已經有妻子了，怎麼能再娶妳呢？」

這個家老的糊塗、小的懵懂，幸好還有個尚不知事的小兒子，以後一定得好好教導才行。

聽自家娘親念叨得多了，李秀兒也對趙問產生了些許好奇，待父親講課的時候，便從窗戶裡偷看了趙問兩回。

趙問讀書一向不太專心，否則也不至於年過二十連個童試都沒考過，瞧見夫子家的小閨女探頭探腦地偷窺自己，腦子裡突然有個奇異的念頭蹦出來。

他看著窗外，露出溫柔迷人的笑容，李秀兒捂著心口，紅著臉跑走了。

十五歲懵懂任性的小姑娘怎麼可能抵擋得了二十二歲的男子？很快的，趙問就在李家堆放雜物的小土屋裡得了手。

幾日前，洪氏見自家女兒總是胃口不好，還時常嘔吐，讓李秀才去請郎中，李秀兒趕緊攔住。

「娘，我就是晚上睡不安穩，踢了被，睡一覺就好了，那老頭每次開的藥都苦得要死，我才不喝呢！喊他過來也只是浪費藥錢。」

洪氏見女兒這麼說，想到每次浪費的藥汁，覺得女兒說得也有道理，便道：「那就過幾日再看看，不行的話再幫妳請郎中。」

自己的事自己心裡最清楚，這孕吐不是一、兩日就會好的，沒等兩天，李秀兒就吞吞吐吐地和洪氏說了自己有孕的事。洪氏得知是趙問的孩子時，覺得真是諷刺至極，她覺得萬般好的人原來內心是這般齷齪，竟然勾引夫子家的女兒。

「娘，他為了我都已經和離了，等備好了聘禮，就會來我們家提親的。」李秀兒一邊忍著腹中翻滾的噁心感，一邊說道。

「原來張家阿木和離是因為妳的原因？」洪氏渾沌的腦子突然閃過一道光，震驚地看著自家女兒。

她以為趙問是和離後才跟女兒勾搭上的，原來兩人早就好上了。洪氏將頭埋在腿上，悲痛地嗚咽起來，她竟然沒看好女兒，她這段時間一心一意教導兒子，覺得女兒在家安全得很，沒想到……

天啊！她是一個多失敗的母親啊！

「娘，妳不要哭了，他很快就會來提親的，妳放心好了，不然給爹聽見就不好了……」李秀兒不耐煩地說道，說完忍不住跑去牆角嘔吐。

洪氏抬起頭，淚眼朦朧地看著蹲在牆角的女兒，覺得自己這一生都沒有這般生無可戀過，不過這畢竟是她的女兒啊，她一定要讓她順順遂遂地過日子。

女兒的肚子至少也有兩個月了，趙家卻還沒來提親，怕是那趙家婆娘想要藉著秀兒的肚子拿喬呢！

等李老姑奶奶一行人趕到鎮上的時候，李秀才一家正準備吃午飯，見老姑奶奶來了，李秀才連忙起身攙扶。

「老姑奶奶，您可好久沒來看我了，我正準備這兩天休館的時候去溪水村看望您呢！」

李秀才雖然三十多歲了，可在李老姑奶奶面前仍像個孩子一樣，滿眼孺慕。

李老姑奶奶見到待自己這般親熱的姪孫，心裡的焦慮不由得更多了一些。「姪孫媳婦，妳先去把院門關上，要是有還沒回去的學生，也給他們放半天假，我有事要和你們商議。」

李秀才見老姑奶奶一臉愁容，立刻就讓媳婦去辦了。

「老姑奶奶，您這是遇到什麼事了嗎？」李秀才關心地問道。

李老姑奶奶不語，待洪氏回來，才直接道：「如今只有兩條路，一是處理掉秀丫頭肚子裡的孩子，把她嫁到其他縣去，趙問還想考科舉，他不敢自毀名聲，以後橋歸橋、路歸路，互不相干；二是讓秀丫頭嫁過去，以後任由趙家婆娘拿捏。」

李秀才的眉頭皺得快打結了。「什麼孩子？和趙問有什麼關係？」

李老姑奶奶見姪孫一臉茫然，不由得閉了閉眼睛。這孩子自小心思都用在讀書上，什麼都不關心，連自家女兒懷了學生的骨肉都不知道。

李秀才見老姑奶奶一副悲痛的模樣，也不忍再問，轉頭看向妻女，見兩人都慘白著臉，忽然覺得心口絞痛，也明白了。

他一輩子教書育人，沒想到自己的學生卻害了他的閨女。

這件事讓李家一陣人仰馬翻，李秀兒打定主意絕不落胎，她始終相信趙問會風風光光地來娶她。

自那天開始，李秀才便再也不想見到女兒，關於她的事連聽都不願聽；於是洪氏只能獨當一面，前往趙家和趙婆子會面，只說一句「妳家趙問若是沒了考功名的心，自是不用來我家提親」。

洪氏敢這麼說，也是有底氣的，自家丈夫是這鎮上唯二的秀才，而另一個中了秀才的就是李秀才的學生。

他的運氣比李秀才還要好些，一路順利考中了同進士，雖只是三甲，但是在小鎮上已是很夠看了，恰好現在這名學生就是通台縣的縣令。

世人講究尊師重道，那位縣令對李秀才很是尊敬，逢年過節一定會派下屬來送節禮，所以李家和縣令的關係也會影響到趙家。

而洪氏不知道的是，她所仰仗的這些，將會害了自家女兒的終身。

第二天，趙婆子便趕緊讓徐媒婆來李家提親，兩家很快就下了小定。小定禮沒有用大雁，而是用了兩隻鴨子，另有兩疋細棉布、四綑絲線、一支如意紋銀簪、一個珠子箍兒、一對白字如意紋銀鐲、一對蘭花金耳墜，以及六盒糕點。

洪氏當即皺了下眉，這小定禮跟自己的想像差太多了，可是女兒已經懷了趙家的骨肉，她也不能把趙家得罪得太狠，不然以後女兒在趙家的日子不會太好過。

當下她也不作聲，而李秀才自始至終都沒有管這檔事。

李秀兒和趙問的婚期就訂在四月十八，鎮上的人都覺得奇怪，這李秀才嫁女兒怎麼會這般急，也有眼尖的老奶奶從李秀兒微微豐滿的體態上瞧出是有了身孕。

於是，鎮上的流言像風一樣起了。

第七章

雖然之前張木跟方奶奶學了幾種繡法，但離原主的水準還是差了一大截，俗話說，人無遠慮，必有近憂，這繡功還是早早練就為好。

這天，張木準備向方奶奶請教裙面花卉的用色，才剛抱著衣裙走到方家門口，就聽到屋內傳來宏亮的說話聲。

「我以為我是我們水陽村數一數二的潑婦，沒想到這裡還藏著一個呢！」

聽這說話內容，張木也知道是牛大嫂，更別說這般宏亮的聲音。

「可不是嗎？以前我只覺得李二嫂子雖要強些，但也溫柔得很。」說話的是方家二嬸。

張木心裡更好奇了，方家二嬸一向勤快得很，今天怎麼也沒去忙活，反而湊過來聊八卦了？難不成這次的八卦更勁爆？她連忙伸手推開半掩著的大門，喊道：「方奶奶，我過來啦！」

張木一腳跨進門內，一腳還在外面，卻定住不動了，實是被屋內的「八卦陣容」驚到了。

方奶奶家婆媳三個、牛大嫂、李家大嫂、王大嫂和她家兩個弟媳、楊家新進門的媳婦，還有張木不太熟悉的米家嬸子，以及各家小孫子、小孫女，將方家原本寬敞的堂屋擠得滿滿當當，年紀大些的小孩子還在院子裡玩鬧，吵得雞圈裡的母雞暴躁地咯咯叫。

方奶奶見張木杵在門口愣神兒，知道這丫頭怕是沒想到自家今天這般熱鬧，忙出聲招呼道：「木丫頭快進來。」

方奶奶一笑，一張爬滿皺紋的臉就像一朵花，張木每每見著都覺得親切得很，有些事被方奶奶瞧破了，她也不會說，所以張木最喜歡來方家串門子。

「方奶奶，我常往您家來，也沒看見您家有這麼多的小凳子啊，這足足有二十個吧？」張木邊說邊用眼睛數。

「這哪裡是方奶奶家的啊，都是我們從自家帶來的。」牛大嫂見張木一副驚訝的模樣，笑道：「知道今天方嬸子家肯定熱鬧，我們便自己帶著凳子過來了，妳這幾年不在家，也難怪妳不知道。」

牛大嫂長得比較魁梧，嗓門一向大，張木站在她旁邊，被她這一嗓子吼得耳膜都要破了。

「阿木，妳可得記得讓吳陵給我們家再做幾張小木凳啊，我家人多，等三弟娶了媳婦，凳子都不夠用了呢！」王大嫂立即逗趣道。

幾位婦人見張木有些難為情，一副欲言又止的樣子，都笑了起來。

張木見她們笑成一團，故作鎮定地說：「行，我一定記得傳話。剛才從外面便聽大家在說什麼新鮮事，我也想湊個熱鬧呢！」

大家見張木轉開話題，也不揭破，王大嫂率先說道：「我們在說李秀才家的媳婦，妳記得嗎？以前瞧著滿知禮的，最近在鎮上就快橫著走了。」王大嫂一邊說一邊比了個螃蟹爬行的手勢。

「哦？我這兩天沒出門，倒沒聽說呢！」聽見是李秀才家的，張木也有了點興趣，這不是原主的情敵家嗎？「大嫂子說給我聽聽吧！」

王大嫂還沒開腔，旁邊的牛大嫂便搶著說道：「李家秀兒小定禮隔天，趙問上門，李二嫂子就拿著一根扁擔往他身上招呼，打得趙問抱頭鼠竄地跑了。四月初，李二嫂子又和自家隔壁的當街對罵起來。這不，昨兒不是四月十八嗎？我家當家的昨兒個回來和我說，一大早趙家到李秀才家迎親，快晌午的時候新娘還沒到，新娘的娘倒來了，搬起椅子、凳子就砸，滿屋子都是吃喜酒的人呢，全被李二嫂子推桌砸碗的嚇到了。」

張木想起牛大郎在鎮上送貨，消息靈通得多，怪不得今兒個方奶奶家這般熱鬧，敢情都是來聽牛大嫂宣布最新消息。

一直倚在牆角的李大嫂見大家都笑得歡暢，眼神不由得黯了黯，雖說自己和洪氏處得不是很好，但畢竟都是李家人，也不能這般看著她被大家取笑，便輕聲道：「都是一個村的，我也不和大家說表面話，雖然以往我和洪氏處得並不是太愉快，可是這回我倒覺得她怪可憐的。」

大家見默不作聲的李大嫂開腔，都朝她看過來，只見李大嫂吐了一口氣說：「弟妹將趙問趕出家門，是因為他小定時送來的兩隻鴨子是病鴨，弟妹一早去買菜，便聽大家在傳趙家婆娘買了兩隻病鴨給她家當小定禮；而和隔壁的吵，是因為那家婆娘壞秀兒名聲；至於昨兒個的起因，是趙家婆娘不滿李家之前將趙問打出門，她便不讓趙問去迎親，只讓人帶了一隻公雞過去。」

「什麼?!公雞?!」

一屋子的女人之前還一副看好戲的樣子，現在都有些為李家抱不平，也難怪李二嫂子平時那般溫和的人會這般生氣。

李大嫂見大家都露出憤憤不平的表情，心頭鬆了口氣，之前她在家裡聽到牛家媳婦一路吼著「去聽熱鬧嘍！」就知道是關於老二家的事。

老二是秀才，以往在鎮上名聲好得很，幾個村裡的人家都願意把孩子送到他那裡讀書，且老二心地好，時常瞞著洪氏給自家一點幫襯，她無論如何也不能讓老二家就這麼壞了名聲，否則老二恐怕連學館也開不下去了。

李大嫂看見張木懷裡抱著大紅衣裳，靈光一閃，又接著說李秀兒出嫁時穿的嫁衣是洪氏連夜趕製的，一身正紅的羅裙針腳細密，上頭繡著如意雲紋和豔麗的牡丹，梳頭的婆子幫李秀兒梳了高髻，上頭插著一支鏤空飛鳳金步搖，耳朵上戴了一對蘭花金耳墜，十五歲的女孩子也妝扮出幾分富貴端莊的模樣。

張木看見李大嫂眼裡的亮光，忽然明白這是在替李秀才家博好感和同情呢！

她忽然覺得有些百無聊賴，人家過得怎麼樣和自己又有什麼關係呢？即使李秀兒再任性胡鬧，有這樣一個為她不顧一切的母親，估計她就算嫁過去也不會輕易受趙家拿捏的。

張木在聽了一耳朵女人間的口舌後，便很少再出門了，只待在家安安靜靜地繡嫁衣。

六月底，張木終於繡好了嫁衣，用的是平針，裙面上是大朵大朵的紫鳶花，幾隻蝴蝶翩翩飛舞，袖口和裙襬都用金線滾邊，勾著如意雲紋。

平針很像現代的十字繡，這種針法比較好掌握，張木在方奶奶那裡偷師後，也將自己的平針繡法加強了不少。

晚上睡覺的時候，張木抱著一身大紅的衣裙，想著這要是拿到現代也能賣個不錯的價錢，摸著摸著都捨不得放下了。

七月初，吳陵送來櫥櫃、桌椅之類的家具，本來這些該由女方準備，但因為吳陵本來就是木匠，自然不需要借他人之手。

由於已經訂親的男女不適合見面，所以張木就安安靜靜地待在房裡，聽著外頭的動靜。

張大郎招呼吳陵進屋喝茶，吳陵連連擺手說店鋪裡還有事，瞟了眼西邊的屋子，見屋門關著，窗戶上的紗簾也放下來了，只能壓下心裡的失落離開了。

張木走到窗邊，掀起紗簾一角，見著吳陵有些失落的背影，心裡莫名覺得有些安穩。

由於吳陵方才是雇了牛大郎的車把東西送過來的，但牛大郎下午不去鎮上了，他便打算一個人走回去。從水陽村到鎮上要走半個時辰，他心裡數著成婚的日子，也沒注意前面來人，不料那人卻擋在他面前。

吳陵抬眼一看，竟然是趙問。

「怎麼，看到我這麼吃驚幹麼？你能來找阿木，我就不能來了？」趙問看著吳陵瞪大的眼，這幾日在家裡的鬱悶好似也舒緩了些。

「今天是七月初八吧？喲，你和阿木成婚的日子只剩二十來天了。」趙問一邊掐著手指頭算日子，一邊故作驚異地說道：「阿木從我家回來都已經有四個月了呢！」

吳陵懶得和他廢話。「讓開。」

「別急啊，我來是有事要和你說，咱們先聊聊唄。」

吳陵不理他，抬起腳準備從旁邊越過他離開。

「行，既然你這麼急，我也就直說了，張木不可能嫁給你的，因為我們根本就沒有和離。」趙問慢悠悠地說道。

吳陵的腳忽地頓住，心裡著慌，可面上仍一片平靜。「阿木手上有和離書。」

「你不知道嗎？那份和離書無效。阿木這麼愛我，離開我都要吊脖子自戕，我怎麼忍心不要她呢？」趙問捂著胸口，做出一副極捨不得的模樣。

「你到底想要幹什麼？」吳陵面上已經有些不耐。

「不幹什麼，只是要告訴你，張木和你的婚事是不可能的，你到時若不想鬧得太難看，趕緊退出為好；再說那樣一個願意為我死的女子，你娶回去幹麼呢？」

趙問越說越起勁，他看著吳陵一臉憤怒的表情，就覺得心裡舒暢。張木明明是他的人，他只是準備讓張木回家待一段時間，等他娶了秀兒後就把她接回去，誰知道一個小木匠也敢肖想他的東西。

七月初的上午，陽光熱得刺眼，有些村民正在地裡鋤草，見到吳陵和趙問在一起，都不由得多看了兩眼，後來隱約聽見兩人似乎起了衝突，都從自家地裡抬起頭來。

有個膚色黝黑的小郎君見趙問攔住了吳陵的去路，趕忙扔下手裡剛拔起的雜草，拖著破舊的草鞋往張家趕。

「張大哥、張大哥，不好了，趙問來了。」一到張家，小郎君立刻扯開嗓門大喊。

張大郎正在收拾剛才吳陵送來的櫥櫃和床板，忽然聽見有人喊起趙問，連忙跑到院門，就見楊家小郎氣喘吁吁地站在自家門口。

「張、張大哥……趙、趙問把吳陵哥攔在路上了，兩個人好像還發生了爭執——」

楊家小郎一邊說一邊使勁用濕透的破袖子擦著頭上的汗，七月的天簡直熱得像火燒。

張大郎也不遲疑，拔腿就往楊家小郎說的路上跑過去，阿木好不容易有了一段好姻緣，可不能讓趙問這黑心肝的給破壞了。想到這裡，他又跑回院子，隨手挑起一根扁擔。今天非把趙問的狗腿打斷不可。

張木在屋裡也聽到楊家小郎的話了，她自從在方奶奶家見過楊家那個新媳婦後，那小媳婦還特地來找她嘮嗑。她知道方才那楊家小郎君便是楊家小媳婦石榴的夫君，聽說小時候喜歡跟在張大郎後面跑，和張大郎關係一向親厚，此時必然是因為趙問和吳陵發生了衝突，才會匆忙來報信。

張木心裡一時惶惶，擔心吳陵聽了趙問挑唆，又怕他一時衝動和趙問掐了起來。

既然這麼擔心，不如去看看。

張木心裡下了決心，便出了門往村裡的大路上跑去。

她還沒到，就遠遠見到自家大哥一手握著扁擔，一手指著趙問的鼻子罵——

「姓趙的，你怎麼這麼陰魂不散？難道之前揍得你還不夠疼是吧？又來這兒挑事！」

趙問心虛地摸了摸鼻子，客客氣氣地道：「大哥，我這不是路過嗎？剛好看見吳陵小弟，就和他聊兩句而已，我可沒挑事啊！你看吳陵小兄弟不還好好地站在這？」

「誰是你大哥，我張家和你趙家早就老死不相往來，別在這裡攀交情！今天看在吳陵沒事的分上，我就饒你一回，還不快滾！」張大郎氣勢洶洶地道。

趙問見張大郎握著扁擔的手背上青筋都快爆開，害怕地後退一步，這時眼角瞄見張木匆匆忙忙跑來，立刻又換上一張臉，大喊道：「阿木，大哥要打我，妳快過來。」一邊說還邊往吳陵身後躲。

吳陵望著往這邊跑的綠色身影，神情忽然沈了下來，轉過了身。

張木見吳陵都看見自己了還背過身去，心裡頓時「咯噔」一下，不自覺停下了腳步，望著那個背對著自己的身影，一時間不知該抬腳繼續前進，還是轉身回去。

「阿木，一夜夫妻百日恩，妳快勸勸大哥，快勸勸——啊！」瞅著張木胡亂喊話的趙問，一個沒注意就被張大郎一扁擔打上胳膊，頓時痛號，見張大郎又提起扁擔，也顧不上胳膊疼得鑽心，拚了命地往回跑。

吳陵伸手攔住了準備追上去的張大郎，低聲道：「大哥，別追了，你先帶阿木回去吧！」

張大郎見吳陵微微閉上眼眸，也不明白他心裡是怎麼想的，想問他趙問跟他說了什麼，但見妹妹就在後面站著，只好先忍住，用粗糙的大手安慰地拍了拍他瘦弱的肩膀。

「阿木，回去吧！」張大郎走到張木面前，無奈地說道。

張木看著前面瘦弱的背影，忽然覺得七月的陽光也染上了一層蕭瑟，她想張口，卻覺得喉嚨發不出聲音。

張大郎見自家妹妹定定地看著吳陵的背影，不禁在心裡嘆氣，也不知道趙問那混帳究竟和吳陵說了什麼？

他見路旁原本該在地裡忙活的村民都伸著脖子看過來，暗暗握緊拳頭，拉著妹妹往回走。

吳陵聽見張大郎和張木漸漸走遠的腳步聲，才抬起腳往鎮上走。想起之前趙問說的話，不知道還來不來得及趕上去問他，不由得皺了皺眉頭。

趙問跑了五、六里路後才敢回頭看，見張大郎沒有追過來，一下子累癱在地。他捲起袖子，入目是一片青紫，手肘處還傳來一陣鑽心的疼，估計是骨折了。

「張樹這個瘋子，等到以後我高中衣錦還鄉，一定要剝了他的皮。」趙問恨恨地發誓，一邊又怪自己不該跑到水陽村堵吳陵那小子，應該在鎮上等就好。

不過，剛才他看到吳陵見張木來了卻轉過身。嘿，那小子真好唬弄，等他和張木退了婚，這輩子張木再想嫁出去就難了，誰要一個和離過又被退婚的女子？到時他再讓媒婆去說服張家讓張木為妾，張家還不得對自己感恩戴德？

想到這裡，趙問起身用沒受傷的左手將綴掉的袍子努力扯平，才用左手托著右手胳膊往家裡走，腳下步履輕快，彷彿已經看見張木被吳陵退婚後，坐在窗前埋頭苦做繡活的情景。

吳陵一路走到鎮口都沒有遇上趙問，當下便抬腳往竹篾鋪子走去。

丁二爺正在鋪裡編著竹籃，見吳陵回來，面上似有鬱色，便問道：「遇到什麼事了？」

吳陵笑了下。「沒事，師父，就是在想阿木家的竹籃也太破了些，估計用了好幾個年頭了，要不要從師父手裡拿一個送去呢！」

「你這小子，媳婦還沒娶呢，就胳膊兒往外彎了。」丁二爺抽起手上的小竹條，作勢往徒弟身上招呼。

「哎喲，哪能啊師父。我這不是見您老人家埋頭做活辛苦啊，想逗您樂樂呢！」吳陵繞到丁二爺後面，笑嘻嘻地道。

丁二爺見徒弟又沒個正經，懶得再理他，拿起竹條重新編織起來。

「哎，師父，跟您老請個假唄。」

「幹啥？」丁二爺有些驚訝地抬起頭，看來還是出了事呢！

吳陵見丁二爺雙目炯炯地盯著自己，想想師父遲早會知道，早點告訴師父還能有個人商量，便將趙問將他攔下、說張木的和離書有問題的事說了出來。

第八章

「所以說，趙問那小子在和離書上動了手腳？」

「嗯，我估計張家和阿木都還不知道。」吳陵故作輕鬆地說道。

「你這小子，這麼大的事，如果我不問，你還準備瞞著我啊？」丁二爺猛地抽起竹條，往吳陵身上狠狠地招呼了下。

「師父，您怎麼能動真格呢！」吳陵背上火辣辣的，疼得直抽氣。

「不然還饒了你？你以為憑你這小子就能解決這事？要是弄不好怎麼辦？」丁二爺恨鐵不成鋼地道。

吳陵聽了這話，也顧不得背上疼了，忙湊過去道：「師父，還是您老有辦法。」

「哼。」丁二爺瞪了徒弟一眼，見徒弟面有愧色才道：「明兒個讓你師母看鋪子，你和我一起去一趟縣裡。」

師父都發話了，吳陵自是點頭應下。

趙問托著手回到家裡，趙婆子見到兒子的異樣，著急地上前問道：「你這是怎麼了?!」說著伸手捲起兒子的衣袖。

趙問疼得直咧嘴。「娘，我手折了，妳趕緊讓人喊郎中過來一趟。」

「阿二，快去租輛牛車，把郎中請過來。」趙婆子朝著二兒子的房門喊道。

在屋裡做繡活的二兒媳婦徐氏聽見了，不由癟了癟嘴，嘀咕道：「小叔自己不上進，整日惹事，還耽誤你讀書。」

「行了，妳就別管了，拿錢給我，我好去租牛車。」趙二郎不耐地說道。

「我整日裡做繡活可不是要給小叔子用的，是要給你攢著買紙筆的，這錢我不拿。」徐氏直接拒絕。

趙二郎見徐氏這樣，也不再多說，畢竟媳婦是為他考慮；想想平日娘都慣著小弟，常常偷偷給他銀錢，倒是自己這房手頭一直緊得很，便去堂屋裡找趙婆子要銀子。

趙婆子見自家二兒子這時候不給弟弟請郎中，反倒向自己伸手要銀子，大為不滿，但又見小兒子疼得慌，心裡也著急，只好掏出錢給二兒子。

待郎中到趙家時已經快傍晚了。因郎中見趙二郎面色不顯焦急，知道病人的病情應該不嚴重，便把藥鋪裡的事安排妥當了才過來。

等老郎中到的時候，趙問疼得嗓子都喊啞了，趙婆子萬分焦急，在幫兒子捲袖子的時候沒控制好力道，拉扯之下骨頭傷得更厲害，李秀兒挺著六個月的肚子坐在趙問床邊急得直流眼淚。

趙婆子不耐煩地罵道：「哭、哭，就知道哭，一點都不頂事，娶妳回來就是當祖宗的。」

李秀兒擔心趙問，也沒有心思和趙婆子鬥嘴，見老郎中過來，連忙站起身說道：「麻煩您看看，相公都疼一下午了。」

老郎中看著李秀兒六個月的孕肚，眼神閃了閃，看來流言是真的，這丫頭當初未婚便有孕了。

老郎中先伸手摸了摸趙問右胳膊上的骨頭才道：「骨頭錯位了，又受外力拉扯，導致筋絡有些損傷。」說罷，猛一用力，使勁扳了兩下，一聲慘叫響徹雲霄。

另一頭的李老姑奶奶正在用飯，被這一聲慘叫驚得掉了筷子。兒媳婦劉氏見婆婆被嚇到了，連忙把筷子撿起來，又從廚房拿了一雙乾淨的過來。

「娘，我今天聽到趙家老三一直在哀號，大概是身體不舒服吧，剛才看到趙家老二請了老郎中過來，估計現在正在看病呢！」

「叫得像斷魂了一樣，我還以為出啥事了呢！自從秀兒嫁去他們家，我就時常提著心，只怕趙家婆娘哪天發瘋對秀兒動手。秀兒懷有身孕，這時候可不能有閃失，你們平時也多留意些。」李老姑奶奶皺著眉頭擔憂地道。

聽見娘又提起這事，大郎放下筷子，有些不耐地說：「娘，那是秀丫頭自己選的路，沒有我們干涉的餘地。」

說完見自家娘親就要動氣，他也不想為這不知好歹的姑娘和自家人鬧不愉快，又不情願地道：「既然您一直將秀丫頭放在心上，我們留意些就是，您不用操心。」

李老姑奶奶見自家兒子答應了，當下也不再提。

前屋裡，趙問聽完老郎中的話，滿臉震驚。

什麼叫「筋脈受了損傷，調理不當會無法痊癒」？

他的手是提筆的手啊，怎麼可以有這樣的閃失。

趙婆子也被老郎中的話震住了，她的手有些抖，混濁的眼中帶著些茫然和慌張。「郎中你這話是什麼意思?!」

站在床邊的李秀兒已經看不下去了，撲到床上摟著趙問就痛哭起來。

趙問躺在床上，覺得腦中嗡嗡作響，良久後，臉色有些蒼白地盯著老郎中。

「麻煩老先生幫我開個調理的方子，晚輩還要準備考科舉呢，這手比晚輩的性命還重要啊！」說到最後，趙問覺得胸腔裡滿是惶恐和憤怒。

過了片刻，老郎中將開好的藥方遞給趙問。「這方子能活血化瘀，小郎君短期內萬不可提重物，臂膀要勤加揉捏，十天之後老夫再來複診。」

「老先生的意思是，晚輩這手還能治癒？」趙問驚喜地問。

「這次尚可恢復，但是小郎君以後切記要愛護這隻手，不然下次老夫恐怕無能為力。」上次裝病，大半夜的把老夫戲弄到水陽村，這次老夫可不得好好治治你？老郎中瞅了神情激動的趙問一眼，淡淡地說道。

在趙家一片劫後餘生般的喜悅中，老郎中掂著袖袋裡的一兩碎銀子，心情舒暢地隨著趙家租來的牛車回鎮上去了。

郎中一走，趙婆子就以怕李秀兒晚上碰到趙問胳膊為由，讓她睡在榻上。見到相公和婆婆一副不容駁斥的表情，李秀兒也不敢出聲。

晚上，她就挺著六個月的肚子躺在榻上，不敢隨意翻動，就怕滾下去磕到了肚子。趙問一個人躺在床上，聽著榻上李秀兒微鼾的呼吸聲，心裡有些不滿。自己躺在床上這般受罪，這女人卻一點也不擔心，還睡得這麼熟。

他不免想起以前張木溫柔小意地給自己端茶遞水，晚上自己睡下了，她還就著自己看書用剩的一點燭油做繡活。

他內心估量著，手裡的銀子也用得差不多了，得快點把張木接回來才行……

張木早上醒來時頭有些痛，回憶昨晚好像一直想著吳陵的背影，翻來覆去的就是睡不著，見紗簾上已經透著白光，趕緊掙扎著坐起來，畢竟在這裡可不能賴床。

她迷迷糊糊地坐在床上發了會兒呆，終於打起精神穿衣服。雖說今天早飯不用她準備，但她還是要幫忙端碗、拿筷子，不然就算嫂子不說，娘都要瞪她了。

堂屋裡，張家人早就坐在桌前等張木用飯了，張大郎昨晚和妻子說了趙問來鬧事的事，怕爹娘擔心，便等到今天早上才輕描淡寫地提了兩句，因此現在飯桌上除了啃著饃饃的小水，其他人臉上的神色都很凝重，也沒人在意張木還沒起床的事。

「這事不能就這麼過去了，趙問過來堵吳陵肯定沒好事，一定是在吳陵面前詆毀阿木，要是吳陵把趙問的鬼話聽進去了，心裡難免會有膈應。我今天就不去地裡了，到鎮上去一趟。」張老爹沈吟了半晌說道。

張大郎想了一下，覺得這事還是要問清楚，不然阿木的婚事恐怕有變數，便對張老爹說：「今天牛大哥沒去鎮上送貨，我一會兒去他家借一下牛車送爹過去，我們早些去，不然等等鋪子開門了，吳陵也不方便和我們多說。」

張老爹點頭同意。

待張木出房門的時候，張老爹和張大郎已經出門了，小水抱著她的腿問：「姑姑，妳今天又當大懶蟲了，現在才起來，我都吃飽了。」

張木面有赧色，被一個小鬼頭鄙視實在太丟人了。

桃子瞪了兒子一眼，對張木輕聲細語道：「阿木，我們都吃過了，妳的早飯在鍋裡熱著呢，趕緊去吃吧！」

見到小姑的黑眼圈，桃子心裡不由得嘆氣。好好的一樁婚事竟還起了波瀾，也不知道小姑昨晚哭了多久？

張木心下萬分感動，這個嫂子真好，自己賴床也從不高聲說一句，還這般熱心地給自己熱飯，更別提擺臉色給她看，就算自己當人家的嫂子，家裡有一個這般不著調的小姑子，也不一定能這樣寬容。

用過早飯後，張木便帶著小水在院子裡用樹枝認字，這裡的紙墨比較貴，她都是等小水學會寫這個字，才會讓他在紙上練習，所以每天早上都能看到張木和小水搬著小凳子坐在院角，用細樹枝在地上練習。

這時有人敲門，小水立刻抬起頭道：「姑姑，是石頭和珠珠過來了。」

「嗯，你去給他們開門吧！」

於是小水便樂顛顛地給小夥伴開門去了。

「姑姑，珠珠帶了糕點過來。」小水在門邊喊道。

張木抬起頭，就見珠珠兩隻手各拎著一袋糕點。

「姨姨，這是我娘讓我帶的。」珠珠小聲地道。她比小水還要大上一歲，今年已經六歲了，她知道姨姨和娘好像處得不太好，她還聽見外婆在家裡罵姨姨，可是她想跟石頭、小水一起玩，而且她覺得姨姨一點也不凶。

張木走過去接過珠珠手上的兩袋糕點，讓小水去廚房拿盤子，打開一袋放在盤子裡給三個小豆丁吃。

石頭和小水吃到解饞的綠豆糕，幸福得眼睛都瞇起來了，珠珠看見小夥伴喜歡，也很得意。

其實珠珠會來是有原因的，前幾天王大嫂過來找桃子，看見張木在教小水識字，便想讓自家石頭也過來學。

張木一向對王大嫂很有好感，自然答應了。小石頭是個有些肉肉的小胖子，一雙大眼睛烏溜溜地轉，特別機靈可愛，張木很喜歡他，也覺得有人陪著小水練習，成效說不定會更好。

於是第二天一早小石頭就來了，到了第三天，王茉莉家的珠珠也跟著小石頭一起來了。

小石頭一進門便耷拉著腦袋，有些羞愧，張木捏著他胖嘟嘟的小臉，笑道：「大人的事和小孩子沒有關係，珠珠很可愛，我也很喜歡她。」

小石頭立刻抬起頭，眨著大眼睛，認真地點頭道：「嗯，珠珠就是有些貪吃，人還是很好的，小水也很喜歡她。」

旁邊的小水很給小夥伴面子，也跟著點頭，於是張木便從教一個小孩練字到帶著三個小鬼頭練字。

今天的糕點估計是王茉莉讓珠珠帶過來的，張木也不客氣，畢竟只有收下了，對方才會安心；況且珠珠這麼可愛，她也希望這個單親家庭的小豆丁能夠有個愉快的童年。

她突然想起自己小時候也有一個很好的朋友三兒，媽媽一開始不喜歡三兒，可是她跟媽媽說三兒很可憐，媽媽便不攔阻她了。

唉，忽然有點想念那個遙遠的地方啊……

張老爹和張大郎回來的時候，已經快晌午了，由於太陽太大，張木早就讓三個小豆丁去屋裡玩了。

聽見爹和哥哥回來，她連忙去廚房將早就放涼的金銀花茶端出來。由於家裡沒有茶葉，五月的時候便曬了很多金銀花，現在拿來泡茶最好不過。

堂屋裡，張老爹和張大郎情緒都有些低落，見張木端著茶過來，父子倆悄悄交換了一個眼神，提醒對方別將去鎮上的事說溜嘴了。

說起今日一早，兩人到了鎮上的丁家鋪子，就見丁二娘一個人在忙活，時辰尚早，鋪子裡只有兩個婦人在看菜籃，丁二娘見張家父子倆一大早就過來了，連忙將兩人請到後堂。

「親家公和大姪子稍坐片刻，我先去前面招呼一下。」

張老爹連忙道：「親家母先去忙，不急。」

說不急，那便是有事了。丁二娘心下思量，走到前面的鋪子給兩位婦人介紹吳陵剛編好的一套竹籃。一套包含大、中、小三個，每一個竹籃底部都是平的，小和中的蓋子也是平的，大的蓋子則是尖塔狀，雨天可以用來防水。

兩個婦人見到這套竹籃都愛不釋手，女人對精緻的東西都會特別喜愛，兩個婦人比較了會兒，各拿了一套竹籃。這竹籃一套一百文，那種中規中矩的竹籃只要三十文，但越小的東西做工越精緻，價格自然貴一些。

等兩位婦人走了，丁二娘便把店鋪的門關了，來到後堂，見桌上的兩碗茶水都沒有動過，又見張家父子倆的臉上都有些焦慮，輕聲開口。「親家公和大姪子今兒個來有什麼事？」

張老爹緩緩道出來意，卻從丁二娘口中得知吳陵和丁二爺都去了縣裡，不禁有些沮喪，畢竟這事還是早點說開才好，要是吳陵有事悶在心裡，可不又是一樁麻煩？

見兩人面有憂色，丁二娘試探地問：「親家公來尋吳陵是有事吧，雖然吳陵不在，可要是有我能幫上忙的，您儘管開口。」

張老爹覺得這事和丁二娘說了，丁二娘以後難免會對阿木有芥蒂，畢竟前夫堵了未婚夫的路這事也不好聽，遂搖頭道：「也沒啥要緊事，就是婚事有些細節想問問吳陵。我們這邊也知道吳陵父母不在了，可妻子是要上族譜的，吳陵這邊也不知道有什麼樣的想法……不過離兩個孩子成親還有一個月，這事也不急。」

聽張老爹這麼說，丁二娘雖覺得這也確實是件事，但是看兩人神色，又覺得還是有些不對勁，不過張老爹既然不願意說，她也不好再問。

於是張家父子當下便就吳陵和張木的婚事跟丁二娘討論了會兒才告辭。

張木自然不會想到爹和大哥去鎮上找吳陵，端完茶就去廚房給桃子打下手。

她穿來這裡已經有一段時間了，從剛開始的添柴火，到現在已經會用鍋灶做幾樣簡單的糕點，為了掩飾她不會做飯的事實，她有時會拿這些小糕點出來糊弄一下，就算糕點賣相不好，可材料都是正確的，所以口味還算過得去。

桃子正在廚房裡炒萵筍，見張木端完茶要來幫忙，便喊道：「阿木，妳幫我把蘿蔔洗一下。」

張木走到牆角，使勁地將早上才出土的蘿蔔刷乾淨，隨口問道：「嫂子，早上爹和哥哥去哪了？我剛看他們鞋上都沒有泥巴和葉子，不像是去地裡。」

桃子眼皮跳了跳，轉頭見小姑一個勁兒地刷蘿蔔上的泥巴，趕緊道：「哦，他們去鎮上和丁家商量婚禮細節了。」

張木本就是隨口一問，聽桃子這麼說，也沒覺得有什麼不對勁。

第九章

下午張老爹和張大郎去地裡了，張木在家拿碎布頭繡帕子，之前和王大嫂一起買的碎布頭還沒用完，剛好拿來練練繡活。

聽說之前原主一條帕子可以賣到十文，張木看看自己手頭上的牡丹花，又瞅了眼原主留下來的帕子，心裡直嘆氣，還要多久才能練好呢？

張木正在屋裡悵惘，忽然聽到嫂子招呼李老姑奶奶的聲音。

「奶奶，您今兒個回來了啊，我可有許久沒見著您了。」阿木忙過去說道。

桃子讓張木領著李老姑奶奶去堂屋坐，她則去廚房端茶。

「木丫頭，妳可別怪我，這是我家秀丫頭讓我帶給妳的，她說在趙家有些事不清楚，想跟妳打聽打聽。」李老姑奶奶一邊說，一邊從袖口裡掏出一封信。

張木沒接話，接過信打開看了一眼，一旁的李老姑奶奶還在絮叨。「秀丫頭年紀小，做事沒有分寸，但她如今在趙家也不容易，我只好厚著臉皮來妳這兒討個主意。」

李老姑奶奶見張木朝自己看過來，不由得眼神閃了閃，又硬著頭皮道：「木丫頭，妳可得幫幫秀兒啊！」

張木看著李老姑奶奶一張布滿皺紋的臉上滿是急迫與憂心，不知道為什麼，以往慈眉善目的老婦人此時忽然讓張木覺得有些厭煩，又為李秀兒的信感到噁心。

李秀兒竟稱呼她姊姊，說什麼「妹妹年少不知事，以往多有令姊姊困擾的地方，懇請姊姊原諒。妹妹嫁入趙家才知道做趙家媳婦的不易……」這是向她這個和離的婦人炫耀呢！

張木見信下面又提起趙家的銀子，便將信撕了，趙家和她有什麼干係？

見李老姑奶奶一臉期待地看著自己，她淡淡地道：「李奶奶，以往您對我也是多有疼愛，按理說，如今您讓我辦件事，我自當應承，可是這事我實在無能為力，還請您在我們家歇會兒，潤潤嗓子後就回去吧！」

「木丫頭，這只是樁小事，妳也不需要和秀兒見面啊，妳只要在信上寫好給我帶回去就好；如果實在不行，妳寫幾個字就好，秀兒正懷著身孕，容易胡思亂想，妳就寫幾個字讓她安心一下……」

張木看著這個一臉急切的老奶奶，忽然覺得陌生得很，不過其實她穿來後和這個說是一向照顧她的老奶奶也只見過兩、三次面而已，如果是原主，也許會答應吧！但是她現在一點都不想跟趙家扯上關係，她雖不記恨李秀兒，但也不想和她有任何牽扯。

她閃過李老姑奶奶伸來準備抓她胳膊的手，冷聲道：「李奶奶，李秀兒的幸福和我沒有任何關係，你們明知道我和趙家的事，還這般相求，未免太強人所難了。我已經為她讓過一次路了，難道為了您口中這個年少不懂事的姑娘，我就得一而再、再而三地為難自己嗎？」

李老姑奶奶見張木這般絕情，不禁有點憤然，之前的一點愧疚也消失無蹤了。「木丫頭，我以前可幫過妳不少吧？妳怎麼能這般不留情面呢？做人得有良心啊！」

張木不欲多說，正如李老姑奶奶說的，她以前幫過原主很多，只不過人畢竟有親疏遠近，現在牽扯到她放在心上的李秀兒，她過來為難自己也是可以想像的；只是她並不是古代人，她並沒有受過「滴水之恩當湧泉相報」的刻板教育，她一向分得很清楚，對方敬她一尺，她讓對方一丈自是沒問題，可是這代價也得在自己可以接受的範圍內才行。

張木見李老姑奶奶氣得嘴唇都在打顫，想她這麼大年紀了，要是在她家氣出毛病，她以後真會被水陽村的人唾罵到死。

想到這裡，張木便緩了語氣。「李奶奶，您別這般生氣。您以往對我的好，我自是記在心裡的，可是您也得站在我的立場想一下，我一個和離的婦人，好不容易能再嫁，這時要是傳出我和前夫家還有牽扯的流言，要我怎麼活呢？」

李老姑奶奶見張木緩下語氣，心裡火氣也小了些，在這日頭正烈的時候趕過來，本就有些頭暈，剛才氣得眼睛都有些花了。

桃子端著茶水在外頭聽了一耳朵後，連忙先把在東邊屋裡午睡的兒子叫起來，叮囑他去喊李家人過來。

小水聽見有人欺負姑姑，立刻翻身下床，光著腳丫子就跑出去了。

交代完，桃子這才端著茶水進屋，熱情地道：「老姑奶奶，趕緊喝口水，這麼烈的日頭也難為您老人家還大老遠過來。」

見李老姑奶奶和小姑都還站著，桃子一邊把李老姑奶奶拉到椅子上，一邊故作生氣地道：「阿木，妳怎麼也不讓老姑奶奶坐一下？」

李老姑奶奶見桃子這般熱情，忙轉過頭把來意跟桃子說了一遍，最後道：「大郎媳婦，以前我可是幫過木丫頭不少吧？哪一次趙家婆娘虐待她，我不是過去幫她說幾句，還經常回來跟妳婆婆傳遞消息呢，這些事妳也都知道吧？」

桃子忽然想起戲文裡說的「挾恩以報」，李老姑奶奶說的這些確實不假，可難道就因為她給自家傳過消息或是幫小姑說過幾句好話，小姑就得搭上她的一輩子不可？她有沒有想過，小姑和離的始作俑者還是她家「年少不更事」的重姪孫女呢！

桃子壓下心頭的不屑，笑笑地說：「可不是嗎？當年多虧老姑奶奶您，阿木才少受了些苦頭，說起來您李家可是我家的大恩人呢，若不是秀兒懷了身孕，我家阿木怎麼會決意離開那個豺狼窩呢？阿木腦袋一時轉不過來，聽到趙家難免心頭不快，您老也別跟我們小輩一般計較，待我娘回來，讓娘好好教訓一下阿木。」

她這話的意思就是，她家小姑好不好，輪不到一個外人來教訓。這老太太這幾年因幫著嫁到溪水村的姑娘回娘家傳個信，以致村裡有幾家婦人願意耐著性子奉承她，難道她還真以為自己能作主作到她家來嗎？

李老姑奶奶覺得張家兒媳的話說得有點不對味，這不明著說秀兒勾搭有婦之夫嗎?!

這事要是外人說，她還能說那人是亂嚼舌根，可張家對這事是最清楚不過的，又一副笑嘻嘻的模樣，好像真的很感謝她李家似的，李老姑奶奶也只能裝作沒聽懂剛才的話，端起茶水喝了幾口，一時無語。

李家人還沒過來，張老娘卻先從地裡回來了，快到家門口時，見自家小孫子光著腳丫在路上跑，連忙把他喊住。

「小水，你往哪去啊？這麼熱的天不在家好好待著，又到處亂跑。」

小水像剛從河裡撈出來的一樣，身上的汗水滴滴答答地流著，氣喘吁吁地說：「奶奶，李家老太太來家裡欺負小姑，娘讓我去喊李大叔和李大嬸呢！」

張老娘聽小孫子這麼一說，心頭一緊。「他們都在地裡頭呢！你把你爺爺和你爹也喊回來，別用跑的了，走快點就是，鞋都沒穿，萬一踩到石子怎麼辦？我先回去，放心，你小姑不會有事的。」

說完，張老娘快步走進家門後，就聽到李老姑奶奶說道：「大郎媳婦，妳說說，這要求也不難吧？就是給秀兒寫幾個字安安心罷了，秀兒年紀小，有些事不懂，又嫁到趙家那樣的人家，可不是處處不如意嗎？阿木好歹在趙家待了五年，秀兒想問些事，可不就要靠木丫頭幫忙指點一下？」

李老姑奶奶說完，直勾勾地盯著桃子看，彷彿桃子要說一個「不」字，她就要跳起來似的。

桃子也不言語，臉上掛著笑，喝了口茶水，心下思量李家人應該快到了，以後她再也不讓這個老太太進自家門了，仗著一點恩情就倚老賣老，難道她不知道阿木要是和趙家又搭上關係，還不得被唾沫給淹死？不過有些人若是只記掛著自己，是不會管別人死活的。

張老娘心裡氣到不行，李家這個老太婆以前說是幫阿木這個、那個的，要是真有心幫阿木，阿木怎麼會嫁到趙家？當時和趙家議親的時候，她可是特地找她打聽過，聽她說趙家一家知書達禮，趙家婆娘是再和善不過的。

「李家姑奶奶，妳這話我可不愛聽，我家和趙家早就老死不相往來了，若是秀丫頭嫁到別家，有事來拜託阿木，阿木自是不會推辭，可秀丫頭嫁的是趙家啊！再說秀丫頭在趙家能有什麼不如意？這趙家可是書香世家，趙家婆娘又是最和善不過的，我還當是李家姑奶奶覺得趙家千萬般好，才讓自家重姪孫女兒頂了阿木的位置呢！」

張老娘說完，一臉不屑地看著李老姑奶奶。

李老姑奶奶見張家婆娘說這話，不由心虛不已，她還以為張家婆娘早就忘記了。

李家大郎在這時衝了進來，他聽小水說姑奶奶在他家，連忙放下地裡的活和張老爹、張大郎一起趕過來。

「姑奶奶，既然您回來了，怎麼不回自己家啊？這大熱的天，您何苦亂跑呢？」

李老姑奶奶見大姪孫來了，一時吶吶不成言。「我就、就是有點事找、找木丫頭……」

「那您過來也有一會兒了吧？先回家吧，您家姪孫媳婦今天燉了排骨蘿蔔湯，您趕緊回去嚐嚐。」李大郎邊說邊上前扶李老姑奶奶起身。

李老姑奶奶見自家大姪孫有一點好吃的都想著孝敬自己，感動得紅了眼眶，自家兒子有時還會頂撞自己，可是這兩個姪孫待自己卻是萬般孝順。想起秀丫頭哭哭啼啼地來找自己，說在趙家什麼都不懂，自己又懷著身孕，精神也不好，就想問問張木一些事。她看著秀丫頭滿是稚氣的臉上露出沮喪的表情，竟和守寡的王茉莉有些像，當下震驚不已，自是滿口應下。

想起秀丫頭苦哈哈的小臉，李老姑奶奶心疼得很，堅決地道：「大姪孫，我來是為了秀丫頭的事，她在趙家過得不好，便想託我來問問木丫頭一些事，可是木丫頭就是不願意說個一句。」

李大郎聽姑奶奶說秀兒過得不好，心裡也有些黯然，那畢竟是他的親姪女；可是聽到秀丫頭有事要問張木，又覺得難以置信，秀丫頭可是搶了張木的夫婿啊！

張木見李家人過來了，當下也不再顧忌，對李大郎說道：「李大哥，老姑奶奶年紀大了，有時候心裡著急，才會亂了分寸，我怕違逆她的意願會讓老人家受不住，現在你來了，就把她帶回去吧。不過雖說是為了自家親人，可是你也知道這事有多荒唐，還讓我寫幾個字給她？這白紙黑字的，我以後有嘴都說不清了。」

說完，又對李老姑奶奶說：「李奶奶，我和您也處了幾年，我的事您是最清楚不過的，我只能說，每個人有每個人的緣，李秀兒過得好不好跟我沒有任何關係，我不可能為了她壞了自己的名聲，您也莫強求了。」

「呵，妳有什麼名聲？一個和離過的婦人能二嫁都得燒高香，妳還當真以為妳還有什麼名聲不成？吳陵也就是一個給丁家為奴為婢的奴隸罷了，否則他怎麼可能會要妳這種和離的婦人？妳今兒個要是不給秀兒寫點什麼，我就去村裡吆喝是妳不守婦德，到處勾三搭四，趙問才跟妳和離。」

李老姑奶奶見張木咬著牙就是不點頭，當下也沒了耐心，自家大姪孫都過來了，若是等會兒她「氣暈」過去了，也不用擔心沒人理她。

饒是張老爹再忠厚的人，聽見李家姑奶奶這般說，心裡也氣得發苦。他正擔心趙問不知道對吳陵挑撥了什麼呢，這老太婆又來鬧事，當下氣道：「李家大姪子，我們好歹也是鄉里鄰居，我給你幾分面子，你趕緊把這瘋老太太帶走，不然休怪我不客氣。」

李大郎也沒想到自家姑奶奶竟會說出這般狠毒的話，一時羞愧難當，連忙半拉半拽地把李老姑奶奶帶走了。

張家人坐在堂屋裡，一個個低著頭不言語，只聽到身上又是汗水、又是灰塵的小水癱坐在地上大口大口喝茶的咕嚕聲，過了半晌，小水才道：「姑姑不用怕，明天我帶石頭和珠珠去和小夥伴們說李老太太來我們家欺負妳，還說妳壞話，大家知道以後就不會信她了。」

張木彎腰抱起小水，眼淚忍不住一顆顆掉下來。

小水伸著髒兮兮的小手幫她抹眼淚，軟軟地說：「我以後長大了會幫姑姑打壞人的，姑姑不要怕。」

張老爹和張老娘見自家孫子這般貼心，眼眶都不由得有些濕潤。

「爹、娘，我覺得趙家肯定在算計阿木，不然怎麼會前腳趙問堵了吳陵，後腳李秀兒又利用李老姑奶奶來鬧事呢？還指明要阿木的字，你說問個問題，說幾句不就行了嗎？為什麼一定要用寫的呢？」張大郎沈聲說道。

第十章

張老娘聽兒子這般說，也明白他擔心什麼，忍不住問道：「你妹妹都和趙問和離了，趙家還這般針對你妹妹是為了什麼？」

張老娘自女兒訂親後，這幾年壓在心頭的一塊大石頭就放下了。以前女兒在趙家和趙婆子處得不好，她心裡急得慌；後來女兒和趙問和離，又愁得她頭髮都白了一半；好不容易說了個知根知底的小郎君，上頭又沒有婆婆，女兒過門就是當家媳婦，吳陵還有編竹製品和打造木工的手藝，小倆口只要不往死裡折騰，以後的日子可不是紅紅火火的？可沒想到在出嫁前，這趙家卻一而再、再而三地弄出這些幺蛾子。

「趙問跟阿木和離這事是趙家理虧，按理說他要是有些良心，就不會這般三天兩頭地找碴才是啊，阿木以前可給他家掙了不少銀子呢！」桃子有些疑惑。

「趙家人要是有良心，還會鬧成這樣？」張大郎冷哼一聲。

張木抬頭望著坐在上方的爹娘，又看了眼身邊的哥哥和嫂子，半晌後平靜地道：「不用猜了，趙家先前做的事不就是想壞我的名聲嗎？壞我的名聲能有什麼好處？不就是想讓我嫁不出去？這是想讓我為趙問守節呢！」

張木以前看過不少電視劇和小說，按劇情來說最多就是這樣吧，她都跟趙問和離了，趙問也重新娶妻了，總不可能破壞自己的名聲是為了要再娶自己吧！（其實張木不知道自己曾

「呸呸，妳瞎說什麼呢，什麼守節不守節的，趙家和妳有什麼關係！」張老娘不滿地瞪了張木一眼。

張木笑笑，不置可否，只抱緊懷裡的小水，眼神卻透出一分果決。她對張老爹和張老娘說：「趙家三番兩次來咱家鬧事，不就是看我們好欺負嗎？以前我在他家，你們對趙家有所顧忌，現在我回來了，不能再讓趙家這般想來鬧事就來鬧事，也要給他家一點顏色看看才行！」

小水聽了姑姑這番話，也握緊了小拳頭。

張木見老夫妻倆都低著頭沈思，也明白他們的想法。經過這幾個月的相處，她發現張老爹和張老娘都是很樸實的莊稼人，從不占別人一分便宜，要是不把他們逼急了，他們也不會反抗。所以聽說洪氏為了李秀兒大鬧趙家的時候，她由衷地覺得李秀兒是幸運的。

她也不願意違逆張老爹和張老娘的意思去惹事，可如今趙家這般不饒人，她連嫁衣都費了九牛二虎之力繡好了，難不成最後只能看看而已？

桃子見公婆不言語，也知道他們都是一輩子老實慣了的，做不出打上人家家門的事，可是這事她也贊成小姑的做法，不能平白讓趙家這般欺辱人，她便向自家相公使眼色。

張大郎會意，開口道：「爹、娘，阿木說的有道理，這事就算您兩老不同意，我也是打定主意要做的。阿木再二十多天就要出嫁了，我可不想看阿木的婚事出了任何差池。」

張大郎說完，便從妹妹懷裡抱起兒子，頭也不回地走了。

張老爹和張老娘張嘴想說什麼，見兒子走了，不禁有些洩氣。半晌，張老爹才嘆道：「兒孫自有兒孫福，我們老了，這家也該是樹兒當了。」

桃子聽了，和小姑對視一眼，知道老夫妻倆這是被迫同意了。

第二日，張木很早就起床了，昨晚張大郎沒回來用飯，她鬧了一天又睏得緊，於是早早睡了。

她見桃子和張老娘都還沒起來，便先去廚房裡煮粥，等桃子走進廚房的時候，張木正在木板上撒乾麵粉準備揉麵，桃子趕緊道：「我來吧，妳這幾天一直在繡嫁衣，哪有這力氣來揉麵啊！」

張木笑道：「嫂子，妳可不能再這般慣著我，我以後離開家，不還得做這些？假如現在不多練練，以後可怎麼辦？」

「哎喲，現在就想得那麼遠了。」桃子故意拖著語調戲謔道，見小姑面有赧色，才繼續說：「以後就你們兩個過日子，用得著天天吃這沒味道的饃饃嗎？吳陵那麼瘦，妳還不使勁地給他補補？相信我，以後妳做這饃饃的次數一隻手都數得過來。」

小夫妻倆過日子，自是怎麼舒服怎麼來，又不是一大家子必須節省些，以後兩人住在鎮上，搞不好連早膳都是在外面買的；不過話說回來，小姑這手藝確實比以前生疏許多。

張木被桃子這一打趣，緊繃的心也不禁放鬆了些，她用刀切開麵團，見揉得差不多了，便道：「嫂子，那這邊就交給妳了，我去餵雞鴨。」

「哎，妳去吧！娘昨晚睡得晚，估計還沒起來呢！」桃子一邊迅速將麵團切成小塊一邊道。

張木拌好了米糠走到雞舍旁，忽然聽到院門外有人在說話，她最近被趙家折騰狠了，當下也不敢直接開門，揚著聲音問道：「誰在外面啊？」

「阿木，我是榆哥。」院門外的王大郎連忙應道。昨晚張家大郎找了好幾家男丁說要去趙家出口氣，不過他怕讓人家難做，家中有閨女嫁到溪水村的人家他都沒去知會，而自家除了堂妹茉莉當初嫁到溪水村之外，還有一個親妹子丁香去年底也嫁去了溪水村，所以他便沒有找上自家；但是昨晚兒子回來時說小水喊他一起去給他姑姑報仇，他讓媳婦去打聽，才清楚這事，一早就喊著自家兄弟椿哥一起過來了。

「榆哥、椿哥，這麼早過來有事嗎？」張木打開門，看著王大郎和王二郎，一時有些疑惑。

「阿木，我們是來找樹哥的，他在吧？」王大郎問道。

「在，不過還沒起床呢！我讓嫂子去喊他，你們先去堂屋裡坐坐吧！」張木說完便往廚房跑。

桃子早在張木出聲時便聽到了，她將饃饃放在蒸籠上，洗了下手，對進廚房來的張木說：「阿木，妳把鍋熱一下，我去喊妳哥。」

今天早上相公要早點出門，早飯還是得早點做好才行，桃子不由得埋怨自己今天沒早些起床。

張大郎聽媳婦說王家兄弟過來了，連忙起身換衣服。一走進堂屋，見到王家兩兄弟，便笑道：「早起的鳥兒有蟲吃，可我家這早飯還沒做好呢！」他心裡明白兩人的來意，但他也不好貿然出口。

「樹哥，你也別揶揄我們了，就直說吧，你顧慮著丁香沒來喊我們，可我們還是非去不可，阿木也是和我們一起長大的，丁香的婆家和趙問家也沒什麼交情，你不用多想。」

張大郎感動地點頭應下，多一個人也多一分氣勢啊！

過了不久，楊家小郎駿哥、牛大郎、方家二爺、三爺和方家大爺的兒子濤哥兒以及許家大郎都過來了。張木站在廚房朝堂屋看了一眼，雖說去鬧一次可以解氣，可是也不能違法，當下便和桃子說：「嫂子，妳一會兒和哥哥說一聲，讓他不能硬闖進趙家，先哄著開了門再說。」她記得本朝明令破門而入者是要打板子的。

桃子見小姑在這時候遲疑了，笑著拍拍她的手。「妳放心吧！這事他們也不是頭一回做了，都知道的。」

「啊？」張木一怔，難道真的是她太謹慎了？

「茉莉的婆婆不放茉莉回來，當時也這樣鬧過一場。聽說方奶奶家的大女兒也鬧過一回，當時還是爹去的呢！」桃子說著，想起當時她一晚上都沒睡好，就怕大郎有個好歹，經歷過一次倒覺得也沒什麼了。

另一頭，趙家人同樣一早就起來了。趙老爹以前就訂下規矩，讓兒子們每天早起讀書，其實當時是想讓趙家兒郎都下地幹活的，不能只在家讀書，若是考不上，好歹還能幫忙地裡的活計，也不怕以後日子過不下去；可是趙婆子卻不同意，還說：「我家兒子個個都聰慧不凡，怎麼能和那些泥腿子一樣下地幹活呢！」

趙老爹懶得和她辯，她想怎麼著就怎麼著吧！以後他在家裡就當透明人。所以趙老爹每天一早就得扛著鋤頭去地裡幹活。

當張大郎一行人到趙家時，趙老爹並不在，張大郎上前敲門，喊道：「趙問在不在？」

趙問手還沒痊癒，心裡正煩得很，聽到外面有人喊他，連忙走出房門，拉開院門一看，驚得小腿打起哆嗦。

「你、你要幹麼？」他沒想到張家會帶人打上門，以前張木在他家被欺負，也沒見張家人吱聲，他還以為張家人都是軟柿子，隨自家拿捏。趙問哪裡知道，其實張大郎以前屢次想上門來鬧，都被張老爹和張老娘阻止了，用的理由是──「你去鬧，以後阿木的日子就更難過了，好歹他們小夫妻倆還能過下去，以後等阿木生下孩子就好了。」

張大郎已經忍了趙家許多年，心裡憋屈得不得了，每次一見趙問都有揍死他的衝動，今兒個終於能好好解氣。

「幹麼？讓你以後少來我家鬧事！」張大郎把手臂往前一揮，水陽村的人收到指示，立刻湧進了趙家。

趙家自詡書香世家，院子裡擺了好幾盆花草，趙家小女兒愛嬌，還在樹下掛了一個鞦韆，此刻嘩啦啦都被扯掉了。

趙家大媳婦袁氏正在廚房收拾碗筷。說起這廚房的活計，以前趙家是三個媳婦輪流做飯，但新進門的李秀兒以懷著身孕為藉口，不願意動手。趙婆子譏諷了她幾句，她只得做一回，粥都糊了不說，她還嚷著在廚房裡熱得肚子疼，剛好那天洪氏過來看女兒，當場就指著趙婆子的鼻子罵起來。

由於趙問還指望著李秀才幫他鋪路，私下勸了自家娘親好些日子，趙婆子只得不甘願地答應讓李秀兒不用做飯；可是以前同樣懷孕的趙家大媳婦袁氏和二媳婦徐氏就沒有這樣的好運，於是兩妯娌看李秀兒就更加不順眼了。

此時袁氏聽見外面鬧騰的聲音，驚得探頭出去看，一瞧見外面的陣仗，又立刻把頭縮回去。外面這麼多人，自家相公可不能出去啊，她一時心裡著急，不敢輕舉妄動。

此刻趙大郎和趙二郎都在房裡讀書，趙大郎家的珍珍還賴在床上，被外面的聲響驚醒了，正癟著嘴要哭，趙大郎也沒時間哄她，忙讓在一旁練字的兒子去哄妹妹，見兒子怕得小肩膀一抖一抖的，又放緩聲音道：「在屋裡看著妹妹，聽到什麼聲音都別出來，爹一會兒就回來。」說完趙大郎便往外走去。

另一頭，趙二郎卻被在房裡做繡活的徐氏拉住了，徐氏從窗戶朝外看了一眼，抱住了趙二郎的胳膊，惶惶說道：「外面那麼多人，又都是種地耕田的，人家隨便一個都能打兩個你了，你出去不是白白給他們揍嗎？」

見趙二郎不理會，執意要出去，徐氏急得眼淚都流出來了。「你要是被打傷了，我手上哪有銀錢給你看郎中？娘只會照顧小叔，不會管咱們的！」

趙二郎眉頭皺了下，厲聲道：「婦人之見！我要是連自己的親兄弟都不管，還算是人嗎？」就算娘再偏心，老三還是他的弟弟啊！

說完，趙二郎頭也不回地往外走。

院子裡，張大郎見趙家三兄弟都到齊了，冷笑道：「一家子真是枉為讀書人，逼我妹妹和離不說，還一而再、再而三地上門找晦氣，真當我張樹是好欺負的嗎?!」

趙問見張大郎眼神狠戾，不自覺往兩位兄長身後挪了挪。

趙大郎和趙二郎恨鐵不成鋼地看了自家弟弟一眼，惹事的時候倒暢快，現在只想躲起來；可見水陽村的人都在，也不願當著外人不給自家弟弟面子，只皺著眉不吱聲。

張大郎挑起牆角的棍子，指著趙問。「你上次和吳陵挑撥了什麼？」

聽到這話，趙問瞳孔驟縮，強辯道：「沒、沒說什麼啊，就、就和吳陵兄弟說、說阿木也不容易，希望他以後……好好待她。」趙問說完嚥了嚥口水。

「呵！你有這麼好心？你要是有這良心，我張樹跟你這王八羔子姓！既然你不說實話，可別怪我手下不留情。」張大郎被趙問的話氣笑了，看了趙家三兄弟一眼。

趙大郎和趙二郎不由自主地後退了一步。

「不行！這和我家大郎沒關係，你們不能打他！駿哥兒，我妹妹可是你二嫂，你怎麼能自家人欺負自家人呢！」袁氏見自家相公要挨揍，也顧不得恐懼了，立刻從廚房飛奔過來，張開雙臂護在趙大郎身前，朝站在張大郎身後的駿哥兒戚聲哭道。

楊家小郎的二嫂確實和趙家大兒媳是姊妹，駿哥兒自是知道的，此時聽見袁氏這般說，只得道：「聽這話說得，我可沒對志哥動手。」

要論親疏遠近，阿木還是和我一起長大的呢！駿哥兒心裡嘀咕道。

「這和我家相公也沒關係，你們也不能打他！我家相公可從來沒苛待過張木……」徐氏也抱著哭個不停的兒子從房裡跑出來，站在趙二郎身前。

水陽村的人一時也不好對婦孺動手，不由得面面相覷，朝張大郎看過去，等著他拿主意。

「行，這事和你們兩房確實沒有多大的關係，你們只要不攔著我們，我們自然也不會動他們。」張大郎沈聲說道。

當下，袁氏和徐氏都拉著自家相公回去，趙大郎和趙二郎見自家媳婦這般護著自己，心裡感動萬分，可他們又不能丟下弟弟不理，只能低聲喝斥她們別鬧。

一時間，院子裡滿是婦人和小孩的哭聲，還有男人的喝斥聲，就像燒開的熱水一般沸騰不已。

趙婆子趴在窗戶上，屏聲息氣地豎著耳朵偷聽，聽見兩個兒媳婦不讓老大和老二幫三兒，心裡咒罵：兩個白眼狼，以後可得狠狠治治妳們！

她又想起李秀兒也不出去護著三兒，比這兩個白眼狼還不如，心裡更加憤恨，頓時大喊道：「都是李秀兒那個狐狸精害的，如果不是她勾引我家問兒，還懷了身孕，我家問兒怎麼可能讓張木回家呢？張木在我家一向勤快得很，我對她平日裡雖嚴厲了些，可心裡還是喜歡她的，張家大姪子，你要是非要找一個人揍一頓的話，你就拿李秀兒出氣吧！」

趙問聽了，眼睛亮了亮，其餘的人則都呆住了，李秀兒現在可懷著身孕啊，趙婆子怎麼可以讓一個孕婦出來頂事。

趙大郎和趙二郎抿著嘴不說話，三弟在這兒呢，那不是他們的媳婦，他們根本管不著。

至於在房間裡的李秀兒，原本見相公應聲出去開門，也沒當一回事，躺在床上養肚子。昨天她娘送了紅糖和雞蛋過來，可這些東西進了廚房就不會進她的嘴了，她一時沒想到法子，便把它們都放在床底下，正想著該怎麼做才能吃，猛地聽見外面的聲音，爬起來打開窗戶看了一眼，嚇得躲在房裡不敢出聲。

這時見婆婆將她推出來頂事，一時嚇得腦子都懵了。

我可不能就這樣認了，那麼多人不得打死我？李秀兒撒著腳就往外跑，嘴上一邊喊道：「我什麼都不知道啊！都是相公教我的，是他讓我找張木的啊！我都同意相公把她納回來了，你們怎麼還欺負我呢？」

張大郎被吵得腦子有些轉不過來，也沒聽清楚李秀兒哭哭啼啼地喊了什麼，可是他身邊的駿哥兒聽了卻身子一震，這是要算計木姊姊給他家做小呢！

挺著肚子出來的李秀兒，身子乾癟，臉都凹進去了，一雙凸出來的大眼睛讓人看了瘮得慌，張大郎心下便知道趙家人又作孽了，這又是一個被坑的姑娘啊！

他對李秀兒擺了擺手。「妳進屋去，以後別招惹我妹妹就成。」

李秀兒見張大郎這般好說話，愣了愣，看了躲在大伯和二伯身後的相公一眼，想求情，見張大郎冷著一張臉，張了張口又把話吞回去，快步走回屋裡，心下想著她明天就要回家。

趙婆子見李秀兒安然無恙地回了屋，又縮回屋裡不敢出聲了，只豎著耳朵聽，卻發現外面忽然安靜下來，連小孫子都不哭了。

她不知道出了什麼事，心下更慌張，又不敢打開窗戶看，要是給張家崽子看見，肯定會一把拆了她的老骨頭，只得忐忑不安地豎著耳朵。

原來外面忽然靜下來是因為趙老爹回來了。院子裡，張大郎見跪在院門口的趙老爹，心裡辛酸不已，這樣好的一個老人家，此時卻默默地跪在那裡，他看了不忍，揮揮手，帶著水陽村的人離開了。

臨走前，他踢了趙問兩腳，趙問只能任由他踢，完全不敢亂動。

第十一章

張木等張大郎出去後，就在廚房裡收拾，又出去撿了些柴火，今天中午大家都要在自家吃飯，可得一早就準備好。

桃子喊王大嫂一起去鎮上買菜，不過牛大郎今天跟著去了溪水村，桃子和王大嫂只得去楊家租車，楊家二郎——也就是小袁氏的相公，以前也在鎮上送貨，但是楊家田地多，農忙時便在家裡幹活，不出去送貨；不過要是村裡哪戶人家需要用車的話，也是可以租用的。

小袁氏見張家媳婦過來租車，不屑地哼了聲，桃子也不理她，只徵求楊二郎同意。大家都是一個村的，抬頭不見低頭見，楊二郎自然應承，不滿地瞪了小袁氏一眼。

小袁氏撇撇嘴，扭著身子回房了。

等桃子和王大嫂從鎮上回來，張木已經將茶放涼了，還烙了一盤蔥油餅，現在正在搓湯圓，裡面的芝麻餡是張老娘先搗好的。

王大嫂做了一道她拿手的醬豬蹄，張老娘燒了一道紅燒鯽魚，桃子則做了幾樣素菜和一盤涼拌黃瓜。

張大郎一行人回來的時候，駿哥兒聞到廚房裡的香味，使勁吞了吞口水，往廚房跑去。

張老娘見他進來，笑道：「都娶媳婦的人了，還改不了這饞嘴的毛病，快去屋裡坐著，一會兒就上菜了。」

駿哥兒有些不好意思，撓撓頭道：「嬸子妳誤會了，我只是進來討碗水喝。」

「行，你去屋裡坐著，我讓阿木端過去。」張老娘也不揭破他，推著他往堂屋走。

見駿哥兒訕訕地走了，張老娘心下不由得嘆氣。當年她還滿看好駿哥兒的，只是駿哥兒比阿木還小一歲，楊老娘在世時也沒露過口風，後來給駿哥兒訂了一個小他三歲的姑娘，張老娘也就死了心。

趁著還沒開飯，駿哥兒拉著張大郎到門外，提醒道：「樹哥，我覺得趙家還是有問題，你聽李秀兒說了沒有，趙問那小子想納阿木做小呢！」

「我就知道趙家肯定有鬼！沒想到趙問心腸爛到這種程度，竟想著毀了阿木一輩子！」張大郎握緊拳頭，心裡懊悔不已，今天被趙老爹那一跪，軟了心腸，當時就該打斷趙問的腿，恐怕上次他堵吳陵也和這事有關……

張大郎抬頭見妹妹端著茶水過來，步履輕快，臉上露出笑意，心頭微鬆，這次他一定要護好妹妹。

隔天，他又去鎮上找吳陵，對丁二娘說的理由是問問吳陵有沒有時間幫小水做一張寫字的小桌子，可丁二娘卻說吳陵和丁二爺去縣裡還沒有回來，他只好按捺住心裡的焦慮，垂著頭回去了。

過沒兩天，張木聽說趙家分家了。趙老爹跟著老大、老二住，趙婆子和女兒趙淼淼跟著老三住，老大和老二各自住在老屋的東邊，老三住在西邊，連院子都隔起來了。

自家分家已經第四天了，趙婆子正躺在床上生悶氣，今天老大和老二還真的將那堵牆砌得人眼都望不過去，她原本以為就是砌一個半人高的用來分界而已，沒想到老大和老二竟然真的做得這般絕情。

這一定是老頭子出的主意，老頭子低了一輩子的頭，臨老倒硬氣起來了。

趙婆子想到那天老頭子抬起頭看著她的時候，她心裡除了訝異，更多的是藏不住的喜悅，這麼多年了，他終於願意看她了。

可他卻淡淡說了一句。「老三被妳慣得不成樣子，這般瞎鬧遲早要出事，老大和老二是安生過日子的人，這個家還是分了吧！」

在這驕陽似火的七月，趙婆子覺得自己好像被一盆冷水澆得全身涼透透的。

她氣得心裡發苦，嘴裡囁嚅著，又不願意和他說一句軟話。

自從那個女人死了後，他就再也看不見自己，那時淼淼才一歲，這都多少年了。

明明他們都在一間屋子、一張床上，可是他卻當自己是空氣；年輕的時候，她還會試探性地摸摸他的胳膊，可他就像死了一樣，被蚊子咬了還會癢，可是她恨得咬他，他卻連眉頭都不皺一下。

如果不是這四個孩子，他早跟她和離了吧！

「秀兒、秀兒！」

外面忽然傳來一陣敲門聲，聽這聲音，趙婆子不自覺露出厭惡的表情，她就知道洪氏得知自家分家後肯定會過來的，可是現在她卻懶得去應付。

李秀兒聽見敲門聲，連忙跑去開門。洪氏一進院子，便看見一堵新砌好的牆，將原本寬闊的院子隔得有些逼仄。

她拉著女兒的手往屋裡走，捏著那隻越發纖細的手臂，努力忍著哽咽。「秀兒，雞蛋吃完了嗎？」

李秀兒站起身朝趙婆子的屋子望了一眼，悄悄關上房門，從床底下撈出一個籃子，小聲地說：「娘，還有這麼多呢，我只吃了四個，這幾天輪到我下廚才有機會煮雞蛋，我連相公都沒給。」說完還眼巴巴地看著洪氏，等著被誇獎。

洪氏見上頭用破布蓋著，一掀開，還是滿滿一籃雞蛋，心裡酸澀不已，抱著女兒半晌沒說話。

李秀兒感覺娘親的身子在顫抖，忙從洪氏懷裡探出頭問：「娘，妳怎麼了？」

「秀兒，妳跟娘回去住好不好？等孩子滿月了再回來，現在妳的兩個嫂子都不在這邊，婆婆和小姑還等著妳一個孕婦伺候，來，我們回家，娘給妳做肉吃。」洪氏抹著眼淚說道。

李秀兒低著頭不作聲。

洪氏試探地問道：「妳是不是捨不得女婿？傻孩子，我讓妳爹見他，他還不天天往我們家跑啊！」

以往趙問還會去李秀才那兒聽課，可李秀兒和趙問的事鬧出來以後，李秀才就再也不願意見他了。

李秀兒聽娘這般說，也想起爹不願意見相公的事，自己如果回家，正好能幫相公求情，便點頭應了。

趙問聽到媳婦要回家住，順道幫自己跟岳父求情，內心喜不自勝。他和秀兒成親好幾個月了，連岳父一面都見不著呢！

見李秀兒露出一副捨不得自己的表情，他握著她的手道：「娘子回家住有岳母照顧，自是再好不過的，娘子放心，我會經常去看妳的。」

李秀兒得了這句話才安下心來，回屋收拾了幾件衣服，便和洪氏一起去趙婆子屋裡打個招呼。

得知兒媳要回娘家養胎，趙婆子不滿地說：「親家這是嫌我家薄待了李家閨女？這附近幾個村，誰家兒媳是回娘家養胎的？這不是下我趙家的臉嗎？」

「親家，我們兩個也不用說這些虛話了，秀兒在妳家過得好不好，妳比我更清楚不是嗎？平時就算了，她現在可懷著身孕呢！既然妳都不怕別人說道讓一個孕婦照顧你們母子三人，自然也是沒將你們趙家的臉面當一回事的。」洪氏連眼皮都懶得抬，淡淡地說道。

有些人越給她臉面，她越蹬鼻子上臉，洪氏早就看透趙婆子的劣根性，見趙婆子還要還嘴，又立即說道：「我來知會妳一聲，是看在妳還是秀兒婆婆的面上，妳答不答應都無所謂。還有，妳不要忘了，妳兒子是為了什麼娶我女兒。」

洪氏見趙婆子眼裡的火星滅了，便拉著女兒的手往外走。李秀兒已經見慣了娘親和婆婆的爭吵，也不當回事，只要娘不對相公生氣就好。

「娘、娘，我剛剛怎麼看見小嫂子跟她娘走了？妳怎麼也不攔著！」趙淼淼急急忙忙地跑進來問趙婆子。

「跑什麼！哪有一點兒女孩子家的樣子！」趙婆子不滿地斥責道。

趙淼淼嘟著嘴，不滿地回道：「妳就這麼放小嫂子走了，以後誰來做飯？我可是從沒幹過這些粗活的。」說完又眼巴巴地看著趙婆子。

趙婆子掃了眼自家女兒細嫩的雙手道：「妳急什麼，自然是我做。」

「可是娘，自從大嫂進門後妳就沒做過飯了，這都多少年了……」趙淼淼小聲提醒道。

趙婆子被女兒說得一噎，當下也不想再理小女兒。「妳要是嫌難吃，妳就自己做。趕緊回屋好好做嫁妝，十月就要出嫁了。」

被娘親一罵，趙淼淼只好悶悶地出去了。之前嫁妝都是張木幫她做的，哥哥卻把她弄回家了，大嫂和二嫂的繡活都不怎麼樣，她根本看不上，可自己的繡活實在拿不出手，也只好賴著兩位嫂嫂了。

好在二嫂剛把她的嫁衣繡好，大嫂也把她的繡鞋納好了，只是還有一個蓋頭沒繡，反正還有好幾個月，到時求娘繡就好了。趙淼淼心下有了主意，便步履輕快地出門找小姊妹嘮嗑去了。

臨近婚期，張木現在除了教三個小豆丁認字外，就只抱著一堆碎布頭練刺繡，偶爾也去廚房偷師。她已經會做幾樣簡單的素菜了，但是肉類料理她還不太敢沾手，畢竟家裡難得吃上一次肉，她也不敢隨便糟蹋。

桃子也看出小姑的廚藝變差了，見她不主動動手，便自己下廚。

只是張木心裡不覺又添了些擔憂，等嫁去夫家，這不會做飯的事估計會遭嫌棄吧！她一時又想起吳陵有七、八日都沒露面了，以往就算不過來，過個幾天也會託牛大郎帶一些小東西過來，例如顏色鮮亮的絲線、一盒糕點、幾根木釵、給小水的波浪鼓或小弓箭之類的。

「也許是鋪子太忙了，他沒有時間想到這些而已……」張木試圖安慰自己。

可是之前一直固定會來一趟，總不會前幾個月都不忙，就七月忙吧？心裡的黑色小人立刻打擊道。

張木糾結了一會兒也沒有頭緒，便拿起繡活搗鼓了起來。她手上穿著針，勉勵自己道：「這生存技能還是要練起來的。」

好在古代也沒有什麼可供消遣的東西，家裡的書她早翻遍了，繡活練久了，也練出些趣味來。

也不知過了多久，她聽見外頭有人在說話，才覺得脖子有些痠，看向窗外，太陽都快下山了。

「阿木，妳看看。」桃子突然像一陣風似地颳了進來。

張木見嫂子把一個刻著牡丹花紋的紅木盒子往自己懷裡塞，不由得有些好奇，打開一看，立刻驚住了。

只見盒內琳瑯滿目，一把六菱紗扇、一把美人象牙柄宮扇、一個纓絡墜子、一支垂束華簪、一條珍珠絲帶、一支鑲著紫水晶的缺月木蘭簪，還有幾枚銀戒指。

張木立刻抬起頭玩笑似地問桃子。「嫂子，難道吳陵是丁二爺的私生子不成？」不然怎麼會有這麼多的銀錢給自己買這些東西？

「妳別瞎說！丁二爺和丁二嬸關係好著呢，怎麼會弄一個私生子出來。聽說這回吳陵去縣裡做了一筆大生意，掙了不少銀子。」桃子開心地道，看來吳陵是沒把趙問的話放在心上啊！

張木聽了這話，也覺得是自己多想了，不禁反省自己太過膚淺。她手裡抱著盒子，心裡很滿足，收到禮物真的好開心啊！

桃子見小姑眉眼彎彎，笑道：「吳陵剛送來後就回去了，還說過兩天幫小水做張小桌子呢！行了，妳慢慢樂吧，我先出去了。」

張木以為這份喜悅會一直持續到出嫁那天，誰知第二天上午，剛從鎮上回來的王大嫂說，昨天縣裡來了兩個衙役把趙問帶走了，昨晚吳陵也被押去了鎮長家。

桃子聽完，連忙叫小水去地裡把相公喊回來，又叮囑道：「你就說吳叔叔捎信來讓你爹去鎮上一趟，其他的別多說，知道嗎？」

還好婆婆出去串門子了，不然知道了又得憂心，不管怎樣，都得等相公打探消息回來，弄清楚是怎麼一回事才好跟爹娘說。

小水機靈地點頭，拔腿就往地裡跑去。

張老爹和張大郎正埋頭在地裡插秧，這塊水田已經插了一半，今天上午弄完就可以回去休息了。

兩人隱約聽見小水的聲音，都抬起頭來，就見小水氣喘吁吁地往這頭跑，嘴裡喊道：「爹，娘喊你回去。」

張大郎見兒子跑近，問道：「你娘有說發生什麼事了嗎？」

「娘說吳叔叔捎信來喊你去鎮上一趟……」小水喘著氣說道。

一聽是吳陵，張老爹便對張大郎道：「你趕快去吧！別耽誤了事。」

張大郎趕緊應下，走到田埂上，穿上草鞋，牽著小水往回走。他估摸著爹看不見他了，才低聲問小水。「剛才家裡有人來了嗎？」吳陵昨天才過來，今天應該不會有什麼急事，可他一時琢磨不出來，便問問兒子。

「爹，吳叔叔昨晚被抓起來了，娘讓你去鎮上看看呢！」小水小聲地說道，小眉頭皺得緊緊的。

張大郎心裡頓時一涼，趕忙往家裡趕。

桃子正在門口等著，見相公回來了，連忙上前遞去一雙布鞋和一個荷包。

「我裝了十兩銀子在裡頭，也和楊二郎說好了，他就在村口等你呢！吳陵被押去鎮長家裡，說是縣裡的衙役來了，趙問也被喊過去了，你趕緊去探探情況吧！」

張大郎換好鞋就前往鎮上，他先去了丁二爺那裡，準備先問明情況。

丁二爺見張大郎滿頭熱汗地跑過來，放下手中的活計問道：「大姪子，你這般急做什麼？」

「二、二叔，吳、吳陵發生了什麼事？」張大郎一邊擦著額上的汗一邊問。

「哦，阿陵啊，他在後院裡刨木頭呢！」丁二爺有些疑惑地說：「你要是有事找他就去後院吧！」

張大郎一聽吳陵在家，鬆了口氣，對丁二爺道：「那二叔您先忙，我去後院找吳陵嘮嗑。」

吳陵正在後院刨木頭，準備給小水做一張寫字用的小書桌，見張大郎過來，當下也有些疑惑。

「哥，今天來鎮上有什麼事嗎？」見張大郎身上的衣衫都被汗水浸濕了，他連忙去屋裡端了碗涼茶過來。

張大郎接過涼茶，一口氣灌下，才覺得心裡的躁熱退了些。「我聽說你被押到鎮長家，還以為你出了什麼事呢！這才趕緊趕過來。」

吳陵見張大郎是擔心自己出事才這般心急火燎的，心裡有些感動，挑著眉笑道：「不是我出事，是趙問出事了。」

第十二章

吳陵當下就和張大郎說起前因後果。原來前幾日吳陵和丁二爺去了縣裡，找縣令身邊的顏師爺問了下和離的相關程序。顏師爺說，本朝規定除了夫妻雙方自願和離以外，還有一種情況可以解除婚姻關係，那就是「義絕」。

在本朝《律法戶婚》中有如下規定：

「義絕之狀，謂如婿在遠方，其母親將妻改嫁，或趕逐出外，重別招婿，及容止外人通姦；又如本身毆妻至折傷，抑妻通姦，有妻詐稱無妻，欺妄更娶妻者，以妻為妾，受財將妻妾典雇，妄作姊妹嫁人之類。」

顏師爺是丁二娘姨母家的姪子，丁二爺和縣裡偶有生意往來，有時會託人帶些節禮給顏師爺，一來二往的，顏師爺和丁家也算有些交情；待他得知張木和趙問的情況後，便向縣令討了兩個衙役隨吳陵回去了解情況。

按照律令，趙問如果沒和離而又娶新婦，即犯了義絕之狀，根據律法規定：「諸有妻更娶妻者，徒一年，女家減一等，各離之。」

當趙問被帶到鎮長家問明情況時，衙役也好心地派人通知吳陵去旁聽。趙問見縣裡的衙役來調查他的婚姻狀況，頓時心虛不已，他既然在和離書上動了手腳，自然也摸熟了《律法戶婚》中的條例，不然他也不用佯裝和離再娶秀兒。

當時他只是想張家除了張木識得幾個字外，其他人大字都不識一個，不懂律法裡的規定，到時他說和離書不算數，再對張家威逼恐嚇一下，張木還不得乖乖跟他回家？

可他沒想到張木一個和離的小婦人竟這麼快就有人來提親，他更沒想到他已經對吳陵透露了和離書有詐的事，吳陵竟然沒有惱羞成怒地退婚，還跑到縣裡將衙役請來。

他可是要考功名的人，人生不能留下一丁點污點。

當衙役問他和離書是否有詐的時候，他矢口否認。「不敢瞞兩位差人，那和離書是我親手寫的，自是沒有差錯。」

衙役得了顏師爺的暗示，也懶得和他囉嗦，其中一個衙役瞇起眼，冷冷地道：「既然你說是真的，可見你是自願和離的，而根據我們所知，那位小婦人準備再論婚嫁，現在既然有人告發你有妻詐無妻，我們兄弟兩人也給你行個方便，你重新再寫一張和離書，按上指印就好。」

趙問被衙役的眼神嚇得身子一顫，連忙應下。「是。」

鎮長讓人遞了紙筆給趙問，他拿著筆寫道——

凡為夫婦之因，前世三生結緣，始配今生之夫婦。若結緣不合，比是冤家，故來相對。既以兩心不同，難歸一意，快會及諸親，各還本道。願與卿相離之後，重梳蟬鬢，美掃娥眉，巧呈窈窕之姿，選聘高官之主，一別兩寬，各生安穩。

他寫完又按了手印，衙役拿起來看了看，並沒發現什麼不對勁的地方，便交給了吳陵。吳陵接過，拱手道謝，當下請兩位衙役和鎮長晚上一起去酒樓用飯。

趙問看著吳陵，心裡恨得緊，這一個個都與他作對，他遲早得把他們弄死；可他臉上卻沒有露出任何不滿，也對兩位衙役拱手表示感謝，這才舉步走出鎮長家。

兩位衙役看著趙問的背影，不屑地哼了哼。如果不是顏師爺叮囑「此子雖心思歹毒，但是娶了縣令幼時恩師的女兒，你兩人不可多加得罪，拿到和離書就好，其他的莫計較。」他兩人此次定將這等算計良家婦女的奸邪小人帶回縣衙，讓他好好吃一頓苦頭。

趙問自是不知，他因著李秀才，已經實實在在地沾了一回光。

張大郎得知事情的前因後果，當下也喜不自禁，終於徹底擺脫趙家了，他搓著手笑道：「這一回如果不是顏師爺指點一二，阿木還不知道會被趙問禍害到什麼程度呢！看來這讀書還是有必要的。」心下更是打定主意一定要送小水去讀書。

吳陵聽到張大郎的話，臉上笑容卻是一僵。他小時候讀過書，這幾年跟著阿竹也學了一些字，自是能夠看懂趙問寫的和離書，想起其中噁心的措詞，覺得這般真是太便宜趙問了。

張大郎到家的時候，一臉笑盈盈的，桃子和張木見了，也寬心了些，待張大郎將事情說完，張木立刻跑回房裡找出趙問給她的和離書。

這個齷齪小人，竟然在和離書上動手腳！和離書上除了趙問寫上的和離緣由，其他就是張木和趙問的落款，以及張木的手印和趙問的印章。

張木忽然明白了其中的關鍵，自己的名字和手印一定沒有問題，那麼，有問題的便是趙問的字和印章了，看來這封和離書是找人代寫的，不是趙問的字跡，印章也不是趙問平日常用的。

張木忽然覺得原主離開也是一件好事，不然估計又得被趙問氣死。只是她沒想到的是，吳陵會對自己這般看重，在明知和離書有詐的情況下，不僅沒惱羞成怒，還親自去縣裡用關係解決了這事。

張木腦海裡忽然冒出了一個念頭——

我想老天爺也給了我金手指，而我的金手指就是吳陵吧！

七月二十，吳陵終於把新家布置好了，他當初在鎮口選了塊地，和周圍的住戶一樣砌了間瓦房，還有一個小院子，一共花了四十兩銀子。

還好之前他去縣裡和縣衙談好一批貨，收了一百兩的訂金，不然連給張木家的聘金都沒有，不過這錢一出，手頭又得空了。

吳陵一邊琢磨著，一邊看著院裡的四棵小樹苗發笑。樹苗剛種下沒幾天，還沒生根，葉子都蔫蔫的，但是看著它們，他心裡卻湧出難以言喻的喜悅。

這是他從縣城帶回來的，一棵是桂樹，一棵是桃樹，另兩棵是梅樹。他想著冬天時葉子都落光了，種兩棵梅樹能增添一點生氣，即使外面下大雪，她一個人在家看看花，也不會太無聊吧！

幾日後，吳陵又陸陸續續把做好的兩口樟木箱子、一個梳妝檯、一張矮几送到張木家，張家人每次見到他來，都笑得像是撿到了元寶一樣。

迎親前一天，許多相好的人家都過來給張木添嫁妝，鄉下人家連生活溫飽都有困難，所以說是添嫁妝，其實也就走走形式而已，一方帕子、一只荷包是最常見的。

倒是王茉莉讓珠珠拿了一朵紫鳶珠花過來，方奶奶則送了一把桃木梳，民間流傳用桃木梳梳頭能避邪，所以張老娘一見到桃木梳，便拉著方奶奶的手一個勁兒地感謝她的好意。

張木以前也曾聽人家說過桃木避邪，抬眼見方奶奶慈祥地看著自己，便笑道：「得您老人家的祝福，我必定會圓圓滿滿的。」

「妳這孩子心地好，以後自是圓圓滿滿的。只是以後在夫家，就你們小倆口過日子，還是得狠一點才好，不然日子恐怕也不清淨。」方奶奶一張歷經歲月滄桑的臉露出些許感懷。

「您放心吧！我明白的。」在經過趙問一事後，張木便明白有些人、有些事，並不是你退一步就會消停的。

一會兒，駿哥兒家的小媳婦石榴也過來了，石榴和駿哥兒今年年初才成婚，兩人正是蜜裡調油的時候，每次張木遇到她，都見她一臉笑盈盈的，人活潑又風趣，張木知道這是夫妻生活和順的女子才會有的風情。

「木姊姊，這是我給妳添的添妝，可不要嫌棄啊！」石榴邊說邊遞來一支銀簪，外頭用紅布包著，是丁香樣式的，這對農家來說可算是價值不菲。

「一只荷包捨不得，給一條帕子也好啊！幹麼拿這麼貴的東西來送我？」張木一邊往回遞，一邊嗔道。

「沒啥，妳就收著吧！我早就想送妳，就等著給妳添妝呢！」石榴說著便把簪子往張木髮髻上插。「妳讓王大嫂看看，多漂亮啊！」

王大嫂一直站在一旁，此時也附和道：「木丫頭妳就收著吧，這樣的日子可不興把東西往回推啊！」

張木想想也對，只好道謝收下。

張老娘把吳陵給的五十兩聘金都拿給張木了，但是張木想到張家家境一般，再說雖然家具是吳陵給的，但是被褥、銅鏡之類的物什還是張家給她準備的，她穿過來後，張家人對她貼心貼肺的照顧，讓她心裡一直很感激，怎樣也不願意再拿這聘金。

「娘，家裡有一大家子，妳又給我補貼了不少，這聘金妳就收著吧！況且小水還要讀書呢，以後嫂子還會再添幾個姪子、姪女，開銷可大著，妳可不能這般貼補我，再說我自己還有十五兩銀子呢！」

張老娘見女兒比自己還執拗，無可奈何，最後好說歹說讓張木留了十兩銀子傍身。

隔天，張木早早就被叫起床了，這次請的全福太太是方奶奶家的大女兒，嫁到了鎮上，夫家是做酒水生意的。

雖然張木是二嫁，但是張家有心辦得像頭婚嫁女一樣，所以絞面之類的步驟都沒有忽略。

方姑奶奶給張木梳了一個盤恆髻，貼上花鈿，插上一支垂束華簪。張木換好嫁衣後便安安靜靜地坐在房裡，桃子和張老娘都忙得很，便請石榴在房裡陪著她。

石榴見張木梳著盤恆髻，又是花鈿、又是華簪的，耳朵上戴著一對金蕾絲燈籠耳墜，往張木的手腕上一瞧，是一對金閃閃的蝦鬚鐲，當下嘖嘖稱奇。「妳家吳陵真是大手筆，什麼好就送什麼。我大婚時候穿的那一身已經讓我們那裡的小姑娘眼紅不已了，可現在看妳這身穿戴，也能體會到她們當時的心情。」

石榴一邊說著，一邊捂著心口，像那裡酸得疼一樣。

張木見石榴那副咬牙的模樣，忍不住笑道：「妳別這樣子打趣我，妳家駿哥兒這麼寶貝妳，妳要什麼他捨不得給妳買？」

石榴聽了，想起自家相公對自己言聽計從的模樣，臉上不由得笑盈盈的。

「哎呀，說到妳心窩裡了吧！」張木原本還有些緊張，被石榴這麼一插科打諢，倒也能夠和她逗逗趣了。

石榴見穿著一身正紅的張木坐在那裡笑得開懷，真覺得上面一朵朵紫鳶花像要飄下來似的，忽地紅了臉——

今兒個可不就要飄下來了？

由於這邊講究新娘傍晚之前入門，所以吳陵過來迎親的時候已經過了晌午。張大郎遠遠地看著迎親的隊伍過來，便將炮竹準備好，等吳陵到的時候，炮竹噼哩啪啦地炸響了水陽村，迎親的人踩著炮竹的紅衣趕著腳，卻還是遲了一步。

大門關上，外面駿哥兒帶著珠珠、小石頭和小水堵在門口討彩頭，裡面王大嫂、牛大嫂一個勁兒地喊。「加把勁，小崽子，你們一年吃糖葫蘆的錢就靠這次了。」

珠珠今天也不站在小水和小石頭身後了，笑嘻嘻地和兩個小夥伴並排站。

吳陵成親，丁二爺的兒子阿竹自是一定要回來的，今天也跟著吳陵一起來迎親，見著幾個小鬼頭堵在門口，當下就變戲法似地從兜裡掏出一袋蜜餞果子。

「過來就是你們的了。」

「不行，我娘說了，今天必須要見到銅板。」珠珠脆脆地答道。

阿竹被小姑娘一本正經的模樣逗笑了。「誰說沒有銅板了？在這兒呢！」說著從懷裡摸了一把銅板出來。

三個小豆丁相互看了一眼，才邁著腿跑過去。

在一陣鞭炮聲中，張大郎將張木揹了出來，她頭上蓋著鴛鴦戲水如意雲紋的紅蓋頭，胳膊下方被方姑奶奶塞了兩塊雲片糕，手裡還被塞進一把竹筷，讓她出遠門的時候往後扔，表示自此離開了娘家。

只是張木還沒扔筷子，夾著的雲片糕不知道被誰搶走，她一急就往後扔筷子。

方姑奶奶在後頭看著，笑道：「還好大郎機靈，趕緊一腳跨了出去，不然這木丫頭可離不了娘家了。」

張老娘抹著淚道：「離不了也得走啊！哪個姑娘家不嫁人呢！」以後要見一面又不容易

了。

王大嫂笑著勸道：「嬸子，阿木可是過去享福呢！這大喜的日子，您得開心一點才行，以後阿木需要人搭把手，不還得靠您過去幫忙啊！」

張老娘一想，不禁怪自己一見女兒出門就心疼得慌，以後就只有小倆口過日子，阿木懷孕生子還不得由她過去照顧啊！

這麼一想，心裡頓時亮堂許多，當下便招呼王大嫂她們吃喜餅去了。

第十三章

花轎到鎮口的時候，丁二爺已經在吳陵的家門口探頭張望了好一會兒。想著吳陵在他家待了十三年，現在搬出來還真有點捨不得，好在住得不遠，每天還會一起在鋪子裡做活。

這時轎子落了地，有人踢了下轎子，就聽喜娘唱道：「新郎揹新娘下轎——」簾子被掀開，有一隻修長的手朝張木伸來，她頓了兩秒，才把手搭在上面。

一陣熱浪透過手心傳來，讓她覺得異常安心，隨著喜娘的唱詞，儀式結束，張木就被送到廂房裡了。

床是早先丁二娘就過來收拾好的，張木從蓋頭下看到一床大紅的棉被，上頭繡著一對鳳凰。

這時丁二娘請了娘家的姪女過來陪張木，她還要去前頭招呼客人。

「嫂子，以後我會常來玩，妳可莫要嫌棄啊！」

張木聽到一道軟糯的聲音，感覺得出是一個微胖的小姑娘，她低低應了一聲。

她坐了大概有一個多時辰，才聽到門口有走動的聲音，估計是吳陵過來了。

吳陵推開門，看著坐在床上的女子，一身遍地紫鳶花裙，連鞋尖都蓋住了，他拿起喜娘遞過來的桿子，輕輕挑開了鴛鴦戲水的蓋頭。

張木抬起眼，見到吳陵怔怔地看著自己，眼裡滿滿當當的喜悅似要溢出來，她覺得自己身在異世，彷彿到此刻才算有了歸屬。

一同進來觀禮的丁二娘見吳陵和張木雙目交會，眼眸裡有火光迸發，心下思忖：當初吳陵要娶張木的時候，她還有些驚訝，畢竟張木再好，也不是她十五、六歲的時候了，在趙家被磨了五年，再鮮活的小姑娘怕也已黯然失色；後來吳陵一次次往張家跑，她還悄悄問過丁二爺，吳陵怎麼就這般對一個女子上心呢？

可現在看兩人目光交纏的模樣，她心裡不禁一哂。呵，青年男女對上眼，哪還有那麼多原因呢！

見吳陵還愣愣地捨不得走，丁二娘出聲提醒道：「阿陵，新娘子在這裡也不會不見，可你要是再不去前頭，估計一會兒得被罰得化在酒罈裡了。」

吳陵聽見師母喊他，不明所以地看過去，忽覺屋裡觀禮的人都在鬧烘烘地笑，方才反應過來，忙拱手禮讓兩句，便去前頭應酬賓客了。

張木坐在床上也不由抿起嘴，剛才他耳根子紅了吧，像煮熟的大蝦一樣。

屋裡有許多女客，丁二娘簡單地向張木介紹了一遍，多是平日和丁家鋪子有生意往來的人家的家眷，也有丁家多年的鄰居。

張木一眼看過去，見幾位太太衣著光鮮，而其中穿著一身紫燕紛月裙的一位特別顯眼，一身亮晃晃的，閃得人都有些眼花；只見她左手戴了一個半指寬的金鑲玉手鐲、一串瑪瑙手鍊、一個綠翡翠鐲子，無名指和中指上都戴著一枚金戒指，尾指上套著一枚玉戒指，右手則纏著幾串佛珠，張木連忙移開眼，再看下去，眼睛都要被閃瞎了。

除了太太們，另外還有幾位梳著蟬髻、丫髻的女孩子，有兩個女孩離她近些，一個體型微胖，穿著一身煙雲蝴蝶裙，臉圓圓的，讓人很想親近，張木猜想這大概就是之前和她說話的丁二娘娘家親戚了。還有一個要瘦弱些，上身穿了一件茜紅的對襟羽紗衣裳，下身穿了一條同色的裙子，輕盈地立在床頭。

這姑娘要是搭上蓋頭，梳上婦人的髮髻，也不知道誰才是新娘了。張木直覺皺了眉頭。

丁二娘見張木打量著站在她旁邊的姑娘，笑道：「小姐和太太們還是隨我入席吧，不然前頭爺們都喝完了，我們還沒能動筷子呢！」

一身金光閃閃的程太太爽朗地笑道：「是是是，我們現在就走，不然妳家吳陵的小媳婦就要給我們瞧塊肉去了。」

丁二娘不禁笑罵道：「就妳慣會嘲笑人，我今天就直說了，我還真是捨不得把吳陵的小媳婦給妳瞧呢！妳要是覺得好，以後常來我家光顧才是正理。」

丁二娘一邊說著，一邊不著痕跡地掃了眼還立在張木床頭的瘦弱姑娘，又微微轉過頭對自家姪女香蘭使了個眼色，才拉著程太太和大夥兒一塊往外走。

香蘭瞅了眼還像一根木頭杵在嫂子跟前的姑娘，心裡有些不屑，但還是笑盈盈地上前拉著她的手說：「楚家姊姊，今兒個我可不讓妳和我搶新娘子，我這可憋了好些話要和嫂子說呢！」

楚姑娘見香蘭這般不給自己面子，臉上微微有些不忿，努力緩了緩臉色，對張木淡笑道：「那我今兒個就不打擾吳家嫂嫂了，我跟陵哥哥是自小一起長大的，以後嫂嫂也莫要跟我客氣才好。」

張木對著那姑娘微笑，並不接話。她今天是新娘子，張老娘早和她說過，到了夫家，她必須等吳陵對她開口才能說話，說這叫夫唱婦隨。她自是不信這些的，但一是也想討個好彩頭，二是懶得搭理這個不知眉眼高低的姑娘。

楚姑娘見張木並不言語，只好往前頭走去。

香蘭立即上前把門關上，也不管剛跨出門的楚姑娘在外面絞帕子絞得手心都快磨破了皮。

香蘭走到床邊，坐在下面的小榻上，也不看張木，一個人自說自話道：「嫂子，我聽人說了，讓我今天不能逗妳開口，妳就別說話，我說給妳聽就好，我可知道好多趣事呢！」於是張木就聽這姑娘從東家潑辣媳婦頂撞婆婆，說到西家八十多歲的財主納了個十六歲的小妾，她聽得有些昏昏欲睡，還聽見這姑娘在列舉哪一家的姑娘為了存嫁妝而偷家裡的雞蛋存著賣。

吳陵回來的時候，外面天早已經黑了，鬧烘烘的一群人從前屋過來，把張木嚇得一下子就清醒了。

香蘭站起來去開門，一邊說：「嫂子，妳別怕，我知道是哪些人，等等我都幫妳攆走。」

門一拉開，一個男孩子立刻竄進來，香蘭回頭一看，不是別人，正是自家表弟，不由得不滿道：「怎麼連你也來搗亂。」
阿竹見表姊插著腰，當下訕訕道：「陵哥哥結婚，我怎麼也得來鬧洞房啊！」
香蘭上前，猛地抬手捏住他的耳朵。「你剛才說什麼了，姊姊我沒聽見呢！」
一群男孩子見丁竹被香蘭這般對待，一下子都大笑開來，有一個較活潑的直接笑道：「香蘭，怎麼這些年妳身形沒變，這脾氣也沒變，還是這麼火爆。」
「哼，錢家哥哥，你莫不是也想嚐嚐這扭耳朵的滋味？待我回頭和錢家嫂嫂說說。」香蘭故意說道。
「行，小姑奶奶，我不惹妳，妳上次和我家媳婦說我存了私房錢，我可跪了一夜呢！」錢家小子立即討饒道。真是沒法子，香蘭脾氣火爆，可是自家媳婦就是喜歡和這丫頭說笑，每次香蘭來了，都恨不得讓她在家裡住上。
香蘭小時候在丁家待了幾年，和這鎮上的半大小子都熟得很，香蘭一個姑娘在，大家也不好鬧騰，只好不捨地離開了。
也不知道向來沈得住氣的吳陵，今兒個晚上還能不能撐住？
終於，吳陵來了，他先去前院關上院門，回到廂房時，見張木還端正地坐在床上，便輕聲道：「阿木，我去給妳抬水來洗洗吧！」
張木點了點頭，輕輕道：「好。」說完就見吳陵一溜煙地往廚房跑去。
她有些愣然，為什麼她覺得他似乎是迫不及待地落荒而逃一樣？
等吳陵提了兩桶水回來的時候，張木已經睏得在打盹了，聽見聲響，她連忙站起身，還不小心踩到裙襬，絆了一下。

吳陵沒看見，一邊倒水，一邊說道：「我把熱水倒進浴桶裡，妳先洗洗吧！這浴桶之前都刷過了。」

張木聽著水聲嘩嘩，一時有些拘謹，也不知道現在該上前還是去翻找衣服，只好愣愣地站在原地，也不接話。

「另外這桶是比較涼一些的水，妳一會兒再自己倒進去，毛巾和皂角都在門邊的架子上。」說著吳陵便提著空水桶把門帶上。

見外面沒有動靜了，張木連忙從裡面把門閂上。現在她不僅嫁人，還要被啃肉了，想著內心不禁有些激動。

她先試了下水溫，稍微又兌了點涼水，洗好後，換了身粉紅色的裡衣，她拉開門，心跳不由得停了一秒。

她還以為吳陵走了，可他竟然還背對著門在外面站著？

「我、我怕妳一個人會怕，就、就在外面候著了。」吳陵撓著頭說道。

「哦，我洗好了，你也去洗一洗吧！」張木低聲道。

吳陵見她已經卸下了耳墜和華簪，穿著一身淡粉色的裡衣，藉著屋內暈黃的燭光，他突然覺得和幾年前相比，歲月沒有在她臉上留下任何痕跡。

一時間兩人都沒有移動，吳陵頓了一會兒，見張木沒有要讓道的意思，只好咳了一聲。

「阿木，讓我進去倒水。」

張木回過神，連忙抬腳讓開。

等吳陵洗好，光著上半身進屋時，張木忙低下頭，內心難免有些激動——

哇，她看到排骨了。

直到很多年以後，張木一直想不起來她新婚的那天晚上到底是怎麼爬上床的，不過其中有一點最讓她難以忘懷，就是她一激動就化身為肉食動物，啃了兩根排骨……

張木一早醒來的時候，吳陵已經不在床上了，她擁著被子起身，竟想不起來昨晚是怎麼睡著的。

她從箱子裡取出一套櫻紅刺繡妝花裙穿上，正要出去提水洗臉，才剛打開門，眼角餘光就瞟到放洗臉盆和毛巾的架子旁有一個桶子，走過去一看，水還微微冒著熱氣。

她心裡一暖，沒想到相公比她想的還要體貼。

等她梳好髮髻、勻好面出去的時候，她才真正看見她往後居住的家——

正對著門的是三間瓦房，西邊有兩個矮屋，她猜其中一間應該是堆放雜物的，另外一間應該是茅廁。他們住的瓦房是東邊的其中一間，中間應該是吃飯、會客的堂屋。

她走去西邊看了一下，三面窗戶大敞，將屋內照得亮堂，南邊的窗戶下擺著一張桌子，上面放著一排六個圓圓的竹籃，像南瓜一樣，上頭都配了一個蓋子。

張木打開其中一個，不由得揚了下眉，竟然是繡線，她一個個打開，發現兩個籃子裝了繡線，另外一個籃子裡面放著剪刀、頂針，還有三個是空的。

「阿木、阿木，妳在哪？」外頭忽然傳來吳陵有些焦急的聲音。

張木趕緊跑到院裡。「我在這。」

「妳怎麼不多睡會兒？我以為妳累著了，肯定要多——」吳陵說著，腦海裡忽然閃過昨晚媳婦凶猛撲來的畫面，說到一半的話便止住了。

張木見到他耳根子紅得像煮熟的蝦子一樣，心裡忽地開心了。好想欺凌他啊！昨晚也是，她看著他靜靜地攥著被子，一動也不敢動的樣子，不知道為什麼，讓她好想撲上去。

「那個……相公，我們先去做早飯吧，一會兒還要去給師父、師母見禮呢！」張木上前拉著吳陵的衣袖道。吳陵是丁二娘和丁二爺帶大的，她自是要給他們行禮。

「我已經做好早飯了，我們先去吃吧！」吳陵眉眼彎彎地說著，偷偷瞟向張木拽著他衣袖的手。

張木跟著吳陵走到堂屋，只見桌上放了兩碗粥和兩道素菜，一道是清炒豆芽，一道是清炒萵筍。張木心下更滿意了，敢情老天把她送過來就是為了給她一個標準好老公？

「相公，你真厲害，還會做飯呢！」張木挾了一筷子豆芽入口，覺得比她以前的閨蜜薇薇燒的菜還要好吃。她見吳陵一直偷偷看自己，一會兒又假裝一本正經地吃飯，便也正經地道：「相公，其實我知道你剛剛在偷看我，話說我這身衣服好看吧！」說著對吳陵眨了眨眼。

「嗯，好看！」吳陵紅著臉說道。雖然媳婦眼睛下面有烏青，像貓熊的眼睛，但他還是覺得好看。

「等過幾天不忙，我也給你做一身新衣吧！」張木言笑晏晏地說。她最喜歡會害羞的男孩子了。

「好，我喜歡藍色的。」吳陵眼睛亮晶晶地說道。他當初給娘子的聘禮裡，除了紅色的布料，還有一疋藍色的，以後可以和娘子穿同色的衣服了。

「好啊！趕緊吃吧！」張木順手給吳陵挾了些豆芽。

吳陵一開心，立刻化身成一頭餓狼，三兩口把一碗粥吞了。

丁二爺和丁二娘今天一早並沒有開鋪子，只讓阿竹在外頭候著。丁竹見吳陵和張木來了，連忙往回跑，拖了一串長長的炮竹出來。路人見到炮竹，都自動地往遠處閃避。

吳陵還沒注意到師父家門口的炮竹，因為他正瞟著娘子拽著他衣袖的手，想著該怎麼樣才能牽到手呢？

張木自然注意到了吳陵不安分的眼神，哼，有些舉動還是得由男子主動才行，這樣以後吵架時才能理直氣壯地說是他厚臉皮拽著她的手不放。

想著，她突然覺得二十歲真是一個美好的年紀啊，還可以厚臉皮地耍賴。這時她的左腕突然被人握住，頓時有些僵硬，但看吳陵那麼緊張，她也不敢動。

吳陵一直握著她的手走進了師父家，見丁二爺和丁二娘坐在上方，他拉著張木跪下行禮，才放開她的手腕，接著端起阿竹遞過來的茶，請師父和師母用茶。

「好、好，以後你也成家了，要多多照顧媳婦啊！」丁二爺接過徒弟的茶，樂呵呵地道。沒想到他們夫妻當年一時的善念，竟然就有了這樣一段緣分。

丁二娘也接過張木遞來的茶，回遞一個荷包給她。

張木看了吳陵一眼，見吳陵點頭，才伸手接下，恭敬地道謝。「謝謝師父和師母。」

雖然張木是二嫁，但丁二娘對她還是很滿意的，她知道自家大伯當時也給大姪子選了張木，他們住在同一個村裡，這也就代表張木的品行自是不必說的。

「阿陵，我和你師娘還有阿竹都商量過了，這些年我們也像一家人一樣，以後你就改口喊我們爹娘怎麼樣？」丁二爺見張木收了禮，開口說道。

吳陵和張木都愣了一下，吳陵先反應過來，立即磕頭道：「兒子給爹娘磕頭。」

張木也跟著照做，本朝義子是有權繼承家業的，雖說讓吳陵繼承了這間鋪子，但丁二爺的家當可不只有這間鋪子呢！

吳陵卻沒有想那麼多，師父和師母待他恩重如山，他喊聲爹娘是再應當不過的。

丁二爺和丁二娘受了小夫妻兩人的禮，又示意阿竹給他們行禮。

「哥哥、嫂嫂。」阿竹立刻作揖。

張木原就有按照要給小叔的禮準備了份見面禮，當下便拿出一個用紅布包著的東西。

阿竹接過打開一看，眼睛亮了亮，只見一個書袋上繡了一叢竹子和一隻貓熊，看來這嫂子很用心，知道他用得到書袋。

第十四章

丁二爺想讓吳陵在家休息幾天，吳陵本想拒絕，但一看見跟師母聊得起勁的媳婦，便把拒絕的話吞了回去。

丁二爺見他往媳婦身上看了一眼，當下便笑道：「還是年輕好啊，血氣方剛的。」

在師父面前，吳陵的小受氣場全消，不滿地瞪了師父一眼，說道：「爹，您可莫要教壞阿竹了。」

丁二爺咳了咳，又一本正經地坐正，說道：「其實這麼多年來，我和你師母早把你當親生兒子看待了，但你畢竟還有家人，也就沒有提起讓你改口的事；不過你現在成婚了，已經不同以往，你的戶籍還是得確定好，不然以後你和阿木有了孩子，孩子的戶籍也沒著落。早些天我已經和鎮長打過招呼了，一會兒你就跟我去鎮長那邊處理一下戶籍的事吧！」

吳陵原本也沒多想為何突然讓他改口，現在聽師父一解釋，便過去拉著張木又給丁二爺和丁二娘跪下。

「爹和娘待我不僅情深義重，還為我和阿木做這般長遠的打算，理當再受我夫妻兩人一禮。」

張木剛才也聽到了丁二爺說的那番話，當下覺得丁家人確實待吳陵是極好的。

這邊吳陵跟著丁二爺去鎮長家辦戶籍的事，張木便陪著丁二娘去前面的鋪子裡幫忙。才剛開了門，張木便看到一身桂子綠齊胸長裙的楚姑娘輕盈地跨著步子進來了。

楚蕊對丁二娘說：「嬸嬸，我正準備來請教您繡活呢！」

張木看著，隨即笑道：「娘，要不您和楚姑娘去裡間休息會兒吧，前面我來看著，有人來了我再喊您。」

楚蕊心頭一震，張木的那一聲「娘」深深刺疼了她的心，看來丁家不僅讓吳陵繼承了鋪子，還認他當了義子。

丁二娘見楚蕊在她家鋪子裡便絞起了帕子，心裡厭煩。這丫頭對吳陵的心思，她早看出來了，可她還不是衝著這間鋪子來的？當下也不願多搭理楚蕊，拉著張木的手道：「妳才第一天來呢，東西都認不全，我先和妳說說。」說著便直接忽略楚蕊，和張木在一邊講起貨物的種類和價格。

「鋪子裡賣的東西主要分為兩種，一種是竹篾編織品，像是筲箕、簸箕、籮筐、曬筐、曬墊、竹蓆、搖籃、花考籮等竹製器物；另一種是木製家具，像是椅子、桌子、凳子等，而有些大型的木製物品，像是床、斗櫃之類的，都要提前預訂再製作，這些鋪子裡都沒有現貨。」丁二娘講解道。

見張木點頭，丁二娘準備再跟她說明價格，猛地看到楚蕊還在，便轉過來對楚蕊道：「蕊丫頭啊，今天我這頭還真沒有時間了，我還要跟阿木交代鋪子裡的事呢，等過兩天閒一些，我再去妳家找妳娘嘮嗑。」

楚蕊見丁家嬸子對她下起了逐客令，心裡委屈得只想掉頭就走，卻還是生生忍住，抬起一張笑臉說：「是我來得不巧，那我就先回去了，改天嬸子有時間再來我家串門子，我最近新學了一樣糕點，就想著做給您嚐嚐呢！」

「那敢情好，妳這丫頭手巧，嘴又甜，還記著我這嬸子呢！可別等我去了，一樣糕點都沒見到哦！」丁二娘見這丫頭說討巧話，便也隨意說了兩句。

楚蕊一走出鋪子，臉上的笑容便掛不住了。

她今年已經十六了，還沒訂親，如果沒有張木，現在喊丁二娘為「娘」的女子一定是她。

她家是做木材生意的，在她很小的時候，楚家和丁家就走得比較近，在她的記憶裡，自小就追著吳陵喊哥哥，可是那時候吳陵只是丁家的學徒，她身為商家之女，地位必定是高過學徒十倍、百倍，所以在她眼裡，吳陵只是一個小哥哥而已。

自她十三歲開始，娘親就在給她物色好兒郎了，娘最屬意的是葉地主家的小孫子葉同。葉同跟她同年，在縣裡的書院讀書，娘試探了葉夫人好幾回，可葉夫人都沒有接話茬，後來才聽說葉家是看不上商戶女子的。

除了葉家，鎮上他們還看得上的人家也就丁家和賣酒水的余家，可是丁家的阿竹比她還小，娘便又屬意余家大她一歲的阿正；余家太太也露了些口風，說是再等兩年就給孩子們訂下，於是她娘便不再帶她出門，讓她好好在家收斂一下性子、學些繡活。

可是去年余正去縣裡的酒樓送酒水，和酒樓掌櫃家的女兒對上眼了；而她從十三等到十五，一眨眼又拖到了十六，愁得娘吃不下也睡不好。

聽說丁二爺將鋪子傳給了陵哥哥，她便覺得陵哥哥也可以的。

她來了鋪裡幾次，主要都是和丁二嬸說話，跟陵哥哥也不遠不近地打過幾次照面，可是陵哥哥一點也不像她記憶裡那個溫柔的大哥哥，他好像冷漠了許多，看到她也不打招呼。

楚蕊正煩躁，忽然見到前面有一隻土黃色的貓，便不耐煩地踢了一腳。

土黃色的貓沒想到會飛來橫禍，慘叫得撕心裂肺的，路人聽了都磣得慌，全往這邊瞅，楚蕊心下一驚，趕緊走開。

「喵、喵！」我會讓我家主人滅了妳的！貓兒使勁朝楚蕊的背影威脅地叫，可惜人家姑娘根本聽不懂。

過了一個時辰，吳陵和丁二爺從鎮長家回來了，剛走到店鋪門口，見門前蹲著一隻貓，爺兒倆看了一眼，只見那隻貓兒抬著頭，一個勁兒地朝他們軟軟叫喚。「喵喵——」

爺兒倆都覺得自己眼花了，怎麼會從一隻貓的眼裡看出了期待和委屈？當下兩人也不在意，抬腳便進了鋪子。

丁二娘見兩人回來，問道：「都弄好了嗎？」

丁二爺答道：「好了，明天我就帶阿陵和阿木去大哥家上族譜。」

由於丁二爺在鎮長家說了許多話，口渴得很，當下也不願多說，給了自家婆娘一句準話，便往後屋裡找茶水去了。

丁二娘見小倆口傻傻望著對方，也知道新婚正是親暱的時候，便笑著道：「行了，別在我這裡杵著了，趕緊回去吧！記得晚上過來吃飯。」

吳陵也沒有客套，應了聲，牽著張木出去了。
「喵、喵。」
張木剛走出鋪子，便見到一隻貓撲在她的腳上，低頭一看，怎麼覺得怪熟悉的？
「喵、喵！」是我、是我！
看著那委屈的眼神，張木腦子一激靈，為什麼和她家美人這麼像？
「喵、喵——」彷彿看出了主人的疑惑，美人在心裡大喊：我就是美人！
張木想起家裡一隻寵物都沒有，便對吳陵道：「相公，我們把牠抱回去吧，家裡就我們兩個，你一走，我一個人也挺寂寞的。」
吳陵見自家娘子眼巴巴地瞅著自己，點頭道：「好，這野貓怪髒的，我去和師母要個竹籃。」
吳陵轉身，不知道野貓對他露出仇視的目光。
等吳陵把貓放到竹籃裡，手還沒放開，貓兒忽然使勁抖著毛，灰塵四起，連吳陵的眼睛都迷住了。
張木愣愣地看著竹籃裡的貓，她家美人有時和薇薇生氣也會這樣捉弄她，見吳陵眼睛被迷住了，她也顧不得貓了，忙去看吳陵。
「沒事，這貓脾氣倒大得很。」吳陵一邊擦眼睛一邊道。
「我們先回去吧，回去再給你洗洗臉。」張木見一人一貓對視起來，失笑道。
吳陵自是不會和一隻貓計較，拎著竹籃，牽著媳婦回家去了。

丁大今天的生意比較好，豬肉一早就賣完了，留了兩隻豬蹄給二叔送來，剛到門口，恰好就看見吳陵牽著張木的身影。

丁大忙壓下心頭的一點異樣，走進了二叔家的鋪子。

丁二娘見大姪子過來，忙朝裡屋喊。丁二爺聽到聲音，放下茶盞出來，見到姪兒，招呼道：「阿大，今天這麼早就賣完了啊？」

「哎，叔，阿竹好不容易回來一趟，我留了兩隻豬蹄，晚上給他解解饞。」丁大把用草繩繫著的豬蹄遞給丁二娘。

丁二娘接過豬蹄便往廚房送去，今兒個晚上剛好給阿陵和阿木也加些菜。昨天一桌子菜，兩人都沒吃到，一個一直喝酒，一個坐在新房裡挨著餓，後來還是她給阿木端了一碗麵呢！

丁家就阿竹和丁大兩個男子，家底又豐，平時丁大送肉過來，丁二爺也不會推辭，左右以後給姪孫多補一點就是。

「明兒個我會帶阿陵和阿木去家裡上族譜，已經和你爹說過了，你明天也早點回來一起吃個團圓飯吧！」丁二爺又對姪子道。

「哎，好。其實我來也是有件事要和叔說的，我也要娶媳婦了。」丁大搓著手說道。

「哎喲，你小子可終於點頭了，你爹可不得樂壞了？這都催了多少年了。」丁二爺猛地一拍大腿道。

「可我爹他不同意呢，我正想讓叔明天幫我說道說道……」丁大一臉為難地道。

丁二爺一聽姪子這麼說，並沒有立即應下，他哥念叨著阿大娶媳婦可有好些年了，怎麼會不同意呢？不會是女方有什麼問題吧？

想著，丁二爺肅起臉看著丁大道：「你既求到我這來，也別瞞我了，老實和我說，這女方是不是有什麼問題？」

聽到自家二叔這般直白地問，丁大一時有些語塞，但想了想，還是老實說道：「叔，是村長家的茉莉。」

一聽是茉莉，丁二爺的眉頭並沒有鬆開。他知道茉莉，她是村長家的閨女，之前嫁到了溪水村，前幾年夫婿死了，便回娘家守寡，還帶著個丫頭。

一瞬間，丁二爺便明白了自家大哥不同意的原因。既然大哥能看上阿木，自是不介意茉莉嫁過一回，只怕哥哥在意的是茉莉的守寡之身，有剋夫嫌疑不說，對前夫未必沒有存著一些情感，且還帶著前夫的女兒……這前夫的骨血就在眼前，哪裡能不常常想到？

「這事我也不能應承你，最多給你探探你爹的口風。」

丁大見自家二叔沒有答應，心裡立刻急了，對著丁二爺深深一拜道：「叔是看著我長大的，心裡自也是疼姪兒的，這事——」

丁二爺卻擺了擺手，示意多說無益。

丁大沒辦法，只好說道：「那我先回去了。」

丁二爺點點頭，沒有看丁大，等姪子走出店鋪，才轉過頭來，不由得嘆氣。

這些小輩一個、兩個的姻緣都不順，阿陵好歹娶妻了，夫妻兩人也挺和順的，可這大姪兒的婚事還懸著呢，以大哥那脾氣，想讓他點頭，就算是他也沒有把握啊！

第二天，丁二爺一行人去了丁大家，但是上族譜的事進行得並不順利，因為丁大爺被丁大頂撞，一時氣血上湧，暈倒在地。

丁家一時人仰馬翻，丁大去鎮上請老郎中，丁二爺在屋裡陪著丁大爺，吳陵和張木則在廚房裡忙著燒些熱水，怕一會兒需用上。

丁二爺看著兄長躺在床上，心裡一時有些不好受，都這個年紀了，還要為兒子的婚事操心，不禁嘆道：「何苦鬧成這樣呢！」

突然，他覺得兄長的手有些異樣，抬眼一看，見大哥正對他擠眉弄眼。都快五十歲的年紀了，做這副樣子真是滑稽得很，丁二爺當下便明白，這是裝暈嚇唬自家姪兒呢！

「唉，大哥呀，你這下可把姪兒嚇得不輕，我看你怎麼收場。」丁二爺搖頭嘆道。

「這事你別管，就是有些對不住你家吳陵，耽擱了他的事。」丁大爺想起這一茬，有些歉疚地說道。

「吳陵的事也沒那麼急，你呀，還是把姪兒的事解決了再說。我還是忍不住要多嘴，阿大這麼多年都不願意點頭，現在他好不容易願意了，你要不也再思量思量？」

丁大爺皺起眉頭，搖頭道：「你不在家自然不知道，早在我準備給阿大聘阿木的時候，村長的婆娘就直接鬧到阿木家了，說是等著茉莉除孝就讓我家阿大去娶，你說這是不是欺人太甚？憑什麼她家說娶，我家阿大就得在家等著？想起來我這心頭火都大。」

丁大爺見二弟聽了這話，也不吱聲了，再接再厲道：「你以為阿大好端端的，怎麼會突然看上茉莉？我可親眼瞧見的，茉莉這閨女沒以前收斂了，她剛除孝就在路上堵阿大，婚姻一向是父母之命、媒妁之言，這樣自請嫁的兒媳婦，我可不敢要。」

丁二爺自是不知道這中間還有這一齣，當下也覺得不好再勸兄長，只是還是忍不住叮囑道：「兒孫自有兒孫福，大哥也要當心點，不要真氣壞了身子。阿大一向對你最孝順不過，你也別把孩子逼得太急。」

丁大爺聽了這話，當下就有些不高興了。「呵，我逼他？我這還不是為了他好？要真娶了茉莉回來，以後有個難纏的岳母不說，那一個小的也煩著呢！」

「爺爺，我很乖，我不煩。」角落裡忽然傳出小女娃的聲音。

丁大爺抬頭一看，這不是茉莉家的小女娃嗎？丁大爺再是對茉莉生氣，也不會對一個六歲的小娃娃生氣，只是也沒擺出什麼好臉色，對著珠珠便道：「我家可沒有小娃兒和妳玩，妳趕快回去。」

「嗚嗚嗚……」珠珠當下就哭鼻子了，一邊哭一邊往門口走。

她是見娘這幾天不開心，時常一個人坐在窗戶下發呆，又偷聽到外婆說「丁大家可能嫌棄珠珠，不然把珠珠留在家裡養著吧！」

她不敢問娘，就試著來問丁叔叔。她見門開著便進來了，剛好聽到她娘的名字，然後又聽到「那一個小的也煩著呢」，她跟木姨姨學過字，知道「小的」說的就是她。

丁家兄弟倆見小女娃哭了，一時都有些尷尬，丁大爺想喊住這小娃兒，一時又想不起她叫什麼。

張木正在廚房裡燒水，聽到院子裡有哭聲，好像是珠珠的聲音，連忙出來看看，就見到珠珠正抹著眼角往外走。

也不知道這小丫頭是什麼時候進來的，她立刻過去把她摟進懷裡，哄道：「姨姨在，珠珠不哭啊！」

聽到張木的聲音，屋裡兩個老兄弟都同時鬆了口氣。

等丁大帶著老郎中回來的時候，便見到珠珠在自家廚房裡吃著綠豆糕，正是吳陵早上帶過來的。他心下一緊，爹才被他氣暈，要是醒來看到珠珠，估計又得氣個半死。

吳陵看見丁大的表情，知道他在想什麼，對他招招手，示意他到一旁，接著才開口說道：「大伯親自開的口，大哥不用擔心。」

見丁大面露疑惑，吳陵便把剛才的事說了一遍。當丁大聽到「阿木哄不住她，大伯便在屋裡喊著把綠豆糕拆了」時，眼睛一亮，他一向知道爹心軟，這下可有法子了，當下便轉頭對珠珠說：「珠珠，等等把綠豆糕帶回去吃，爺爺生病了，妳現在跟我去看看他好不好？」

珠珠雖然吃了綠豆糕，可還是記得剛才那爺爺說她很煩，她猶豫了一下，還是點了點頭。她人雖小，可是被欺負得多了，人家對她有一點善意，她還是能看出來的。

第十五章

張木不知道後來丁大爺有沒有對珠珠擺出好臉色，她只知道自己中午進廚房時差點掀翻了鍋子，好在後來吳陵接了手，她只在廚房打打下手，幸好丁家人也沒發現什麼不對勁。

待張木和吳陵回到鎮上時已經是下午了，她一路上都在想，關於煮飯的問題，還是得和吳陵坦白才行。

進了屋，還沒坐下歇腳，張木便低著頭，有些忐忑地開口。「相公，有件事我想和你說……」

吳陵有些奇怪，這兩天相處下來，他早發現自家媳婦比他想的要大膽熱情許多，眉眼間一直明朗得很，現在怎麼一副好像犯了錯的樣子，難道是以前的事？

想到這裡，他拉著張木的手，一臉嚴肅地說：「娘子，過去的都過去了，我既然娶了妳，自然是不會在意以前的事，以後我們倆一起好好過日子就好，在我眼裡，娘子一直是最好的。」

突然被吳陵表白，張木心裡升起些暖意，見自家相公一本正經的模樣，又忍不住想逗他。

她咬著唇，有些難過地說道：「之前在村口，人家都追出去了，你為什麼都不願意看我一眼呢？」

說完，張木心裡又怪自己口快，真是哪壺不開提哪壺，明明趙問就是個禁忌，幹麼還要往相公心口上戳，真是想把自己拍死。

果然，她聽見吳陵有些結巴的聲音。「那個……那個……我、我聽說婚前見面不吉利……」想起自己當時的心思，吳陵不自覺紅了臉。

「啊？」竟然是因為「不吉利」的原因。

「相公，你真的太萌了，晚上我給你做晚飯。」她心喜，但一方面又真的好擔心自己的廚藝啊，唉！

「喵、喵！」不要、不要！妳煮的東西不能吃的好嗎？美人聽到主人說要下廚，立即害怕地喵喵叫。

可惜，牠的心聲沒人聽得懂。

「啊，相公，我們給牠取個名字好不好？」張木抱起貓兒提議道，牠一身土黃色的毛乾淨得發亮，因為吳陵已經用皂角將牠仔細刷洗過了。

「行啊，娘子取吧！」吳陵見娘子喜歡這隻貓，心裡對這隻貓也多了些好感。

「叫醜女吧！」張木想也不想地道，剛好跟她的美人湊一對，也不知道薇薇有沒有照顧好美人？

「喵喵喵！」懷裡的貓忽地激動起來，一聲聲奮力叫喚著，眼睛都憤怒地睜大了。

見這隻貓這麼排斥，張木之前的驚疑又冒了出來。「那叫美人？」

「喵喵！」只見貓兒的毛立刻又柔順了下來，還在張木的懷裡拱了拱。

「娘子，這隻貓還能聽懂妳說的話呢！」吳陵見到貓兒在自家媳婦懷裡拱來拱去，生生忍住把牠一把扔出去的衝動，萬一嚇到娘子就不好了，便裝作純良地笑道。

張木心裡一時有些難以置信，美人就喜歡像這樣抬起一隻爪子搭在她的胳膊上，另一隻爪子在她懷裡輕柔地扒拉，難道自家美人也跟著穿過來了？

美人似是看出張木的疑惑，驚喜地點頭。沒想到主人換個環境，連智商都變低了，今兒個才反應過來牠就是美人。

吳陵見張木皺了眉頭，有些疑惑地問道：「娘子，這隻貓有什麼不妥嗎？」

「沒有，就是感覺跟我以前養的貓很像。相公，一會兒我們給牠弄個舒適一點的窩吧！」

吳陵見自家娘子眸子亮晶晶的，連忙點頭。「好。」

由於屋子是新的，家裡連一點碎布頭都沒有，連針線都要買，所以張木和吳陵便一起來到街上。

布店的掌櫃見兩人一起過來，比之前熱絡多了。都在同一條街上做生意，掌櫃自然認識這個竹篾鋪的小木匠，除了竹製品之外，木工也很拿手，見他牽著一個梳著婦人髮髻的女子，猜測這應該就是他新娶的媳婦了。

他對張木還有點印象，三月的時候這小女子還追打著一個老婦人，他也是出來看過熱鬧的，可他記得當時小木匠也在人群裡啊！這麼潑悍的女子他也敢娶。

掌櫃捋著稀疏的幾根鬍子，心裡不得不感嘆，真是蘿蔔、青菜各有所好啊！

張木選了兩疋較厚的細棉布料子，一疋是芙蓉色的，一疋是藕荷色的。之前吳陵給自己的衣料顏色都太鮮豔了些，除了一疋湖藍色的還沒有做成衣裳之外，正紅色的做了嫁衣，櫻紅色的做成一件遍地織花裙，一疋煙霞色的裁成了一件上裳和一件下裙。

秋天快到了，秋衣穿舊的還可以，可冬衣她還是想再做兩件新的，她比較怕冷，原主的兩身冬衣應該已經穿了很多年了，上頭滿是補丁，裡面的棉絮也薄得很，靠那一身衣服，這個冬天肯定熬不住，且自己手工慢，還是早些做起來為好。

想起吳陵說他喜歡藍色，她又給吳陵選了一疋深藍、一疋藏青色的料子，各色絲線也都選了一些。吳陵給她備的絲線比較好，是店鋪裡最上等的，她覺得自己平日裡練手用的話有些浪費，便選了一些品質一般的絲線，又選了一袋碎布頭，還選了一些絲綢，準備回去做幾條帕子。

想起還要做棉衣，便又買了一些棉花，舊棉花三十文一兩，新棉花四十文一兩，新棉花較柔軟一些，冬衣還是柔軟暖和一點比較好，於是她買了新棉花。

掌櫃的眼睛早樂得瞇起來了，雖然店鋪生意不差，可是一般來說下午以後就很少有人來光顧了，沒想到今天下午還做了一筆不小的生意，當下笑道：「這碎布頭就當我送給你們的，下回再來光顧就好，一共是二兩七錢。」

雖然鎮上只有他一家布店，可是掌櫃的一向講究籠絡客人，不然以後有了競爭對手，他還不得哭死。

之前張木手頭上就有些銀子，今天出門的時候她帶了五兩銀子和二十枚銅錢，當下便打開荷包，拿了三兩出來。

吳陵正在掏銀子，見媳婦自己遞出銀子，頓時愣住，驚道：「娘子，妳出門還帶錢了啊？」

掌櫃的見小夫妻倆都掏出銀子，眼睛一眯，笑道：「喲，這還沒上繳銀子呢！」說著對張木搖搖頭，接過了吳陵的銀子。

張木見吳陵有些委屈地看著自己，也沒再多說，收回了銀子。以前薇薇就和她說過，男人的錢該花的時候還是得花的，這叫投資成本。

由於買的東西有點多，掌櫃的便讓店裡的小夥計阿棉幫他們送回家。

楚蕊今天心情不好，正準備到布店裡選塊料子回去做兩件衣裳，迎面便碰上了吳陵夫妻兩人。

她立即朝吳陵走去，見吳陵抬眼看著自己，她臉上浮出一抹紅暈，對吳陵道：「陵哥哥，你今天出來買東西啊？」

吳陵點點頭。「是的，陪我家娘子買些東西。」

張木見這姑娘連聲招呼都不跟自己打，完全把自己當透明人，便拉著吳陵的袖子說：「相公，我們還得回去給美人做窩呢！」

吳陵見自家媳婦語調軟軟的，狀似在撒嬌，便對楚蕊說道：「楚家妹妹，我們還有點事，就先走一步了。」

說起這楚家姑娘，小的時候臉圓圓的，嬌憨可愛得很，怎麼這兩年沒見，感覺有些怪異，哪有一個女孩子對異姓男子這般熱絡的，雖是舊識也該講些規矩才是。

「哎，陵哥哥，美人是誰啊？」楚蕊直接忽略張木，笑意滿滿地問吳陵，好似沒有聽到吳陵剛才告辭的話。

吳陵不覺皺了皺眉。「是隻貓。」說罷便頭也不回地和自家媳婦回去了。

楚蕊跺了跺腳，見張木挽著吳陵的胳膊，忽地笑了。一個和離的婦人得意什麼？年紀比自己大不說，那身段離她還差得遠呢！她可是被嬌養大的小姐，豈是一個村婦可以比的？想到這裡，她便抬腳跟在吳陵後面。

她以前聽娘和其他嬸嬸聊天時說過——女追男隔層紗，如果自己主動一點，陵哥哥自然會把她放在心上；既然選中了吳陵，就一定要堅持下去，可不能再拖了。

阿棉跟著吳陵夫妻進了屋，放下東西之後便要告辭，張木見這小夥計一張圓臉上嵌著兩個小酒窩，笑起來還露出一對小虎牙，真是討喜得很，便道：「小哥坐下喝碗茶再走吧，正好歇歇腳。」

阿棉連忙擺手，笑著回道：「不了，吳家嫂子客氣了，店鋪裡可少不得人呢！」

張木聽他這麼說，也沒多留，讓吳陵出去送阿棉。

吳陵看著阿棉離去的背影，正準備把院門閂上，卻見楚蕊氣喘吁吁地趕到了自家門口，還伸出手朝自己揮了揮，他彷彿能聞到她手裡那塊繡著青蓮粉荷的帕子散發出的脂粉味。

「陵哥哥，我想來你家看看貓，可以嗎？」說著，楚蕊微紅的臉上帶著兩分嬌俏。

饒是吳陵再把楚蕊當鄰家妹妹看待，這時也聞出些許不對勁，可兩人畢竟認識，不讓人家進屋有些說不過去，心裡卻又惦記著和自家娘子好好單獨相處。

張木在屋裡也聽到了姑娘的聲音，出來一瞧，見楚蕊俏生生地立在自家門口。

張木壓下心頭的不悅，頗客氣地問：「不知道楚家姑娘跟過來有什麼事？」

楚蕊眨巴了下眼睛，覷了覷張木的臉色，笑道：「我聽到人家說陵哥哥養了一隻貓，就想過來看看，姊姊不讓我進去嗎？」

張木聽了這話，險些憋不住笑，這姑娘的心思也太明顯了些，這就急不可耐地在相公面前給自己上眼藥了？

「瞧楚姑娘這話說的，來者是客，哪有不讓姑娘進門的道理？」張木眼皮不抬地說。真是被她一聲姊姊喊得要起雞皮疙瘩了，自從李秀兒在信裡稱呼她姊姊後，她對這兩個字真是敬謝不敏。

吳陵聽見楚蕊的話，微微皺了皺眉，又見娘子說讓她進去，便側身讓楚蕊進來。

這是楚蕊第二次進來了，第一次是吳陵大婚當日，吳陵這間一進的小院子她是沒看在眼裡的，不過看見西邊那兩株小梅樹苗，不由微微露出一絲笑意，她最喜歡的就是梅花了。

心裡想著，嘴上便出了口。「陵哥哥，你還記得我喜歡梅花啊？小時候我常圍著梅樹繞圈子，你還怕我跌倒呢！」

張木覺得好笑，果真是十幾歲的小姑娘，這點小手段她還真不放在眼裡，當下笑道：

「既然楚姑娘是來看貓的，那就趕緊進屋吧！美人正在打盹呢！」

楚蕊走進屋裡，就見一隻土黃色的貓窩在椅子上，貓鬚一顫一顫的，像是睡著了，心下不由得詫異。

這不是那天她踢的那隻貓嗎？

楚蕊眼睛又在張木臉上轉了一圈，斂下目光，扯扯嘴角笑道：「家裡一向不讓我養貓，怕把我撓了，沒想到這貓睡著的樣子這樣可愛呢！」說著便轉過身問吳陵。「陵哥哥，給我抱回去養幾天好不好啊？」

吳陵見楚蕊先是突然跑到他家，又對他說這些熟絡的話，不禁有些厭煩，自己和她也不熟，就小時候見過幾次，見自家娘子在屋內站著，似笑非笑地看著自己，他忽然福至心靈——

哦，娘子這是吃醋了！

「楚姑娘，真是不好意思，我家娘子喜歡，所以貓不外借。」吳陵說道。

「只有兩天也不可以嗎？」楚蕊眨巴著眼睛，微微咬了下唇。

吳陵搖頭。「楚姑娘喜歡的話，我下回讓娘給妳找一隻，這隻不行。」說完看了自家媳婦一眼，見她臉上還是要笑不笑的樣子，心下不由有些著急。媳婦醋勁不會這般大吧？他只和楚姑娘說了幾句話啊！

可吳陵哪裡知道，在張木眼裡，男人的爛桃花不該是由女人去解決的，這也是當初在丁大和吳陵之間，她更偏向吳陵的原因；她還未嫁，王茉莉就能找上門來，且事後丁大也沒有個解釋。

但是既然已經嫁過來了，該維護自己權利的時候，還是要出手的，於是張木微微一笑道：「楚姑娘，妳也看過美人了，我們夫妻兩人剛成婚，還有很多東西需要整理，就不多留妳了，等過幾日收拾好了，妳再來串門子可好？」

這是楚蕊第二次從這個院落被趕出去，心口有些發熱，好不容易止住顫抖，緩緩吸一口氣道：「我來不是看張木姊姊的，妳在山野鄉村裡長大，可能也沒人教過妳什麼是禮數，我也不和姊姊一般計較；不過我和陵哥哥是一起長大的，姊姊就算吃醋，也還是收斂些好。」

第十六章

楚蕊確實是被嬌慣著長大的，她上面還有一個哥哥、一個姊姊，楚夫人年逾三十才懷上她，那時候哥哥、姊姊都已經快到談婚論嫁的年齡，楚家的生意也逐漸好了起來，楚夫人不需要每日裡再為夫君精打細算，便將全副心思都用在了這個才牙牙學語的小女兒身上。

女兒十三歲的時候，楚夫人捨不得女兒遠嫁，便在鎮上為女兒仔細挑選婆家，從婆婆、小郎君的脾性到小姑子好不好相處都逐一打聽，奈何總是事有不順，生生將女兒耽誤到了十六歲。

鎮上家境好些、又有適齡兒郎的只有那麼幾家，年前聽說吳陵將繼承竹篾鋪子，楚夫人難免動了些心思。楚家和丁家一直有生意上的往來，對丁家還是有些瞭解的，丁家的竹篾鋪子可不只有鎮上的一間鋪子而已，她聽自家老爺說過，丁家與縣衙也有關係，與其說吳陵繼承丁家的鋪子，不如說丁家在給丁竹培養一個得力的幫手。

自此楚夫人便對吳陵更看重了些，只是還沒來得及思量清楚，吳陵就和張木訂了親。

楚夫人可遺憾了，這就像買東西一樣，拿在手裡千掂量、萬思慮，最後給人家搶了先，這時心裡才覺得這東西實在是好得無可挑剔，到了吳陵這裡，便也是這樣，於是在家裡又多念叨了兩句。「吳陵無父無母，又沒有兄弟姊妹，不用伺候婆母和小姑不說，以後有什麼事不還得靠著岳丈家，簡直就是個現成的上門女婿啊！」

楚蕊聽了一、兩次，只覺得有些遺憾罷了，可待見到吳陵娶親當日的情況，見到張木穿著一身正紅嫁衣，面帶緋色地坐在床上，當時心裡忽然就有些魔怔了——原本坐在這裡的該是她啊！

現在又被張木這般驅趕，楚蕊一時惱羞成怒，便顯擺出平日裡刁鑽跋扈的秉性；畢竟在這鎮上，只有程家需要忌諱，其他的自是不用太看在眼裡。

張木真是被楚蕊這副趾高氣揚的模樣氣樂了。「楚姑娘，妳一個姑娘家家的，還是注意一下名聲為好，再說這是我家，妳這般在別人家裡大放厥詞，不臉紅嗎？」

楚蕊見張木拿名聲來說事，心裡微動，臉上露出笑意，眼神在張木身上淡淡掃了一圈，轉過身來，往吳陵那邊挪了挪，眼帶淚光地看著吳陵說：「陵哥哥，我的心思你該……」說到這裡，楚蕊咬著唇低下了頭。

下文在喉嚨裡醞釀了一會兒，她正待吐出的時候，卻被吳陵打斷。

「楚家姑娘，妳和我娘子慢慢聊，我還有點事，就不奉陪了。」

楚蕊忙抬起頭，愣愣地看著吳陵神色平靜地越過她，走到張木身邊。「阿木，妳們先聊，我去給美人搭窩。」

吳陵剛才聽見楚蕊的話，已暗暗握緊了拳頭，但見自家媳婦毫不客氣地和她針鋒相對，他心裡才好受了一點；只是見到楚蕊似乎有將她的想法挑明的意思，他只好出言打斷，不然讓媳婦誤會就不好了。

楚蕊畢竟是一個未嫁的女子，自己和她計較也不太合適，這種事還是交給媳婦吧！

楚蕊見吳陵離開，覺得跟自己計劃的差太多了，不應該是陵哥哥聽自己說完，然後露出喜悅的表情嗎？

她可聽說了，陵哥哥之前因為沒有家產，才會跟一個和離的婦人訂親，自己這豆蔻年華的年紀，臉上的肌膚都能掐出水來，不比張木這個鄉野長大的村婦好上百倍、千倍嗎？難道自己做得這般明顯，陵哥哥還不懂？

她想追上去說點什麼，可是瞥見張木嘲諷的眼神，只好咬著唇，憤憤地收回了腳。

這時，一個土黃色的影子突然跳向楚蕊，楚蕊嚇得連忙後退，卻還是被抓破了前襟，原來是美人。

張木沒預料到美人會突然發飆，見牠抓著楚蕊的裙子不肯下來，連忙上前把牠抱在懷裡。

楚蕊驚魂未定，見這隻貓憤怒地盯著自己，眸子裡似乎泛著綠光，嚇得心頭一激靈，當下也不敢再待下去，匆匆瞪了張木一眼便慌亂地離開了。

不受歡迎的人走了，張木心裡也輕鬆了點，不論在哪個年代，仍有仗勢欺人的人啊！

見美人今天大顯神威，張木揉了揉牠的腦袋，美人立刻撒起嬌，小爪子在張木手臂上扒拉，張木用手把牠托住，牠乾脆就仰躺在張木的手肘上。

吳陵一直在注意她們的動靜，見楚蕊離開了，一人一貓玩得不亦樂乎，嘴角不禁揚起笑容。

只是解決了一個麻煩，還有眼下的難題。

他適才找了個竹籃，先在底部鋪上兩層碎布，再放上一層棉花，接著又加上一層碎布，可還是覺得軟了些，一時想不出家裡還有什麼東西能給貓搭窩。

這時張木朝他走了過來，見一層棉絮、一層布頭的，笑道：「貓愛抓東西，用棉布和棉花，牠還不得天天撕拉得棉絮到處飛？其實用竹籃也不妥，還是用光滑些的木板給牠做一個嬰兒般大小的床吧！」

吳陵覺得媳婦說得挺有道理，便將竹籃放回了西邊屋裡，決定找時間再用木板給美人做窩。

張木見美人鬧騰了一會兒又昏昏沈沈地打起瞌睡，便在自己房裡的桌上鋪上一層薄毯，把牠安置在上頭。

兩人輕手輕腳地出了房門，見天色已經有些暗了，張木道：「相公，我們去做晚飯吧！」

「好，這回我給娘子打下手。」吳陵笑道。這兩天一直在外面吃，就算做菜也都是他做的，此時也不禁期待自家媳婦的手藝。

張木看著吳陵期待的模樣，笑而不語，心裡卻是有些心虛的。

待吳陵看見上桌的是一盤燒糊了的紅燒肉、一盤燒得像枯草一樣的韭菜、一盤乾巴巴的豆乾時，不由得有些傻眼，就算想給自家媳婦捧個場，也不知道從哪盤菜下手才合適。

他見媳婦尷尬地看著自己，還是鼓足了勇氣挾了一塊紅燒肉，往嘴裡一塞，含糊不清地說：「雖然品相差了一些，可是味道還是很好的。」

張木看他神色認真、似模似樣地品嚐著紅燒肉，忍不住有些起疑，難道自己的手藝真的有長進不成？

她提起筷子，也挾了一小塊肉，才剛塞到嘴裡，便嚐出一股燒焦味，咬一口，竟然硬得咬不動，又吐了出來。

見吳陵一副努力憋笑又努力咬肉的模樣，張木有些於心不忍，便道：「相公，吐掉吧，別矼了牙。」

可吳陵還是堅持要吃，覺得嚼得差不多了，試圖吞下去，誰知卻卡住了，嗆得面色潮紅。張木使勁給他拍背，拍了半晌，那塊肉才從喉嚨裡吐出來。

吳陵接過媳婦遞來的水，忙灌了兩大口，見媳婦一臉內疚的樣子，便握著她的手說：「娘子不用擔心，既然妳廚藝沒有我好，以後我做飯就是了。」

「可是我連飯都不會做，相公娶我回來不是很吃虧？」張木看著吳陵，試探地問道。

「娶妳也不是為了做飯啊！我覺得娘子在我身邊，能讓我安心。」吳陵看著媳婦一臉緊張的模樣，伸手替她理了理垂散下來的頭髮。

「其實……我一直想問，相公當初為什麼來我家提親？」她之前以為相公沒有多少銀兩，是因為看中原主做繡活持家的能力才願意娶她的；可是吳陵的小定禮和聘金一送到張家，張木就覺得自己怕是想錯了，她抬頭定定看著吳陵的眼睛，希望聽他說是因為看中了她這個人，又不免自嘲，即使看中的是「人」，那也是原主啊！

吳陵見到媳婦期待又糾結的神色，心中一動，笑道：「因為那天在街上看到娘子揮著扁擔亂舞的樣子，覺得妳太辛苦了，應該把妳娶回來好好疼愛才對。」

街上……扁擔……那天正好就是她，所以說，他看中的一直是自己。

訂親以來的憂慮、惶恐，還有替代原主的忐忑，因為吳陵的一句話，一下子如陰霾般散盡。張木伸手抱著吳陵的腰，微微帶著鼻音說道：「相公放心，以後我會好好保護你的。」

吳陵意識到媳婦這親密的舉動，身子不禁僵了下，隨即臉紅了。

第二日張木醒來的時候，發現吳陵竟然還沒起來。

她看向他，長長的睫毛柔順地貼在眼睛上，她伸出手，準備捏他的鼻子，可見他睡得眉眼彎彎，估計在作美夢，便收回了準備作惡的手。

她揉了揉腿，又看了一眼嘴角含著笑的相公，難道是自己壓榨過度了？

不過今日要回門，她不敢耽擱，還是掙扎著起來，那邊小桌上的美人一見床上有動靜，立即跳下桌，又跳到張木腿上，一個勁兒地扒拉，張木怕把吳陵吵醒，趕緊提溜著牠下床。

張木先去灶上燒了熱水，裝在陶罐裡，然後又盛了兩、三把米準備煮粥，把柴火架好後，又去洗了一點白菜。

另一頭，吳陵迷迷糊糊地醒來，發現媳婦不在床上，猛地一下子坐起來，趿拉著鞋就往院子裡找，見到媳婦在廚房裡，心才定下來。

吳陵不知道是不是他太在意還是怎樣，只要媳婦不在他的視線內，他就有點著急。

只見灶上冒著白煙，張木正在切菜，美人在她的腳下轉過來、轉過去的，陽光透過窗戶灑在她煙霞色的裙襬上，隨著她手上的動作一晃一晃的，晃得他心裡都跟著蕩漾起來。

在流浪的那一年，看著人家冒著白煙的煙囪，他常常止不住地希望能夠回家，希望有個人好好地抱著他，可是那個家他回不去了，之後在日復一日的流浪中，他也漸漸忘記了自己還有個家。

「相公，你起來了啊！」張木一轉身，便看見吳陵站在院子裡看著自己，臉頰上是剛睡醒的緋紅色，感覺整個人傻乎乎的。

「娘子，我來做飯吧！妳去檢查一下回門禮還有沒有缺什麼。」吳陵走過來，拿過張木手裡的菜刀，俐落地開始切菜，行雲流水一樣。

張木原本想在相公面前秀一下自己的拿手菜，可見過相公切的白菜，再瞄了一眼自己切得像美人撕拉的一樣，便默默地退出廚房，去西邊屋子整理回門禮了。

回門禮是丁二娘早就備好的，這邊的回門禮有固定的規矩，雞鴨兩對、豬肉三至五斤，取一片相連開二的意思，鯪魚兩條、水酒兩罈、花生、茶葉和芝麻若干，還有糕點四盒。

雞鴨一直在院子裡，而五斤豬肉則是風乾的臘肉，反正臘肉可以保存比較久。張木看了一眼，覺得沒有什麼不妥當的了，便準備帶上門出去，這時她猛地發現門邊似乎有什麼東西亮晶晶的泛著光，彎下身撿起來一看，是一塊半月形的石頭，她也不知道那是什麼，便去問吳陵。

吳陵已經把白菜炒好了，正準備裝盤，聽見媳婦興沖沖地走過來對他道：「相公，你看這是什麼？我在西屋的門口撿到的。」

吳陵回頭，看見媳婦手上的東西，瞳孔猛地一縮，臉上的笑意僵住。

張木見吳陵這般異常，心裡也不由得有些緊張，小心翼翼地問：「相公，有什麼問題嗎？」

吳陵趕緊笑了笑。「是阿竹掉的東西，他找了半天呢，阿竹非說在我們家丟的，我還嫌他瞎說，當時他還一臉憋屈地看著我，現在想來還真有點對不住他，早知道給他找一找就好了。」

知道是阿竹的，張木也就沒在意，將石頭交給相公，笑道：「我們吃飯去吧！」

吳陵看著媳婦的背影，微微吁了口氣，右手拿著石頭，拇指在上頭輕輕撫過。這是他小時候玩的，那家人將它故意丟在這裡，怕就是要看他的反應……

難道是要確定他是否還有記憶？吳陵臉上微微帶了些嘲諷。

張木走了幾步，見相公沒有跟上，卻看著那塊石頭若有所思，想起阿竹在昨日上午便回縣城的書院裡了，便喊道：「過幾日中秋節阿竹還會回來，相公再給他就好，這麼一塊小東西，應該誤不了什麼事吧？」

「也是，我們先吃飯吧！」吳陵讓張木把白菜端到桌上，他再盛兩碗粥。

吃完早飯，吳陵和張木兩人就坐著車回到水陽村，小水一見他們抵達村口，撒開腳丫子往回跑，張家一家子都等在家裡，見小水回來，立即把炮竹準備好。

張老娘緊張地站在門口，遠遠見到吳陵牽著女兒走來，這幾天的擔憂又忍不住往心頭竄。

張大郎先接過車伕遞過來的回門禮，小水跟在他身後，使勁瞄著有沒有糖果，張大郎見兒子這般饞嘴，無奈地搖搖頭。這傻小子，自家妹妹這麼疼他，怎麼可能會不給他帶糖果？

張老娘看了一眼回門禮，見到有雞鴨兩對，還有五斤臘肉，心裡明白女婿對女兒還是上心的，心裡的憂慮又更添了些，看著女婿和老頭子聊了起來，便拉著女兒往她屋裡去。

張木見張老娘拉著自己的手有些用力，猜到她可能是不放心自己婚後的生活，便乖乖地跟著張老娘走到屋裡。

「阿木，那事……妳還沒和吳陵說吧？」張老娘皺著眉頭看著女兒問道。

張木被張老娘問得有些懵。「娘，什麼事啊？」

「唉，妳這身子的事啊！妳這丫頭，這都能忘了啊？我已經問過妳方奶奶了，她那兒有個古方子，說是對寒症重的婦人特別有效。」張老娘從懷裡掏出一張皺巴巴的紙條，放到張木手上。「妳今天回到鎮上就去抓藥，先試試再說。」

難道這身子不孕？張木感覺腦袋一轟，傻愣愣地看著張老娘，見張老娘眉頭緊皺，眼角耷拉著，一副憂心忡忡的模樣，她艱難地嚥了口唾沫，試探著問道：「娘，我真的不能生孩子啊？」

「瞎說什麼呢！」張老娘一巴掌拍在張木的背上。「要不是那趙家婆娘心思太毒，那個孩子現在都能和小水一起認字了。」

想起女兒沒保住的孩子，張老娘心裡有些遺憾，可女兒現在都二嫁了，要是那個孩子真的生下來，現在也得多折騰。

張木頓覺天崩地裂。所以原主懷過孩子，卻沒保住，還留下寒症?!

吳陵連一個血脈兄弟都沒有，他自是希望能有個孩子，沒想到她才剛覺得自己也許可以在古代過正常的生活、養幾個孩子的時候，竟發現現實如此艱辛。

一整個上午，張木都沒敢看吳陵，對著那雙暖意融融的眼睛，她怕自己會忍不住洩漏出情緒。

中午在張家吃過午飯，吳陵便想先帶媳婦回鎮上。原本他預計晚上再回去的，可是看媳婦今天一直魂不守舍的，有心想問，在張家也沒個合適的時機，只得早些帶媳婦回去。

張老娘巴巴地將女兒、女婿送到村口，見女兒怏怏的，也怕女兒想起那些往事，心裡不得勁，有心想再勸兩句，可女婿又在旁邊，只得忍住。

看著女兒和女婿的身影越來越遠，張老娘才不捨地收回了目光。

另一頭，溪水村的趙老爹正揹著一袋紙錢去山頭上墳，正是為了張木沒保住的那個孩子。

一般沒生下來的孩子是不會有墳頭的，只會在地裡埋了，但是這個孩子剛好和那母子去的日子是一樣的；那日正是自己心頭抑鬱，才使得婆娘心裡不痛快，拿小兒媳出氣，於是害得孩子沒保住。

趙老爹心裡有些愧疚，因此才立了個墳頭，他也不知道自己立的這個墳頭，到底是那未見面的小孫子的，還是那對母子的……

第十七章

張木回到家，想著張老娘對她說的話，心裡還緩不過勁來。

美人聽見腳步聲，一下子就竄過來，吳陵一隻手毫不憐惜地把牠拎了起來。

張木看著美人四隻爪子在半空撲騰，看不過眼，便把美人接過來抱在臂彎裡。

「喵！喵！」主人疼我，我才不怕你！美人瞪著吳陵叫喚。

吳陵直接忽視美人傲嬌的眼神，見媳婦有了點動靜，終於心安一些。他走進廚房幫她倒了杯茶水出來，一只簡單的白瓷杯中飄著四、五朵忍冬和菊花，淡淡的香氣縈繞在鼻端，張木也確實有些渴了，接過來喝了一口。

吳陵盯著張木的臉，輕聲問道：「阿木，岳母跟妳說什麼了？我看妳從房裡出來後臉色就有點不對。」

他和媳婦剛成婚，覺得她平日看著滿文靜的，其實內心如火般熱情，情熱的時候都能把他燒融了，這幾日的耳鬢廝磨，對她的感覺像是要撐破胸口一樣，又覺得怎麼樣都填不滿。此時見媳婦萎靡不振的樣子，他心裡也堵得慌，還是覺得有點霸道、有點使壞的媳婦讓人安心一點。

張木抬起頭，見相公巴巴地看著她，深褐色的眸子裡映著自己的影子。「相公，我可能沒辦法生孩子……」

張木一時衝動，脫口而出，說完也不敢看吳陵的眼睛，怕他眼裡會有猶疑、失望和憤怒，畢竟他自幼孤身一人，對血緣和親情該是非常嚮往及渴望。

吳陵俯下身，緩緩抱著張木的腰，輕聲道：「阿木，沒有關係的，我一個人生活了十幾年，遇到妳之後，才覺得眼睛好像可以看到很多色彩；每天睜眼看到妳睡在我旁邊，我就覺得異常安心，只要妳一直在我身邊就好。我們還年輕，妳不要多想，也許過個兩年就有了，就算一直沒有，妳還有小水，我們以後也可以收養一個孩子啊！」

吳陵說著，忽然發覺自己的肩頭有些濡濕，媳婦的小身板也一顫一顫的，便輕輕拍著她的背，不再言語。

美人見張木在哭，跳到桌上來，用腦袋蹭著張木的頭髮，還抬起一隻前爪推了推吳陵的肩膀，小聲叫喚道：「喵、喵！」二愣子，趕緊勸勸啊！

吳陵一邊安撫著媳婦，一邊看著這隻膽大地推他還囂張叫喚的貓。

為什麼他覺得這隻貓有點怪異，牠那是擔憂的眼神嗎？她是他的媳婦好不好。

「喵！喵！」我帶她來的好不好。

見媳婦還在哭，他忙哄道：「娘子，我晚上給妳做好吃的，我做飯，妳待在廚房裡陪我聊天？」

張木抽噎，一時答不出聲。

吳陵又哄道：「那等重陽帶妳去玩？」

張木依舊沒有搭腔。

「娘子，妳再哭，我晚上就不陪妳睡了。」

張木正好止了哭聲，聽見吳陵的話，不由一噎，白了吳陵一眼，有這麼哄人的嗎？

她掏出張老娘給她的方子，遞給吳陵道：「這是方奶奶給的方子，不過我覺得可能沒有用。」

看這紙張的顏色，應該有幾年的歷史了，估計以前也給過原主，也許張老娘只是想幫她燃起一點希望罷了。

吳陵看了眼那方子，心下也明瞭，但是見媳婦腫著眼看著自己，還是耐心地哄道：「這方子咱先不吃，我託人拿去縣裡看看再說。」

張木也覺得吳陵說得對，民間的方子還是有些風險，她睜著紅腫的眼，想笑又覺得臉有點僵，吳陵見她緩過來，伸手捏捏她的臉。

忽然，美人倏地跳下了桌子，往院口跑去，吳陵見美人跑得有些急切，心下一凜，連忙跟著出去，拉開門，見巷子裡空無一人，心頭的擔憂又冒了出來——

看來是找到這裡了。

張木見美人和吳陵都匆匆地跑出去，也跟著到外面瞧，卻沒見到一個人影，不由得奇道：「剛才有人敲門嗎？我怎麼沒聽到？」

「我也沒聽到，我看著美人衝出來，以為有人來了呢！」吳陵伸手閂上門，低頭發現美人站在他的腳旁，垂著腦袋，像是在沈思，當下對這隻貓更添了一層疑惑。

「阿木，妳覺不覺得美人有點奇怪，牠好像能聽懂我們的話一樣。」吳陵皺著眉問道。

張木心裡一虛。「那個……相公啊，其實有件事我想跟你說……你不要太驚訝啊！」張木絞著手指，吶吶地說道。

吳陵見她一臉侷促，紅腫著的眼、紅彤彤的鼻頭，當下覺得詼諧異常，忍不住刮了刮她的鼻子。「嗯，我聽著呢！」

「其實，我忘記了很多事，我也不明白為什麼。三月的某一天，我一早醒來就什麼都不記得了；而關於美人，我卻記得好像養過牠，也是叫美人來著。」張木覺得還是跟吳陵透露一點比較好，兩個人在同一個屋簷下住著，吳陵遲早也會起疑心的。

吳陵眼睛一亮，所以阿木什麼都不記得了？他拉著媳婦的手道：「怪不得聽說娘子是方圓十里的巧手，卻差點用一盤紅燒肉拉長了我的脖子呢！」

所以說，他是她第一個遇見的人，不過為什麼，這隻貓還搶了先？

「以前的事忘記了也好，我們重新開始，我以後一定讓娘子開開心心的，不再有不好的記憶。」吳陵神色認真地說道。

到了晚上，吳陵下廚，之前家裡的木桶養了兩條鯽魚，吳陵撈起一條，去了內臟洗淨，掛在院子裡晾乾，怕美人偷吃，還警告地瞪了牠幾眼，氣得美人直翻白眼——哼，人家是隻有教養的貓，只吃熟食。

吳陵見美人頭也不回地走回屋子，當下覺得有些訕訕的，也不明白自己為何總是和一隻貓計較？

等熱好鍋，張木見吳陵拎著魚尾巴將魚滑入油鍋中，吳陵見媳婦看得認真，一邊用鏟子澆油到魚身上，一邊解釋道：「澆點油上去，魚就不容易破皮。」

張木看得直點頭，見吳陵熟練地撒上紅椒、蔥、薑、蒜，心裡不禁再次感嘆相公真是居家旅行必備小能手。

吳陵將魚翻面，加糖、加鹽、加水，等魚肉吸滿了醬汁，便將魚起鍋，姿勢既嫻熟又流暢。

煎完了魚，吳陵又做了一道清炒萵筍，這一餐，夫妻倆吃得津津有味。

晚上要睡覺時，張木躺在床上直揉肚子，為什麼相公煮的菜這麼好吃，害她吃得這麼撐，想起自己差點舔盤子的樣子，張木拿起繡著鴛鴦戲水的大紅枕頭蓋住了臉。

這一回真的是來這裡第一次吃得這麼撐，張家雖然不少吃食，但是人口多，又是勞力、又是小孩的，她也不會吃太多，有時候張老娘、張老爹給她挾菜，她也覺得有些窘迫，直到嫁到這裡，她才有了歸屬感。

也許以前在張家，總覺得占著人家女兒的身子，享受著原主的待遇，心裡一直有些不安吧！

忽然，張木覺得肚子一沈，看見一隻爪子輕輕地扒拉著她的肚子，她猛地用手把美人提起來。「別鬧。」

「喵！喵！」活該，都不多留點給我吃，人家好久沒吃魚了。美人轉著腦袋，氣狠狠地蹬著她。

吳陵洗好進屋的時候，便看到媳婦一手揉著肚子，一手拎著貓，心想，看來還是得早點把貓窩做好，明天他就去店鋪裡拿點木材回來。

第二天張木醒來的時候，吳陵已經不在床上，也不在家裡，灶上冒著白煙，陶罐裡裝著熱水，美人站在院門口，而院門沒有關。

張木覺得有些奇怪，怎麼會不打招呼就出門了呢？

她正想著，便見吳陵從巷子那邊走過來。

「剛才有隻貓過來欺負美人，我把牠趕跑了。」吳陵邊說邊關上院門。「這兩天我會去鋪子裡幫忙，過後再帶妳去隔壁串串門子，以後熟悉了，妳也可以過去找她們聊聊天。」

張木點點頭，他們住的這條巷子叫白雀巷，從巷口到巷尾大概有四十多戶人家，並沒有住滿，他們的屋子在巷子偏前一些，前後都住了人家。其實張木也是準備這幾日就去隔壁串門子，這幾日進進出出的，她看到有幾戶人家都有小孩子，到時可以買點糖果，串門子的時候也好看些。

張木一早就和吳陵去街上，準備買些糕點和蔬菜。張木走進糕點鋪子，看見鋪子裡除了桂花、蓮蓉、綠豆糕外，還有各色果脯和蜜餞，她對糕點沒什麼興趣，總覺得乾乾的有些噎人，可對果脯、蜜餞卻忍不住多看了兩眼。以往在家追劇或看小說，她都喜歡準備一些果脯，可是這裡的果脯價格太貴了，一兩杏脯要二十文、蘋果脯要二十五文，棗脯倒是便宜一些，一兩只要八文。

她看見冬瓜條只要五文、糖薑片十文，掂量了一下，便買了三兩的冬瓜條和二兩的糖薑片，加上兩盒桂花糕、一盒綠豆糕和一盒栗子糕，打算給吳陵吃。

接著兩人又逛了一圈，買了些能存放的捲心菜、包菜、萵筍等。吳陵喜歡吃魚，張木又買了兩條鯽魚，鯽魚是十五文一斤，兩條鯽魚三斤四兩，賣魚的大叔笑道：「吳陵第一次帶媳婦來，給五十文就成了。」

他們這條街道上的人都是看著吳陵長大的，吳陵小時候瘦得像皮包骨，還是丁二爺一家心善，這小子才有現在這運道。

「欸，那就謝謝阿福叔了。」吳陵笑道。

阿福叔擺擺手。「你這小子跟我客氣什麼。」

兩人繞到肉攤，丁大正在給一個婦人剁排骨，吳陵便和張木在旁邊等著，等丁大剁好了排骨，見是吳陵夫妻，笑道：「我剛好給叔留了兩隻豬蹄呢！一會兒你倆幫我帶過去吧！」說著便把擺在案板上、已經斬好的兩隻豬蹄用草繩一繫，扔到吳陵提的籃子裡。

「我再給你們剁點排骨回去燉湯吧！」丁大又說，下手就準備剁兩根豬肋骨。

吳陵連忙伸手攔住。「哥，你可別給太多，家裡就我們兩個人，也吃不了那麼多，夏天的肉也不好放不是？」

「怪不得你這麼瘦，這點肉都吃不了，聽哥的，你得好好補補。」丁大說完，一刀剁下兩根骨頭，再用草繩一繫，又在上頭搭了塊瘦肉。

吳陵拎著手裡足有三斤的肉，有些無奈，也不好說要付錢的話，畢竟都是一家人了。他看著丁大裝肉的竹籃，心裡想著回頭給大哥送兩個新的竹籃過來吧！

張木在一旁看著吳陵為難的模樣，笑道：「阿陵，這回是大哥的心意，我們就收下吧！

只是下回大哥要再這樣，我倆就別吃肉了。」

本來張木見到丁大還有些尷尬，不過得知他和王茉莉的事後，她心裡倒是放開了些。她和王茉莉不熟，雖然小水常和珠珠玩在一起，但是兩人也沒有多聯繫，不過她添妝禮的時候，王茉莉送的那支紫鳶珠花倒是挺好看的。

丁大看著張木笑意嫣然的樣子，一時有些失神，上次她來買肉的時候，也是這樣亮著眸子，這才過了幾個月而已，就已經重新綰起婦人的髮髻了；可畢竟是自己的弟媳，丁大覺得自己不應該再對張木過於關注，當下便笑笑不語。

吳陵拎著沈甸甸的菜籃，跟張木一起去了竹篾鋪，他將豬蹄拿給丁二娘，又在後院裡找了四塊三尺長的木板，準備回去給美人做窩。

丁二爺正在後院裡刨木頭，見吳陵過來，放下手裡的活計道：「族譜的事，我看還是再挑個時間辦了吧！再拖下去，我這心裡總有點不安。」

「我也正準備和您說這件事。」吳陵看了下門口，湊到丁二爺耳邊輕聲說了幾句。

「什麼？這麼快就過來了。」聽完，丁二爺敲著手裡的木頭，過了一會兒才道：「明天我們先去村裡，你也別讓阿木一個人在家，讓她來鋪子裡陪你娘。」

吳陵這幾日也不放心讓媳婦一個人在家，自是點頭應了。

前頭丁二娘正在和張木說著這幾日鎮上的八卦，第一個是自家的，丁大爺還是沒同意王茉莉和丁大的婚事，丁大爺寧願認珠珠做孫女，也不願意讓王茉莉進門。

關於這件事，張木倒是覺得有些可惜，她喜歡珠珠，也希望珠珠有個正常的家，可是姻緣這事是說不準的。

第二個八卦則是李秀兒昨兒個差點小產，因為洪氏和李秀才在家起了衝突，李秀兒上去勸架，李秀才一時失手推了女兒一把，還好洪氏眼明手快，給女兒做了肉墊。

「阿木，還有一件事，妳心裡要有個數。」丁二娘沈默了片刻才開口道：「昨兒個楚家夫人來跟我說，蕊兒生病了，說是喜歡妳得緊，想讓妳去她家看看，我只答應她會轉告妳一聲，去不去還要看妳的意思。」

見張木低頭不語，丁二娘怕她心裡有了誤會，拉著她的手道：「阿陵是在我眼皮子底下長大的，他的事我最清楚，那丫頭以前和陵兒也沒見過幾次，還是早些年的事呢！現在也不知道怎麼想的，巴巴地往這兒湊，妳啊，不想去就別過去。」

張木點點頭，見丁二娘目光真摯，笑道：「阿陵待我的心我是明白的，只是楚家……如今見娘這般說，我心裡就清楚了，之前還怕讓您難做呢！」既然婆婆都說了可以不理睬，她自然是不想去的，楚蕊的心思那般明顯，請她過去肯定沒什麼好事。

丁二娘見張木這般直白，心裡也喜歡得緊，怪不得阿陵堅持要娶她回來呢！這般不存心眼的姑娘，一眼就讓人看到底了，可不讓人喜歡？和楚家的那位一比，真是月光與螢火。

這時她想到相公跟自己說的事，心裡也不禁為這對小夫妻擔憂——

看阿木的樣子，估計阿陵還沒和她說呢！

第十八章

晚上兩人在廚房裡做飯的時候，張木和吳陵說起楚蕊的事。

「相公你說，楚家喊我去到底要做什麼呢？上次楚姑娘在我們家都沒給我什麼好臉色看呢！」她一邊淘米一邊問。

吳陵看媳婦皺著眉頭，笑道：「娘子不必理會，如果是相好的人家，去探個病也沒有什麼，只是楚家姑娘待妳有些偏頗，娘子還是在家給我做衣服就好。」

自從張木說要給他做衣服，他心裡就一直惦記著這事，這幾天家裡有點事，才沒有催她，現在還是忍不住提了一句。

「好啊，相公，我明天就和娘一起把衣服先裁好。」張木今天和丁二娘提了下裁衣服的事，丁二娘平日裡在家也沒什麼活計，自是樂意和張木一起做做針線活。

美人在張木的腳邊滾來滾去，肚子上的白毛染得灰灰的，張木無奈地看了美人一眼，一邊把米倒進鍋裡，一邊說道：「美人這麼喜歡打滾，也得給牠裁兩件小衣服。」

吳陵看了一眼還賴在地上的貓，見牠昂著頭，露出極滿意的神態，他不著痕跡地走到張木身邊，用腳輕輕蹭了美人兩下。

「喵！喵！」你虐待我。

張木被美人猛地嘶聲叫喚嚇了一跳，低頭看了一眼，見美人睜著眼睛，水汪汪地看著自己，淚珠隨時要落下似的，當下也有些奇了，轉身問吳陵。「相公，你剛才有注意到美人怎麼了嗎？牠怎麼叫得這般淒慘？」

「娘子，我在弄排骨呢，沒時間理牠。」吳陵心虛地摸了摸鼻子。真是隻矯情的貓，他就輕輕地碰了牠一下，想把牠從娘子腳背上趕走而已，有必要哭號得這麼淒慘嗎？

他見美人憤怒地看著自己，當下不由有些訕訕的，難道真的太用力了？

晚飯過後，楚家夫人上門來了。

成婚當日，楚夫人也有來過，但是張木並沒有什麼印象。

楚夫人說有些事想單獨和張木說，吳陵便避去了西邊屋子。反正是在自己家裡，媳婦也不是軟性子，他不擔心她吃虧，正好利用時間給美人做張小床，省得牠天天晚上往娘子懷裡鑽。

此刻在燭光下，張木看著這珠光寶氣的貴婦人，一身薑黃色的纏枝雲紋裙，頭上梳著凌雲髻，上頭插著兩支金光閃閃的髮簪，忽地就福至心靈，對她的來訪心中有數。

「楚夫人這麼晚過來，是有什麼急事不成？」張木端著笑臉問道。

「這麼晚打擾你們了，只是這事還真有點急。」說到這裡，楚夫人目光灼灼地看了張木一眼，似等著她開口問。她早就打聽清楚了，張氏心地軟，對和她搶婚的婦人家女兒也好生相待著呢！

「您先坐會兒，我去廚房裡給您端碗茶來。」張木像是沒看到楚夫人的期待眼神一樣，說著直接起身。

楚夫人沒料到這小婦人竟然不接話頭，心裡不禁詫異，難道她是聽到了什麼風聲不成？可是這事是她和女兒兩人合計的，萬不會有第三人知道。

楚夫人心裡定了定，起身拉著張木的手道：「好孩子，我現在哪還能喝得下去什麼茶啊，我家蕊兒好端端地生了急病，正躺在床上呢，郎中一時也沒診出什麼來，那丫頭就想喊妳過去陪著說說話呢！妳說，這可怎麼是好？」

張木看著楚夫人一臉佯裝的悲傷，心裡不屑。有哪家的閨女得了不知道的急病，娘還能精心打扮好才出門的？她頭上的髮髻可整齊得很，尤其這熱天，走個幾步不得熱出一身汗？可楚夫人身上竟還乾淨又清爽。

「楚家太太，我和您家閨女也就在我成婚當日見過一面而已，當時人多，我連她長什麼模樣都不太清楚，不知道您家閨女為何好端端地要見我呢？」張木抽回楚夫人拉著的手，言笑晏晏地說道。

既然楚夫人用一副好姊妹的樣子來找她，自是不會提及楚蕊來她家找碴這一事，自己恰好能推個一乾二淨，免得楚夫人又說是被自己氣到。

楚夫人沒想到這張氏嘴巴這麼索利，臉上的笑意不禁斂下，她今晚是一定得讓張氏進楚家門的。「阿陵和蕊兒是一起長大的，她應該是想和妳這嫂子好好親熱親熱。」

「楚家太太，今天真是不巧，我白日和相公在外面忙了一天，現在累得腳都不想動，正準備休息了呢！楚家妹妹的病既然還沒有診斷出來，我也不好貿然去打擾，還是讓她安心休養為好。」張木見楚夫人不死心，也懶得應酬，娘都說不用理了，她自是不用顧忌。

「妳這小娘子怎地這般硬心腸呢？我家蕊兒和妳又不是素未謀面的陌生人，妳怎地這般不講情面？連這點忙都不願意幫。」楚夫人見張木這般難說服，也不願留情面了，憤然地看著張木。

「相公，你快過來——」張木對著西邊屋子喊道。

吳陵一直注意著堂屋裡的動靜，聽見娘子喊他，立刻放下小斧頭走了過去，見楚夫人憤怒地看著自家娘子，心裡頓時有些不快。

「楚家嬸子要回去了嗎？」吳陵假裝沒看見楚夫人難看的臉色。

「阿陵，你可得好好管管你這媳婦，我懇求她去看看蕊兒，她倒說起風涼話來了。」楚夫人忍不住出言教訓，這樣一個和離過的小婦人，年紀比蕊兒大不說，連身段跟蕊兒比也差多了呢！怎地吳陵當初就看上她呢?!

吳陵早對楚夫人不耐煩了，見她還對他家娘子指手畫腳，更覺氣悶。「楚家嬸子，既然楚家妹妹病了，您就在家好好照顧她才是，這麼晚跑到我家來，對楚家妹妹的病也沒有什麼用；再說這麼晚了，我也不放心讓阿木出門，您還是早點回去吧！」

楚夫人沒想到吳陵竟敢這般和她說話，他只是竹篾鋪的小徒弟呢，真當她奈何不了他?!

「吳陵，蕊兒現在病得難受，她說要見張氏，今兒個她不跟我走，我是不會走的。」楚夫人一拂袖，端正地又坐了下來。

「行，楚家嬸子既然不願意回家，那就在我家休息一晚吧！」說罷，吳陵就拉著張木去了東邊房。看在楚家和丁家的交情上，他不能動手，但是不搭理還是可以的吧！

楚夫人見吳陵竟然就這樣走了，心裡又急又怒。那趙問還在她家呢！她要是不把張氏哄過去，這計策如何能成？她可許諾了趙問二百兩銀子，趙問說是讀書人，卻奸詐得很，竟然向她先要了五十兩，要是事情辦不成，她那五十兩銀子不就打水漂了嗎?!

風從門口吹進來，燭光晃了兩下，楚夫人一時有些猶疑，忽聽到小兒啼哭，心裡沒來由地驚慌，趕緊往外走，這時腳下一個踉蹌，像是被什麼東西絆到了。

她低頭一看，瞧見一雙閃著綠光的眼睛，心頭猛地一激靈，提著裙子驚惶地跑了。

楚家以木材起家，在鎮中的梧桐巷占了五分之一的位置，到楚老爺這一代已經歷經了三代，只是歷代單傳。楚夫人倒是生了三個孩子，有兩個是女兒，大女兒嫁到了縣裡，兒子則娶了陳氏為妻。

這段時日，楚老爺生意上的應酬比較多，常去縣城裡，一待就是數日，昨兒個才回來。她這回出門不敢讓相公知道，畢竟自家老爺和丁二爺做了多年的生意，又是在一個鎮上住著，多少有一點交情，自家老爺又是最重義氣不過的人，要是讓他知道她想著法子要害吳陵的媳婦，估計不會饒了她。

蕊兒這兩日一直坐在房裡悶悶不樂，她實在擔心得緊，試探著問了兩句，蕊兒才吞吞吐吐地說她看中了吳陵。

她待喝斥蕊兒兩句，蕊兒就一把抱住她，伏在她懷裡哭了起來。

這段日子，她夜夜想起蕊兒的婚事就愁得睡不著，現在蕊兒竟然看中了吳陵，她只覺得心裡苦得說不出，要是自己早一點和丁家露口風，也許蕊兒現在就如願了吧！

她只得苦口婆心地勸自家女兒。「蕊兒，要是別人，娘定會如了妳的願，可是吳陵已經娶妻了啊！」

她這十幾年捧在手心上長大的嬌嬌女，何曾讓她受過一點委屈？當下只覺得女兒想要什麼，她都會答應。

只見女兒抹乾了淚，堅定地看著她道：「娘，我也不要吳陵了，他一個木匠，我看中他是他的福氣，可是他還和張氏一起羞辱我。娘，妳給他們一點教訓好不好？我不想看到他們兩個在一起，我想讓張氏成為鎮上的笑話。」

楚夫人當時心頭一跳，實是被女兒的話驚到了，蕊兒這是要她去毀了張氏的名節啊！毀女人名節的事，可是會要人命的，這不是瞎胡鬧嗎？

「蕊兒，妳聽娘說……」

楚夫人一句話正在喉嚨裡翻滾，楚蕊卻打斷她的話。「娘，只要妳幫女兒完成這件事，女兒就死心；不然……女兒就學李秀兒。」

李秀兒？那可是勾引了張氏前夫的女子。一個姑娘未婚就懷了身孕，現在鎮上誰家不在背後說兩句李秀才家的閒話？

楚夫人當即不再言語了。自家的女兒自己心裡清楚，性子執拗得很，但凡她想要的、想做的，一旦違逆她的意，她絕不會善罷甘休。

楚夫人心頭立刻浮上一計。

這幾日她聽鄰里說李秀才家鬧得歡，他家女婿天天來鎮上蹭飯，李秀才的女婿可不就是吳陵家娘子的前夫嗎？只要把這兩人湊在一起，鎮上還不得風言風語鬧個幾日？

楚夫人走到自家巷子口，看著院內透出的燈火，心裡苦澀難當。趙問還在自己家呢，為了避開老爺的面，她只得將他藏在給小孫子備的耳房裡。

她和女兒說好留張氏在楚家一晚，明日一早就讓趙問送她回去，可現在她沒把張氏哄來，估計給趙問的銀子是要不回來了。

楚夫人有些煩躁地往自家門口走去，還未推開門，門卻忽地打開了，只見楚老爺站在院內，兒子、兒媳和女兒都站在他身後，家裡的下人卻一個都沒看到。

楚夫人見蕊兒低著頭，絞著袖子，心裡湧出一絲不安，上前笑著說：「你們怎地都在院裡呢？難道特地在等我不成？」

楚老爺面無表情。「娘子這麼晚去了哪裡？我可找了妳好半晌。」

「我晚上貪食多吃了兩口，胸口悶得慌，出去散散步了，相公找我有事？」楚夫人掩下心頭的慌亂，不疾不徐地說道。

「不知西邊耳房裡的趙問，夫人可知道是怎麼回事？妳不在的時候，他衝撞了兒媳呢！夫人管著家，一個大活人進了咱家院門不說，還鑽進了兒媳給小孫子備的房間，到晚上了都不急著回去。」

楚老爺冷冷地看著楚夫人，他當真不知道原來自己媳婦這般沒有腦子，做生意最講究的是聲譽，這等毀婦人名節的計謀一旦成功，以後自家在鎮上還有什麼好名聲？誰還會願意和他楚准做生意？要知道楚家的根可是在這裡。

楚夫人看著自家老爺黑青的臉色，也不敢辯解，沒想到那趙問就這般把計謀和盤托出了。

雖然楚夫人心裡不甘，此時也只得認下，她低著頭，不再言語，一時又怨恨兒媳多事，好端端地去耳房做什麼，不覺用餘光瞟了眼站在兒子身邊的兒媳。

陳氏正看著婆婆，見婆婆用餘光掃了自己一眼，心裡有些惶惶不安。她只是想著給自家未出世的寶寶布置一下房間，哪知道裡面藏著個大活人，可把她嚇了一跳。如今見婆婆這是怪上自己了，委屈地扯了下自家相公的衣袖。

楚原皺著眉頭看了媳婦一眼，見媳婦咬著唇低下頭，才收回目光。

也不知道娘是怎麼想的，好端端地惹這些事做什麼？妹妹人小愛胡鬧，也不能這般縱著她啊，他和吳陵可還有兩分交情呢！

不過這件事畢竟是自家親娘的不是，他硬著頭皮往自家親爹身邊挪近一步，勸道：「爹，這事是娘和妹妹一起胡鬧的，還好沒出什麼事，您這般教訓過後，娘和妹妹以後心裡就有數，定是不敢再這樣不著調地胡鬧了。」

對於自己的長子，楚准的耐心總是要好上一些，此時見長子求情，也不願讓他為難，頓了片刻才道：「夫人許久沒有回岳家了，回去待一段時日也好，蕊兒的婚事，妳就別插手了。」

她這般年紀，爹娘早就不在了，她家姪女都出嫁了，自己一個老姑奶奶回去住，哥哥和嫂子少不得擺臉色給她看，想來自家老爺這是要讓自己回去受辱啊！

想到這裡，楚夫人的臉色瞬間刷白，自己要是被趕回娘家悔過，以後在兒媳婦面前還怎麼擺婆婆的款？

她看著楚老爺，求饒道：「相公，哥哥家裡人口多，我回去也沒地方住啊！」

楚老爺聽媳婦聲音有些發抖，想到兩人成親這麼多年了，還沒這般不給她臉面過，想到她娘家的情況，心裡一時有些不忍，最後終是狠下心來不應聲，自顧自地回了屋裡。

第十九章

第二天，吳陵和張木剛出巷子口，便看到楚原要送楚夫人回娘家。

楚夫人坐在車上，對著站在車邊的楚原一番叮囑，眼角瞥見站在巷口的吳陵和張木，一時住了口，放下車簾，讓車伕趕路。

她娘家在山裡，這一路回去，恐怕得到晚上才能到，想到自家嫂子尖刻的嘴，楚夫人心頭一陣煩躁。

楚原和吳陵招了招手，雖然娘的計謀沒有得逞，他還是得提醒吳陵對趙問這人提防些才行。他看見張氏穿著一身煙霞色的衣裙，安靜地站在吳陵身旁，竟覺得兩人般配得很，想起娘對張氏的算計，心裡湧出一些愧疚。

「阿陵，昨兒的事你恐怕還不知道我娘的用意，趙問昨兒個被我娘藏在我家耳房裡，他和我娘似乎有什麼計謀——」他將自家娘親和趙問合謀的事說了出來。「總之，我向你賠個禮，也不求你諒解。」說著便對吳陵夫妻兩人深深地作了個揖。

張木察覺到吳陵的身子猛地僵住了，呼吸一窒，伸手拽了拽吳陵的袖子。

吳陵深吸一口氣，轉開身子，拒絕楚原的賠禮。「你我兩人也算一起長大，我自幼對你也是有幾分情分的，可是你楚家這般實在欺人太甚。」

楚原還想再張口，卻見吳陵牽著張木頭也不回地走了，他直起身，看著吳陵挺直的脊背，眼裡有些酸澀。

吳陵自幼便是孤兒，活到如今自是不易，想起小時候吳陵每每來自家玩，對自己露出的羨慕之色，不覺暗暗攥緊了拳頭，娘和妹妹這次真的太過分了……

吳陵帶著張木直接去了鋪子裡，丁二爺正在前頭招呼客人，見吳陵一臉怒意地進來，忙喊丁二娘出來，自己則把吳陵帶去了後院。

「爹，這次楚家真的是太欺負人了。」吳陵一進院子，便將昨日發生的事說了一遍。自己和阿木才成親沒幾日，這些人就這般欺辱上來，吳陵一想起楚家婆娘的計謀，當真覺得可怕得緊，實是沒見過這般惡毒的婦人。

「阿陵，你放心，這事我一定讓楚家和趙家給你一個交代，竟敢這般算計你，其心可誅。」丁二爺一聽吳陵昨夜竟遭遇了這般狠毒的事，心裡氣得直打顫。這是欺負阿陵是個孤兒呢！不說他已經認了阿陵做義子，就算阿陵只是他的徒弟，他也定要給阿陵出這口惡氣的。

接下來丁二爺讓吳陵在後院裡編竹籃，這時候他也不敢讓吳陵碰斧頭之類的利器，要是這小子一時衝動，拿斧頭跑出去可就不好了。他叮囑自家婆娘注意一下小夫妻倆，便去了一趟楚家和李家。

巳時一刻的時候，街道上的人潮散得差不多了，店鋪裡也沒有生意，張木便想著抽身去後院看看吳陵。

早上聽了楚原那一番話，她覺得相公情緒有些激動，一到鋪子裡，他就讓她去陪娘看生意，後來見爹出去了，知道相公還在後院裡，便也沒再多想。

她走到後院，院子裡除了堆著的竹條、木頭外，並沒有相公的人影，她往廚房看了下，想著這時間也許相公正在準備午飯。

可廚房都沒有人，她又繞著屋子喊了兩圈，沒人回應，這時心裡不免驚慌，隱約覺得相公可能去找趙問了。

「娘，阿陵不見了，我在後面找了兩圈也沒見到人。」張木直奔到前頭的鋪子裡，對丁二娘慌道。

丁二娘一早便見小夫妻倆臉色不對，可鋪子事多，她上午也沒來得及問，後來又見自家相公一臉怒氣地出門，心裡也存了疑，此時看張木一臉焦慮，便問道：「我今早就看你們倆神情不對，妳跟我說實話，是不是出了什麼事？」

張木只得將昨晚和早上遇見楚原的事如實告知。「……娘，我怕阿陵會出事，我先出去找他。」

丁二娘趕緊拉住張木，皺著眉道：「妳先別急，我去後院再看一下，也許阿陵只是窩在哪個角落裡睡著了呢！」

丁二娘走到後院，只見吳陵編著的竹籃已經編了一半，鉋子、扁鏟、磨刀石、鋸條都整整齊齊地擺在旁邊，唯獨少了一把斧頭。

丁二娘心裡咯噔一聲，阿陵肯定是去找趙問報仇了。

「阿木，斧頭不見了，妳說楚夫人出了鎮，那阿陵肯定是去找趙問了。」丁二娘此時也顧不得張木了，直接往李秀才家跑，這幾日鎮上的人都說趙問天天賴在李秀才家，阿陵可能也聽到了。

真是的，阿陵這孩子怎麼這般衝動呢！那把斧頭用了二十年，時不時就要磨一磨，可鋒利得很啊！

張木急急地掩上門，追在丁二娘後頭。

李秀才一家就住在葫蘆巷，丁二娘和張木在巷口看到丁二爺和吳陵，只見丁二爺手上握著一塊長形的東西，用一塊藍布包著，丁二娘眼尖，一眼就看出那是她裁衣服剩下來丟在堂屋裡的，準備有空時拿來做鞋面。

張木見到吳陵，心裡猛地鬆了一口氣，上前拉著他的手。「阿陵，你怎麼不說一聲就出來了，我和娘都擔心死了。」

吳陵看著媳婦跑得額上都是汗，從袖子裡掏出一條帕子給她擦汗，笑道：「看妳們忙，我就沒打招呼了。」其實是看她們忙得暈頭轉向，他才從後門溜出來的。

丁二爺聽吳陵這般厚顏，瞪了他一眼。這小子做事這般急吼吼的，大白天的就拿著斧頭往人家家裡衝，待回去後少不得好好治治他。

下午，吳陵在後院裡劈了兩個時辰的木頭，待劈完的時候，吳陵覺得他的手都要不聽使喚了。

丁二爺在一邊慢悠悠地編著竹籃，見那頭堆得像小山一樣的木頭，冷哼道：「不是喜歡斧頭嗎？明兒個再繼續劈。」

「爹，您就饒了我吧！方才我是氣得糊塗了，要是您遇到這事，保准也會提著斧頭上門……」吳陵憋屈地說，要不是趙問那小子跑得快，他非劈了他的腿不可。

「哎喲。」吳陵忽覺得腿上一麻，疼得直叫，抬眼一看，只見丁二爺甩著一根竹條。

「臭小子，有你這麼說老子的嗎?!」什麼叫他遇到這事？丁二爺想起就火大，抽起竹條直往吳陵腿上招呼。

「爹，我就是打個比喻而已，您別動氣啊！」

「要不是我剛好在李家，你是不是準備大開殺戒啊？你怎麼就這麼沒腦子呢！你就不知道要暗地裡來啊？」丁二爺一邊抽著，一邊怒道。

他今日先去了李家，可趙問並不在，他正準備回去，一轉身看見阿陵怒氣衝衝地上門，手裡握著的斧頭從藍布頭裡露出了一點鋒芒，當下便過去拽住他。

可李秀才眼尖，還是見到藍布裡露出的一角，當下驚愕不已，顫著聲音問道：「我李某人向來不曾失禮於人前，不知吳家小郎君這番是何意？」

丁二爺只好將趙問的歹心說了，李秀才聽完後，滿面通紅，嘴唇都被牙齒咬出了血印，當下便對吳陵施了一禮。

「是李某誤人子弟，竟然教出這般寡廉鮮恥的學生。」

吳陵心中只想著將趙問砍了，對李秀才賠禮的事也懶得理睬，他不需要賠禮，他只要一想到阿木險些遭遇這等禍事，心頭便只想砍了那些人。

丁二爺見吳陵面無表情，只得好言寬慰了李秀才兩句。

李秀才從來沒覺得這般無地自容過，他這十幾年來一直讀書育人，雖說考中秀才的學生僅有一個，但是他認為至少能教會學生做人的道理以及君子禮儀，可他沒想到自己竟然有這般喪盡天良的學生，還是他的女婿。

待丁二爺帶著吳陵一起離開後，他往女兒的廂房走去，見女兒捧著肚子坐在窗前看遊記，恰如一年前的模樣——除了那個顯眼的肚子。

他嬌俏的女兒啊，似乎還是一樣，可又好像不是了。

李秀兒見爹進房，忙驚喜地起身，爹爹已經很久沒跟她說過話了，現在終於願意理她了，她得把爹哄好，讓他跟縣令提提相公的事才行。

「爹，你終於原諒我了。」李秀兒上前挽著李秀才的胳膊撒嬌道。

「秀兒，爹給妳兩個選擇，一是和趙問和離，我託妳師兄給妳在縣城或是其他鎮上重新找一個好郎君；二是妳回趙家，妳我兩人斷絕父女關係。」李秀才平靜地說道。

「娘、娘，爹不要我了！」李秀兒頓覺晴天霹靂，扯著嗓子大聲哭喊道。

聞訊而來的洪氏卻沒有替女兒求情，而絕望的李秀兒也沒有如李秀才和洪氏的願跟趙問和離，因為趙問自昨天就一直沒有再在鎮上出現過，也沒有出現在溪水村，除了趙家婆娘偶爾在李家門前哀號兩聲，罵李家坑害了她兒子外，便再也沒有一點關於趙問的消息。

八月十五的時候，丁二娘喊張木和吳陵回去吃飯，張木早上起得早些，想起以前常吃的冰皮月餅，心裡癢癢的，便去米行買了一些糯米粉、粘米粉、澄粉、白糖、熟糯米粉、紫薯和南瓜回來。這時候才覺得住在鎮上方便，要是還住在村裡，也只能忍住了。

張木回來的時候，吳陵已經起床了，正在院子裡找張木，恰好碰見自家媳婦拎了幾袋麵粉回來。

「相公，時候還早，你怎麼不多睡一會兒呢？」張木看著吳陵一副睡眼惺忪的模樣，軟著聲調說道：「我剛去買了些東西，給你做月餅吃？」

「在外面買一些吃就好了，不用這麼費事，我們倆也吃不了多少。」吳陵接過媳婦的麵粉笑道，其實他是怕媳婦做得太難吃了，一會又得難為情。（看來之前張木的那盤紅燒肉給吳陵留下了極深的陰影。）

張木聽著這話，知道相公這是不相信她，當下也不想多爭辯，一會兒做出來給他看看就知道了。

「哼，相公，你一會兒不要舔舌頭才好。」張木傲嬌地轉身進了廚房。

吳陵見媳婦生氣了，瞬間明白自己說錯話了，就算媳婦做得再難吃，他也不應該嫌棄的，可一時也不敢再說，只得提著麵粉乖乖地跟在媳婦後面進了廚房。

只見張木拆開麵粉袋，將所有的麵粉和白糖倒出來，再加入一碗水充分攪拌，直到肉眼看不到結塊的麵粉顆粒為止，接著又倒入菜籽油繼續拌勻，蓋上一層細紗布後，放入大鍋裡待蒸。

接著她又將洗好的紫薯和南瓜扔進另一個鍋裡，吳陵見狀，立刻跑到灶下生火，不放過任何讓娘子息怒的機會。

張木見他一副想要表現的樣子，忍住嘴角的抽動，依舊不搭理他。

蒸了兩刻鐘，張木覺得時間差不多了，便對吳陵說：「趕緊滅火，一會兒糊了我可得找你鬧。」

「娘子，我剛才說錯話了，妳不要和我生氣……」吳陵起身拉著張木的袖子，哀哀地求情。

張木一時忍不住，噗哧一聲笑出來。「行了，那你幫我揉麵團，我就不和你計較了。」

張木這次買了許多麵粉，本來只準備做幾個給一家人吃，又想到畢竟是出嫁的第一年，這樣團圓的日子，張家肯定惦記著她，便想著多做一些，一會兒託人帶回去；而丁大爺家也算自己的伯父家，自是該送一些的，還有方奶奶、駿哥兒家、小珠珠和石頭家等等。

所以當吳陵揉到手都快抽筋的時候，還得擔心媳婦買這麼多麵粉，萬一做不好多浪費，但是想到自家媳婦喜歡，他還是讓她做吧！如果實在不行，他以後就把月餅當早飯吃好了。

吳陵揉好一個，張木便用筷子一個個上色，顏料分為三種，一種是用紅莧菜揉的紫粉色，一種是胡蘿蔔的橙色，還有一種是用青菜葉子揉的青綠色，再包入紫薯餡，一個個揉成圓形。

今年實在太趕了，明年也許可以讓相公做幾個花模子出來，肯定更好看。

「喵喵！」美人聞到了熟悉的香味，一路歡快地跑過來，抬著前爪使勁想往張木腿上爬。

張木正將包好的月餅沾上糯米粉，手上都是麵粉，也不能抱牠，便讓洗好手的吳陵把牠抱出去。吳陵一把撈起美人的兩隻前爪，準備把牠拎到院子裡，美人正要哀號，瞥見吳陵冷冷的眼神，乖乖閉上了嘴。

待月餅做好，吳陵嚐了一個紫粉色的紫薯月餅，細膩的麵皮、香糯的口感，不由得眼睛一亮。「娘子，好好吃。」

吳陵緊繃的心終於放鬆了，這下子不用擔心送不出手了。

吳陵和張木提了一籃子月餅來到丁家。

丁二娘見到籃子裡有四、五十個月餅，心疼得緊，她今天去糕點鋪裡買了五個月餅，一個要十文呢！這兩個孩子真不會存錢。

「買這些哪吃得完，不是白白浪費幾十個大錢了？」丁二娘嗔怪道。

不過阿陵娶了媳婦以後，做事也周全許多，以前哪還記得中秋節，給他一塊月餅都反應不過來呢！

「娘，這些加起來還不到二十文呢！這都是阿木自己做的。」

吳陵才剛說完，阿竹就從後院裡竄了出來。「娘，我先來嚐嚐嫂子的手藝，看哥是不是怕妳心疼錢，故意騙妳的。」

丁二娘一下子被小兒子戳在心口上，一巴掌揮了過去，拍在阿竹的手臂上。「整天無法無天的，真是書都讀到狗肚子裡去了，有你這樣說話的嗎？倒取笑你老娘來了。」

「嘿嘿，娘，妳別急嘛，我嚐一個就知道了。」阿竹裝模作樣地拿起一個綠色的月餅，一口咬下去，涼涼軟軟的，裡面的南瓜餡像是要化在口裡一樣，一口便吞了下去。

吳陵看著阿竹迫不及待的樣子，覺得與有榮焉，他媳婦就是心靈手巧啊！

丁二娘也被自家小兒子的模樣逗笑了。「這孩子，真是一點儀態都沒有。」說著也拿了一個紫粉色的月餅嚐了一口，確實比糕點鋪裡的可口，不由得笑道：「阿木，以前人家都說妳繡活好，咱們鎮上啊，除了方奶奶外就沒有比得過妳的，可是我瞧著，妳這手廚藝怕是要比繡活還好上幾分呢！」

張木被誇得有些不好意思，紅著臉說：「自己在家裡瞎琢磨的，娘要是喜歡，我下回再做些其他的糕點給您嚐嚐。」

雖然賣相不好，但是身為一個正宗的吃貨，她還會做不少糕點和甜品呢！以前在張家不敢隨意動手，就怕不小心露出破綻，現在倒是不用顧慮這些了。

「嫂子，妳這手藝可比鎮上的糕點鋪子好多了，不如妳也做些來賣？」阿竹湊過來提議道。

這樣他就可以蹭些帶到書院裡去吃了，其實他是想讓嫂子幫他做一些月餅，可看阿陵哥望著嫂子像看著金疙瘩一樣的眼神，估計很難成功；不過要是嫂子自己願意，阿陵哥估計也不敢吱聲了。

巳時一刻的時候，丁大拎著兩隻豬蹄和兩斤排骨過來了，丁二娘看著自家姪子帶來的排骨比以往還多，便知道是要給小夫妻倆的。

想起大姪子的婚事，丁二娘忍不住問道：「那事你爹怎麼說？」

丁大頓了片刻才開口。「爹還是沒鬆口呢！」

就算拿珠珠出來說項，爹也不同意，最近為了這事，他也有些煩躁。

丁大不禁又朝自家叔叔看過去，丁二爺狠著心垂眼，端起茶盞喝了一口茶。聽哥哥說王家姑娘是自薦求嫁的，他也不太看好王家姑娘，大姪子這些年沒成親，心裡自是著急的，這當口說不定就被女人說了兩句好話軟了心腸，不說村長家的姑娘，就是他家那婆娘都拎不清得很。

「阿大，我和你爹的想法一樣，雖說你到了成親的年紀，但是也不能是驢、是馬都往回拉啊！你還是再想一想吧！前兩年你不願意，現在你要是想娶親，我讓你二嬸幫你打聽打聽也好。」

丁大眼中的神采暗了暗，沒想到二叔也這般排斥茉莉，既不點頭，也不搖頭，淡淡地說：「叔，今天中秋，我先回去陪爹了。」

丁二爺見姪兒不情願，也只能無奈地嘆了口氣。

丁二娘將張木帶來的月餅分成五份，自家留了一份，剩下的都託丁大帶回水陽村了。

阿竹看著丁大的背影，目光閃了閃，想著香蘭這丫頭有一段日子沒見著了吧！

方奶奶收到桃子送過來的月餅，說是木丫頭帶回來的，輕輕笑了笑。

這丫頭還是有點良心的，自己好不容易將半輩子手藝傳了下去，沒想到睡一覺都成了白用功；這個丫頭，她也是存著心教了一些，可是和原來的那個比，悟性還是差了一點，雖說也學了個囫圇，可是想吃這一行的飯，怕是難了。

她拿起一塊紫粉色的月餅咬了一口，滿是皺紋的臉又笑成了一朵菊花，雖然看著圓圓的，連個印花也沒有，可是這餅甜而不膩，倒是爽口得很，沒想到這女子做糕點的手藝比她還強上許多。

一陣清香隨著風吹入屋內，方奶奶看著院子裡開得繁盛的金桂和銀桂，忽然覺得這丫頭怕是也有些福氣的，不論是換了裝還是換了芯，該她的一樣都跑不了。

方奶奶站起身，尋自家幾個小孫子去了，她這般年紀，怕是沒幾年光陰了，隨手做兩件好事，也當是為後世積福。

中秋過後，阿竹就要回去縣裡的書院了。

阿竹今年才十三歲，九月初要考童生試，原本準備等兩年後再考，但是書院的先生覺得他可以先下場試試。

雖然說是小試身手，但是阿竹還是打起精神準備全力以赴。

張木見阿竹喜歡她做的冰皮月餅，第二日又做了許多給他帶著，阿竹見吳陵拎著個大籃子過來，踮著腳瞟了一眼，眼裡的笑意便掩不住了。

「這麼多月餅，我一個人得吃兩個月了。」說著還猴急地伸手過去拿了一個往嘴裡塞。

丁二娘看不過眼，上前扭著阿竹的耳朵，斥道：「真是小老鼠投胎的，就惦記著口糧，這可不是給你一個人的，待會兒我分成幾份包好，你回去送些給先生和同窗。」

阿竹被老娘扭著耳朵，一邊對張木和吳陵做出一臉無奈的窘迫樣，吳陵是見慣了阿竹被師母教訓，也就當成熱鬧看了，張木卻忍不住為阿竹求情，笑道——

「阿竹今兒個就走了，娘再扭他耳朵，他下回可就不惦記著回來了，您少不得想得心口疼。」

「他敢。」丁二娘狠狠地瞪了阿竹一眼，卻也鬆了手，接過吳陵手上的籃子，拿過去用油紙包了幾份。

張木這回多做了兩種餡料，一種是紅豆，一種是香芋，原本她還想做奶黃餡的，只是一時沒找到合適的牛奶，只找到羊奶，一大早都有人運著個大桶子到市集裡賣，兩文錢一碗，只是那羶味重得很，張木聞著就沒胃口了。

中秋過後天氣逐漸變涼，丁二娘怕阿竹晚上看書容易著涼，一早就給阿竹準備了兩套厚厚的棉袍，還縫了一層裡子，以往也有幫他準備，只是阿竹正在長身子，去年能穿，今年就穿不了了。

張木見丁二娘對阿竹雖有些凶，但事事都仔細地替他打點好，不由得轉過身看了吳陵一眼。那時相公應該很羨慕阿竹吧？雖說丁家一直待相公如親子，可就算衣食無憂，沒有血脈牽掛，也是難以做到這般上心和細膩。

吳陵似有所感，轉過身來看了張木一眼。他知道媳婦這是心疼他了，以往每每看著師母與阿竹這般親熱，他心裡也是羨慕的，可是現在看著媳婦心疼的眼神，他便覺得以往的辛酸與嚮往，都沒有此刻胸口裡滿滿的暖意讓他覺得真實。

第二十章

香蘭是在十八日的辰時三刻過來的，鋪子裡正在忙著，吳陵和張木也都一早就過來了。

張木猛地看見香蘭，愣了一會兒，香蘭住在另一個鎮上，到這裡得花上一個時辰，這丫頭不會卯時就出發了吧？

香蘭確實是卯時出發的，她昨兒個接到了阿竹的信，沒想到陵哥哥才剛結婚，阿大哥哥可能就要接著娶親了，害她昨兒個晚上都沒能睡著。

丁二娘看到香蘭，也嚇了一跳，笑道：「妳這丫頭，不會昨晚就待在我家門口了吧？怎地這般早就過來了？」

香蘭一心惦記著阿大哥哥娶親的事，當下也不像往常一樣和姑姑說俏皮話，拉著丁二娘的手就往後院走。「姑姑，我有點事和妳說。」

丁二娘心裡一時有些疑惑，這丫頭平日裡瘋瘋癲癲的，能有什麼事這般著急地要和她說？

後院裡，丁二爺在編竹籃，吳陵在刨木頭，香蘭打了聲招呼，便低著頭拉著丁二娘往後面的廂房裡去了。

吳陵應了一聲，見她倆似有事要說，也沒多問，繼續刨木頭。丁二爺看香蘭腳步匆忙，自家娘子只有被她拽著走的分，搖頭笑了笑，這丫頭這麼大了，還這般愛鬧得很。

香蘭一路把姑姑拉進廂房，此時左右無人，看著姑姑好奇的眼神，忽然有些羞於開口，咬了咬唇，想起阿大哥哥的婚事，覺得若這次再不抓住機會，就真的沒有希望了。

深吸了一口氣，小姑娘臉憋得通紅，閉著眼將心事直接吐露出來。「姑姑，我喜歡阿大哥哥，妳給我說媒好不好？」

香蘭覺得說出來後，心裡某一塊地方好像舒緩了些，卻半天沒聽到姑姑的聲音，她慢慢睜開了右眼——

咦，沒有人？又睜開了左眼，前後看了看，姑姑真的不見了。

門是開著的，不過剛才進來的時候好像就沒有關門。

「也不知道姑姑是什麼時候出去的，她到底聽到我的話沒有？」香蘭一時在屋裡踟躕，也不好意思出去，不知道她剛才吼得那麼大聲，姑父和阿陵哥哥聽到沒有？

此時丁二娘正在院子裡，拉著丁二爺的衣袖，半晌說不出話來，她覺得自己的腦子有點混亂，她剛才是不是聽錯了？

「香蘭看中了阿大？可阿大看中了王茉莉……哥哥和嫂子知道嗎？」丁二娘剛才腦子一懵，第一個反應就是找自家相公，所以香蘭的話音還沒落，她就跑了出來。

「娘子，妳咕噥些啥呢？」丁二爺拍了拍丁二娘的手，有些茫然地問道，他剛才是不是弄錯了，為什麼他好像聽見娘子在嘀咕香蘭丫頭和阿大呢？

吳陵也放下木頭，起身走了過來。

「阿大和香蘭？」

丁二娘被相公一拍，回過神來，對上相公茫然的眼神，索性也一閉眼，全說了出來。

「香蘭看上了阿大，求我作媒。」

咯噹一聲，丁二爺手裡用來削竹條的小刀掉了下去，幸好丁二娘反應快，一把推了丁二爺一下，不然刀尖碰到腳，少不得受罪。

「你說，這該怎麼辦呢？你也知道，我哥哥和嫂子可把香蘭當寶貝一樣寵著呢！要是在我這兒鬧了事，我可怎麼跟他們交代啊！」丁二娘想起自家像個女兒奴一樣的哥哥，覺得天靈蓋都在疼。

「那娘就去說媒吧！」吳陵在一旁明白了前因後果，建議道。

他覺得香蘭挺好的，比王茉莉更適合阿大。阿大有些內向，因外貌關係，這兩年心情一直有些陰鬱，香蘭活潑可愛，雖有時有些刁蠻任性，可是跟木訥的阿大在一起，確實再適合不過。

丁二爺和丁二娘聽見吳陵開口，目光灼灼地看向吳陵，丁二爺稍一琢磨，也想到香蘭好動的性子，確實很適合阿大，只是大舅爺願意將寶貝女兒嫁給自家殺豬的姪兒嗎？再說，阿大還和王家姑娘糾纏不清呢！可丁二爺還是更傾向他看著長大的香蘭，不著痕跡地看了自家娘子一眼。

丁二娘也察覺到相公的目光，白了他一眼。她自然明白香蘭比王茉莉要好，可是自家哥哥和嫂子那邊的意思也得捉摸清楚才行，看來這事還得先問問香蘭。

想著，丁二娘腳一抬，轉身往廂房走去。

香蘭見姑姑去而復返，忙迎上去，殷切地拉著姑姑的手，準備撒嬌。

丁二娘無奈地用手指點了點姪女的額頭，坐到椅子上，用手撫了撫裙上的縐褶，平心靜氣地道：「老實招來吧！什麼時候的事？妳爹娘知道嗎？阿大知道嗎？」

「爹娘還不知道，阿大哥哥也不知道。」香蘭頓了一下，見姑姑不看自己，便鼓著勇氣繼續說：「我小時候就喜歡黏著阿大哥哥，以前只覺得看到他很開心，比看到阿竹和阿陵哥哥還開心一點。這一、兩年，突然發現自己看到他會臉紅，直到今年三月，聽聞阿大哥哥向張家提親的時候，覺得心裡很不得勁、很難受，直到那時候我才明白……原來我是喜歡阿大哥哥的。」

香蘭說完，站在原地有些手足無措，她平日裡雖然好動得很，可是這般在姑姑面前表明心跡，也怪尷尬和難為情的。

丁二娘聽完，看著面前嫋嫋婷婷的姑娘，也許因為香蘭一直像個孩子一樣，所以她一直都沒有意識到這丫頭也到了情竇初開的年紀吧！

看來這事還得她來出面說合才行。

只是哥哥要是知道女兒看中的郎君看中了別的女子，怕是要惱火的，這事還得先和大伯通個氣。

到了中午，張木在丁家吃飯的時候，覺得氣氛有點怪異，而且香蘭沒有出來吃飯，不過娘沒說，她也不好意思問，只是飯桌上竟然沒有一個人開口。

她看了相公一眼，吳陵對她安撫地笑了笑，挾了一塊紅燒肉給她。張木看著碗裡的紅燒肉，一時不明白相公是什麼意思，只得埋頭啃肉。

待出了鋪子，吳陵才將事情原委和張木說了一遍，聽是香蘭丫頭看中了丁大，張木覺得這關係真是奇妙得很。

這些年來，丁二娘和娘家的哥哥、嫂子一直非常親近，香蘭小時候常跟著爹娘來串門子，十三歲開始就會一個人往這邊跑了，因此鎮上許多同年的小郎君和小娘子都和她頗為相熟，香蘭也跟著阿竹去過水陽村幾次，因此丁大爺也是見過香蘭的。

此時丁大爺看著面前的弟弟，一時有些不敢相信，那個活潑伶俐又俊俏的小姑娘竟會看中阿大？

「老二，這麼好的姑娘，竟然會看中我家那蠢小子？」丁大爺緊張地盯著弟弟，有些難以置信。

「是的，大哥，那丫頭你也看過，是在我眼皮子底下長大的。說實話，那邊大舅爺還不知道，也是我存了一點私心，真心覺得香蘭配阿大真是再好不過，才提前來和你知會一聲。」一想起自家大舅爺，丁二爺眼神閃了閃。自古婚姻都是父母之命、媒妁之言，這邊姪女剛跟自家提，他就來男方家探意思了。

丁大爺得了準話，猛地一掌拍在桌子上，沒想到還有這麼一件天大的好事等著自家臭小子呢！

「老二，這事我就給阿大作主了，他要是有一丁點不願意，我就跟他斷絕父子關係。」

香蘭和王茉莉那可是一個在天上，一個在地下，香蘭圓團團的，一看就是個有福氣的姑娘。

「哥，這事還是跟姪兒說一聲吧，畢竟是他的一輩子。」丁二爺皺著眉頭提醒道，到時要是阿大不願意，那兩家不是結親，而是生生地結仇了。就大舅爺那女兒奴的性子，還不得將他胖揍一頓？

丁大爺心裡一時也有些猶疑，就怕自家小子犯脾氣，看來這事還得和他通個氣才好。

「老二，你放心吧，我心裡有數；只是原本給阿大備的聘禮，可能就有點不夠了，你讓弟妹再幫我瞅瞅。」說著，丁大爺就去屋內拿了一百兩銀子出來。

丁二爺看見白花花的銀子，連忙擺手。「哥，你還跟我客氣什麼，我和媳婦早就商量過了，阿大的聘禮我們出一半，這些年，我們可沒少白吃肉。」

「瞎鬧，拿著。姪兒孝敬你們是應該的，其他的事我也不和你拉扯，只是阿大娶媳婦的銀子我可捂了好些年了，就等著哪一天拿出來呢！銀子這事，你就別摻和了。」丁大爺固執地將銀子塞給了弟弟。

丁二爺見大哥這般說，只得收下，到時自己另備一份就是了。

下午，丁大回到家，聽他爹跟他說香蘭要給他做媳婦，猛地抬頭看著爹。

「爹，這事不成。」

香蘭可比他要小上許多呢！

丁大爺早就知道兒子會犯牛性，此時聽到兒子果真不同意，一腳就踹了過去。「怎地就不成了?! 香蘭那麼機靈乖巧的丫頭你都看不上？我可跟你說了，你要是不同意，咱倆就斷絕父子關係，我就當沒養過你這個沒良心、沒眼力的蠢蛋。」
丁大爺心裡一時也不明白，難道阿大還真對王家姑娘死心塌地了不成？
丁大體格健壯，給自家老爹踹了一腳，還是站得十分穩當，見爹氣得發喘，只得哄道：
「爹，香蘭才多大？她那樣好的姑娘，應該找一個俊俏體貼的小郎君，而我只是一個殺豬匠。」
丁大爺見兒子一臉自卑的樣子，心裡嘆了口氣，說道：「阿大，香蘭丫頭早就對你存了心，自是不介意你擔心的那些，這麼好的姑娘你要是不娶，你這輩子都不會再遇到了。那個王茉莉，不是我對她有偏見，以前張家閨女也嫁過一回，我也沒有意見啊！你爹我這麼大的年紀，見的人、經的事比你還要多，你就聽我的勸吧，王茉莉就算再好也不適合你；難道以後你要讓我的小孫子天天對著一個白著一張臉的娘，家裡整日冷冷清清的，一點熱鬧氣息都沒有？」
丁大聽到最後一句，不由得低下了頭。娘已經去世多年了，家裡就他們父子兩個，爹希望他娶親，也是希望家裡熱鬧一點，可是王家姑娘在這方面確實有些為難。
丁大爺見兒子神色有些猶疑，心裡明瞭是戳中他心口了，又試探著說道：「我知道你對茉莉可能是出於同情的心思，可是阿大，這世上可憐的人太多了，你要是給點錢、搭個手什麼的，我也沒意見，可是這關乎我們老丁家的下一代啊！不是只有你一個人的事，你可得好好掂量掂量。」
丁大腦海裡浮現茉莉的身影，想起那日傍晚茉莉將他堵在門口，仰著臉問他。「我嫁給你好不好？」

那一張臉一片白淨，夕陽的餘暉投射在她月白色的長裙上，莫名地讓他覺得心悸，於是他聽到自己說「好」。

此時對上老爹期待的目光，那雙曾經狠瞪過他的眼睛已經布滿了皺紋，他聽到自己說——

「好。」

最後，他還是對茉莉食言了。

第二日，香蘭便由丁二爺和丁二娘陪著回家去了。

馮家老夫妻倆原本是有些猶疑的，他們見過丁大，家裡雖富裕，可太五大三粗了一點，女兒年紀小，到時要是夫妻不和鬧起來，少不得吃虧。

但是香蘭梗著脖子非嫁不可，馮老爹只得點了頭。其實丁大除了長相外，也確實挑不出什麼毛病，又是自家妹妹的夫家姪子，上頭沒有婆婆，妹妹就算是女兒的半個婆婆，嫁過去也不用擔心受氣。

八月底的時候，丁家便向馮家下了小定禮，比吳陵那時候還要豐厚一些，丁大爺先掏了一百多兩銀子出來不說，早先給未來媳婦準備的金銀首飾也全用上了。

丁二爺覺得這次偏幫了自家哥哥，心裡對姪子有些過意不去，也拿出一百兩幫忙購置聘禮。

馮家娘子見丁家這般重視香蘭，不禁暗暗點頭，原本的些微不願也沒有了。自家捧在手心上的閨女，不求她大富大貴，只要夫家對女兒好、日子美滿和睦就行。

這件事告一段落之後，張木突然覺得自己也不能一直在家閒著，便和吳陵一起商量要不要做些糕點出來賣。

吳陵一直不放心讓媳婦一個人在家待著，不說趙問下落不明，就是那一幫人也可能隨時找上門來，所以媳婦想做點事，自是再好不過的，便積極地去鐵匠鋪裡打了好些模具回來。

張木想過了，不能跟鎮上的糕點鋪一樣做桂花糕、芙蓉糕、蜜餞之類的東西，這些大家常吃，沒有新鮮感。

她原本打算從蛋糕、泡芙入手，不過首先要解決的還是奶源的問題，她只得託丁二爺幫忙打聽一下，看能不能收購到牛奶。

張木花了兩天時間在家裡詳細列了份計劃，這是以前工作時留下的習慣，從地區選擇、行銷手法到風險評估，洋洋灑灑地寫了四十多頁。

當吳陵接過來看時，不禁目瞪口呆，這訂價策略、宣傳什麼的，娘子是怎麼想到的？一時覺得有些不可思議，疑惑地問道：「娘子，妳是在哪裡聽說這些的？我去縣城裡也沒見過這麼講究的啊！」

張木眼珠子轉了一下，見吳陵皺著眉頭，笑道：「我是看著相公想出來的啊，只要看著相公，我腦子裡就有各種奇妙的想法。」

吳陵被自家媳婦這麼直接的表白說得心裡癢癢的，一雙眼睛炯炯有神地盯著張木，真覺得媳婦的眉毛、眼睛、嘴角沒有一處不好看。
他的眼光掃到張木的腰上，想起柔軟的觸覺，不自覺地看了眼窗外的天光。
當晚，吳陵便化身一頭小餓狼在月光下嘶吼……

第二十一章

九月初三，阿竹下場參加考試，趙家的兩兄弟也去縣裡參加了，童試分為縣試、府試和院試三個階段，首先是縣試，一共有三場，考八股文、詩賦、策論等，府試則是在十月，也是連考三場。

九月底，縣試放榜，阿竹的名次是第六名，書院裡的老師非常欣慰，沒想到阿竹小小年紀就能取得如此好的成績，這下子更是對阿竹寄予厚望。

趙家兩兄弟也考過了，趙志的名次在中間，趙禮的名次則稍微後面一點。

李秀兒在九月中旬生下一名男嬰，孩子生下來的時候非常瘦弱，洪氏一度覺得這孩子怕是養不活的，又覺得要是真沒了，待趙問失蹤後兩年，女兒也可以重新嫁人生子，趙家便是過往了。

只是原本像個孩子一樣貪嘴、愛鬧脾氣的李秀兒，看著懷裡皺巴巴的孩子，卻流露了些母性的本能，日日將孩子放在床頭精心照料著，洪氏怕她月子坐不好以後落下病根，勸她顧好自己，不過李秀兒就是不肯撒手。

直到這個孩子漸漸長了些肉，李秀才才給他取了名字叫「浩然」。

十月初，張木需要的牛奶終於有眉目了，程家的莊子上養了一頭奶牛，因為程家的小孫子體弱多病，老郎中說斷了母乳後可以佐以牛奶或羊奶餵食；不過羊奶太羶，程家小孫子就算喝下去也會吐出來，程家太太便讓人去附近蒐羅了一頭奶牛來。

莊上每三日會送半桶牛奶到程家，程家小孫子一日喝個半碗，但程家人都喝不慣，剩下的便都倒掉了。

所以當張木託丁二娘求到門上來的時候，程家太太撫著左手上的小玉戒指，還有點疑惑，暗忖這東西能幹麼？

張木一見程太太珠光寶氣的富態模樣，不由自主地想笑，總有像是肥姐在演電視劇的既視感。見程家太太神情有些疑惑，便笑道：「我整日在家閒著，想做點糕點生意，可鎮上的糕點都給甘家鋪子攬了，就想做點不一樣的來賣，其中有一樣需要牛奶，找了這許多天，聽說您家有，這才拖著娘帶我上門來。」

「哎喲，我就想，妳婆婆今兒個那麼好心把妳這麼好看的小娘子帶來給我瞧，肯定是有事的。」

程家太太自張木一進來，便上上下下地打量了一回，她還沒見到張氏時，就已經聽過她的名字。那日管家娘子出去採買的時候，回來給她說了一回熱鬧，她對這個敢打前婆婆的小娘子一直有些好奇，之後大喜之日再見，看她長得眉清目秀，就是身子骨兒有些弱，這兩個月養下來，終於有些圓潤的感覺了。

程太太捏著張木纖細的手，見她手指甲剪得整整齊齊的，看著丁二娘道：「這麼細嫩的手，做起吃食來還得了，也就妳家有這福氣。」這小娘子乾淨整齊得很，做吃食倒也讓人放心。

「這事還得程太太妳點頭才有眉目呢！妳呀，也就別吊我娘兒倆胃口了。」丁二娘和程家太太比較熟絡，也不打啞謎，直接說道。

「當然成，就是不看在妳的面子上，也得看在這麼漂亮的小娘子分上啊！到時每日可得給我家小孫子留一份解解饞。」

家裡那小祖宗喝了幾日牛奶後就又開始不喝了，一歲半的小人兒一聞到牛奶的腥氣就咿咿呀呀地搖頭，那小腦袋搖得像手裡拿的小波浪鼓一樣，看得她心裡都軟成棉絮；可郎中叮嚀了，要喝點牲畜的奶，她也只得耐心地哄著他喝，要是張氏用牛奶做出了糕點，以後可就能省點事了。

「這是自然的，哪用程太太開口，您答應幫我可是好大一份恩情呢！只要小少爺愛吃，我每日都給您家送些過來。」張木原本還在盤算著這奶源只能供得了一時，還得另作準備，現在程太太開了這個口，她腦子一動，要是程家小少爺好了這一口，這奶源可不就穩了？

回去的路上，張木忍不住問道：「娘，程家是做什麼的啊？我看那程太太通身的富貴。」一頭奶牛也要三十兩銀子呢，程家養著奶牛就為了小孫子的一口奶？

「她家啊，路子廣著呢，做漕運的，手底下可有百十號人呢！妳爹有時候要進些木材，也得走她家的門路。」丁二娘聽著一聲「娘」，眼裡微微有了笑意，今日張木在程家表現得倒還得體，來之前她還擔憂著呢！

要是小夫妻倆一直生活在鎮上倒還好，遇到難相處的，行事略微潑辣一點就行，可是聽相公的意思，那家人已經找來了，阿陵以後必不會守在鎮上的。丁二娘悄悄看了張木一眼，在心頭嘆了口氣，也不知是福是禍……

隔天，程家管家便遵照程太太親自叮囑的話，帶著個十六、七歲的小郎君提了大半桶的牛奶過來。管家在程家待了十來年，對程家幾個主子的行事心裡還是有點數的。

見到吳陵和張木出來，管家極為客氣地說道：「我家太太親自吩咐的，要給您家送過來，說是不夠的話，您這邊再捎個話給我。」

「老管家客氣了，這些就夠了，您要不進來喝口茶、潤潤嗓子？」吳陵和這老管家也是打過交道的，見老管家擺手說「不煩擾了」，便從張木的手裡接過兩包茶葉遞了過去。「知道您好這一口，前些日子得了些，叔可莫再推辭了。」

老管家見夫妻兩人這般行事，心裡不禁看重了兩分，笑道：「難為你記得，那我也不客套了。」說著便伸手接了過來，提溜一下子，他聞著是小蘭花。

難怪太太看重張氏，這兩口子行事全得了丁二爺的章法。

跟吳陵夫妻倆約好後日來送牛奶時順便取些糕點回去給小少爺後，程家管家便回去了，臨走還提點了一句。「小少爺正在長牙齒，太太不許他吃太甜膩的。」

張木點點頭，其實她準備以紅棗糕為主，如果要做戚風蛋糕，要用的雞蛋太多，這裡的雞蛋是兩文錢一個，成本有點高，泡芙用的牛奶也多了點，而且剛開始還是以低價打入市場比較好。紅棗糕香味濃郁，以前她讀書的時候，學校的那條小吃巷子每回排隊買紅棗糕的隊伍都頗為壯觀。

隔天一早，張木就去鐵匠鋪子裡訂製了模具，想著家裡的灶臺烤蛋糕比較麻煩，張木又買了兩個火爐回來。

吳陵現在每日都要去鋪子裡幹活，之前接的單子到了交貨的日期，過一段時間還要和師父再去一趟縣城，他準備在出發之前把媳婦的事弄好，一早起來便給紅棗去核，再切成細細的條狀。

張木把切細後的紅棗放入小鐵鍋中，加水煮開，加點發麵攪拌均勻，再加點黃油、紅糖；這邊沒有賣黃油的，還好她記得黃油可以從鮮奶凝結出的油皮中提取，便直接自己弄了，再把玉米粉和發麵粉一點一點地篩出來，最後將之前攪拌好的紅棗倒入麵粉中。

張木估量了一下，加了三顆雞蛋，攪拌好後再一個一個倒入模具裡，放在特製的小圓鍋中慢慢烤。

美人聞到香味，流著口水跳了出來，沒想到自家主人來到這裡之後，又勤快、又能幹。

等了一刻鐘，張木準備揭開鍋蓋，卻被吳陵攔住了。

「有熱氣，妳別燙著了。」說著讓張木往後退了一步，自己則用一塊濕布包著手揭開鍋蓋。

一陣濃郁的熱氣呼呼竄了出來，美人仰著頭「喵喵」地叫喚著。

張木用一根牙籤戳了一下，見牙籤上沒沾著麵粉，便笑道：「相公，做好了，端到堂屋桌上去吧！」

張木的糕點攤子就擺在竹篾鋪的大門旁，和丁二娘兩個人也有個照應。攤子很簡單，一張長桌，桌上豎著一塊木牌，上面寫著兩行字：紅棗糕，十文錢六塊。

她先在竹籃裡鋪上兩層細紗布，再將紅棗糕放在竹籃裡，吳陵幫媳婦擺完攤後，就去了後院。

棗香十分濃郁，街道上許多一早出來採買東西的人還空著肚子，聞著香味都不由使勁地嗅兩口，張木見許多人往這邊看過來，覺得差不多了，將一早準備好的一盤糕點從竹籃裡拿出來，朗聲喊道：「自己做的紅棗糕，歡迎鄉親們免費品嚐。」

這時有個牽著小孩的婦人走了過來，小孩子拿了許多塞滿嘴，婦人也忍不住拈了一塊，一放進嘴裡，忙嚥了下去，見張木含笑看著她，有些不好意思地說道：「真沒想到這麼好吃，差點咬了舌頭。」

旁邊站著的人聽了這話，都忍不住笑了，氣氛一下子熱鬧起來，說咬了舌頭的婦人紅著臉買了二十文錢，抱著塞得滿嘴的孩子擠出了人群。

由於是第一天擺攤，張木做的分量也不多，誰知還沒到巳時就賣完了，可能是小鎮上的物資比較匱乏，還好她一早就留了八塊下來給丁家兩老。

丁二娘見張木賣完了，幫忙把桌子和籃子收回去。

見著空空如也的籃子，丁二娘忍不住笑道：「我就說妳這廚藝比繡活還要好，以往繡個一天也掙不到這麼多銀子吧！下回阿竹回來，知道又有新的糕點可吃，可得上妳家纏著妳了。」

「娘，阿竹喜歡，我和相公再高興不過了。說起來已經有一個多月沒見到阿竹，還怪想他的。」張木想起阿竹古靈精怪的模樣，不禁笑道。

「快了，後日就要考府試了，估計不久後便能回來。」丁二娘每日都要在心裡數日子，兔崽子在的時候嫌他聒噪，一段日子不見，就天天放在心口上念叨。

「娘，妳聞到沒有，什麼東西好香？」一個少女突然說道。

「一會兒回來再看，先把果子和蜜餞買好，一路上妳這兒看看、那兒看看，耽誤了不少時間，說了讓妳在家待著，妳非得跟過來，還添亂。」顯然是少女的母親對她喝斥道。

張木聽著婦人的聲音，心裡一跳，抬起頭往左邊看了一眼，那尖刻的臉真是再熟悉不過了。

「娘，以後我嫁得遠了，妳想我陪妳逛一回街都難呢！」趙淼淼噘著嘴不滿地說道。

她十月中旬就要出嫁了，今天特地磨著娘帶她出來逛逛。她可見著娘埋在床柱子下面的銀子了，不趁著現在多用點，以後就都是三哥的了。

雖然大家都說三哥失蹤了，可她覺得娘是知道他的下落的，不然娘不會撒了那麼一、兩把小火就放過了李家，肯定得鬧得李家一個人仰馬翻不可。

趙婆子聽了女兒這話，也不再吱聲，隨著女兒去了。自從三兒走後，她心裡總是沒著落，瞥見右邊有個圓潤的小娘子看她，一時覺得有些眼熟，見那小娘子撇開頭，走進了旁邊的竹篾鋪，心頭一激靈——

那不是張家的那個小賤人嗎?!

趙淼淼見娘朝右方看得入神，也不由得轉過頭來，見著一個梳著回心髻的婦人正提著籃子往竹篾鋪子裡走，仔細一看，立刻大叫——

「咦？那不是張木嗎？」

幾個月沒見，沒想到她倒長得圓潤了些，臉頰圓了、腰肢軟了，整個人看上去彷彿散發著柔和的光芒，讓人一看便覺得舒服得很。

她瞥見張木髮髻上簪的一支玲瓏點翠草頭蟲鑲珠銀簪和一支銀鳳鏤花長簪，不由得撇了撇嘴，聽說吳陵以後會繼承丁家的鋪子，她還以為張木也算麻雀變鳳凰了，沒想到還這麼寒磣。

她伸手拉了拉趙婆子。「娘，我們走吧！沒什麼好看的。」

但見自家娘親不理睬自己，反而抬頭看了眼日頭，又瞄了眼周遭，接著直直地往丁家鋪子走過去。她心頭一激靈，上次張木扔過來的糖葫蘆可差點毀了她那件白坎褂啊！

她連忙伸手拉住娘親，急急地勸道：「娘，妳這是要幹麼呀！她和咱家早沒關係了，這可是在丁家門口呢！」

「就是因為這是丁家，我才非得鬧一鬧不可，前婆婆鬧到現任婆婆家，我看她還有什麼臉。」趙婆子陰狠狠地說道。

哼！怎麼會沒關係？要不是這個小賤人，三兒會流落他鄉，連科舉都沒法考嗎？她憑什麼過得這麼好，改嫁了不說，現在竟然還做起了糕點生意。這張氏就是三兒的剋星，趁今兒個街上人多，她要好好地鬧一鬧，非得讓這潑皮貨沒臉活下來。

眼見著趙婆子氣勢洶洶地往丁家鋪子走去，路上有認識她的，見趙婆子一臉凶狠的模樣，都不由得緩下腳步。

嘖嘖，那前面可不是丁家嗎？三月時的那一場前婆婆、兒媳大戰的戲碼，他們一早就聽過了，嘿嘿，今兒又能瞅瞅熱鬧了。

突然，嘩啦一聲，一盆水從竹篾鋪子裡潑了出來。

「啊！」趙淼淼的驚叫聲讓路人不由側目，她剛好站在趙婆子後面，只被潑濕了半片裙子，再看她娘，頭髮正滴著水，袖口、裙襬也都滴滴答答地滴著水。

趙淼淼見周遭的人都盯著她們母女瞧，心裡有些著慌，她今兒個為了好看，穿得不多，不知道小衣印出來沒有？一時也不敢伸手拉她娘，只弱弱地喊了聲。「娘。」

趙婆子見潑水的人麻溜地閃進了屋內，一時恨得心口疼。她才到鋪子門口，還沒來得及放開嗓子，就被一盆涼水兜頭淋過來，她低頭看了眼身上的衣服，還好今兒個穿得多，不然這麼一盆水，衣服都貼在了身上，可不是讓她晚節不保？

她心裡憤恨，也不敢再逗留，現在已經十月了，這麼濕淋淋的，再不回去換衣服，得了寒症就麻煩了。

丁二娘見外頭半天沒有反應，探身出來看了一眼，見趙家母女走遠了，一路還在滴著水，不由勾了唇笑道：「我就知道是一群欺軟怕硬的，阿木，以後再遇到她們，不要怕，狠狠地打。」

張木見趙家母女走了，心裡也鬆了一口氣，她雖然不怕她們，可畢竟是在夫家，要是她們鬧上門來，她也難堪；沒想到丁二娘竟然這般維護她，一時心裡感動，抱著丁二娘的胳膊，將頭靠在她肩上，軟軟地開口。「謝謝娘。」

「真是傻孩子，妳嫁到我們家，我自是要護著妳的，這話啊，要是讓妳爹聽到了，可得訓妳一頓不可。以後記著，出了什麼事，還有我們替妳擔著呢！」

聽了這話，張木不由得紅了眼眶。自從她來到這裡，張家、丁家和吳陵都對她這般貼心貼肺的，她一個小女子平白地受到這麼多人的愛護，一時心裡覺得羞愧，又惱怒自己的不爭氣——以後她一定得堅強才行，不能一直由別人護著，她也要保護這些心疼她的人。

張木拿出帕子輕輕擦了眼睛，笑著對丁二娘說：「娘，前面我看著，妳去後面歇息一會兒，也陪他們爺兒倆聊聊天。」

丁二娘聽了這話，心裡一片清明，這丫頭現在才對她放下心防呢！早兩日她透露過要讓阿木一個人看鋪子的意思，可這丫頭卻兜著圈子拒絕了，她心裡明白著，這丫頭是怕銀錢過手，以後說不清。

丁二娘抬手捶了捶肩膀，笑道：「行，那妳先看著，一會兒我再來換手。」哎，有了兒媳婦真是省心不少啊！以後她就能四處串門子、打馬吊了。

丁二娘走進後院，便看到相公和阿陵正在搶一盤紅棗糕，上面孤零零的只剩下一塊。

「爹，你已經吃三塊了，我才吃了兩塊，還得留兩塊給娘，這一塊無論如何也該是我的。」

「臭小子，你別以為我不知道，你早上在家裡沒少偷吃，早上過來的時候門牙上還黏著渣呢！」

吳陵連忙伸手捂住了嘴，娘子怎麼也不提醒他一下。

「別聽你爹扯，他在詐你呢！」丁二娘有些好笑地看著父子兩人搶一塊糕點，以往只覺得阿竹是個吃貨，還想著不知道是遺傳了誰，敢情這兩人是沒遇到喜歡吃的東西，才沒露出本性啊！

見兩人大眼瞪小眼，丁二娘鄙夷地瞪了自家相公一眼。「你也好意思和阿陵爭，我讓一塊給你就是了。」

丁二爺因吃的被媳婦鄙視，只得訕訕地放手，走到丁二娘跟前笑道：「娘子，我把妳的糕點放在屋裡了，我們去吃吧！」

丁二娘無奈地翻了個白眼，真是越活越回去了。

吳陵看著師父的背影，拈起紅棗糕就塞到嘴裡。

真是的，在家裡要和美人搶，在鋪子裡還要和師父搶，他今兒個回去非得和娘子好好討論一下不可。

第二十二章

阿竹是在十四日下午回來的，一進門打了招呼便往臥房裡跑，上了榻，拉起被子，一覺睡到隔日辰時。

丁二娘見兒子一臉疲倦，晚飯也沒喊他，留了一碗米飯和一盤豆米溫在灶上。待阿竹隔天醒來的時候，才覺得肚裡空得慌，就著軟爛的豆米扒拉了一碗香軟的米飯，正準備再吃一碗的時候，卻發現灶上空空如也。

丁二娘見兒子皺著小眉頭，咂著嘴，笑道：「米飯沒有了，這個你肯定更愛吃。」說著像變戲法般端了一盤糕點出來。

阿竹猛吸了一口香味。「這是嫂子做的嗎？」

「呵，你這小子鼻子倒靈得很，你怎地就不問是不是我做的？」丁二娘一邊把盤子遞給阿竹，一邊取笑道。

「娘打馬吊的手藝是沒話說的，可做糕點的手藝還是欠缺了那麼一點點。」阿竹嘴裡咬著紅棗糕，用手指比了「一點點」的手勢給丁二娘瞧。

「別和我耍嘴皮子了，和我說說，考得怎麼樣啊？」丁二娘忍不住問了一句。

「我是誰啊？我可是您的兒子，娘這麼聰明，我自然是沒問題啦！」阿竹大剌剌地回道，見娘白了他一眼，立刻正經道：「我把卷子謄出來給先生看了，先生說頭幾名沒戲，不過上榜倒是沒問題的，給我放了幾天假，等放榜後就讓我回書院準備明年四月的院試呢！」

「怎地還要考？不是說先考縣試和府試，院試等過個一輪再考嗎？」丁二娘一想到兒子又要去那方寸大的考院裡待個三、四天，不由得有些心疼，這孩子這一考可瘦了不少。

「哎呀，娘，您就別瞎操心了，大家都是這麼過來的。」阿竹吃完了就轉過身來給丁二娘捏肩。

「去、去，拿開你的小髒手，剛才拿糕點，現在就往我身上湊。」丁二娘嫌棄地說道。

阿竹也不以為意，繼續給丁二娘捏肩，忽然想起一事，猶疑了一下，還是開口道：「娘，我在書院門口遇到一個自稱是吳潭的學子，他說他是阿陵哥哥的弟弟，妳聽過阿陵哥哥提起他有個弟弟嗎？再說，他既然知道阿陵哥哥在我們家，那他家父母怎地不找來？」

丁二娘眉心一皺，拉著阿竹的手。「這事你爹知道，不過你先別告訴阿陵，省得他擔心。」

阿竹聽自家爹知道這事，心裡也放心了些。如果阿陵哥哥的家人知道他在這裡，卻不來接他，那吳家肯定是不歡迎阿陵哥哥回去的，阿陵哥哥知道了定會傷心，當下便點頭道：「娘，我和阿陵哥哥自幼一起長大，在我心裡，他就是我的親兄長，管他什麼勞什子吳家，等阿陵哥哥上了族譜，就沒干係了。」

丁二娘聽了這話，欣慰地點了點頭。

自從張木的紅棗糕生意開張後，這十天每天裝滿三個大籃子，一天可以掙一兩銀子，扣除了兩百文的成本，淨賺八百文。

晚上張木坐在床上數銅錢，神態專注，美人趴在桌子上，不時瞟主人兩眼，見她邊數邊兩眼發光，心裡不禁有些鄙夷：真是到了哪裡都改不了數錢的毛病，之前的工作不發現金，改發薪資單後，也要對著電腦一遍遍計算是否有漏算的；明明每個月工資也滿高的，不知道為什麼還對錢這麼執迷不悟，真乃俗人。

吳陵進屋，見娘子在數一堆銅錢，臉頰紅彤彤的，便玩笑地伸出手對張木說道：「娘子，妳都開始養家了，賞我幾個喝酒錢吧！」

張木忙用胳膊護住一堆銅錢，故作緊張地說：「那可不行，這可是我留著給我家娃兒以後娶媳婦用的。」

「唉，真是女人心海底針，還沒一年呢，娘子就惦記著別的男子了。」

張木也不理他，才算到八百呢，看著估計還有兩百多個，這裡的錢忒煩人，一百個就要串成一吊，每天都數得累死了。

美人聽了這話，喵喵叫了兩聲——妳確定不是妳喜歡數錢才數的？

吳陵看著美人，決定逗逗牠，便拿著一枚銅錢放在美人的鼻尖上。美人一個打滾，跳到了凳子上，再跳到地上，搖著尾巴回西屋去了，眼神都不屑給吳陵一個。

「欸，相公，你說我們明天賣點乳酪和泡芙好不好？」張木對著串好的銅錢，心裡又開始癢了。好些天前她就開始做乳酪和泡芙給程家，不過程家人都不太喜歡乳酪，倒是程家小孫子吃得挺歡，程太太開心得很，直嚷著對了小祖宗的胃口了。

至於泡芙，程家女眷挺喜歡的，只是每日只有那麼一盤子，都送到程太太屋裡了，要想吃上一個，還得去太太屋裡湊熱鬧。

程家太太以往對兩個媳婦比較寬容，也不要她們每日裡在她跟前伺候著，都打發她們在自個兒屋裡待著；可是不強迫媳婦過來和媳婦自願過來，是兩回事呢！程太太心裡也是希望有人陪她說說話的，心下對張木更添了些好感，這樣手巧能幹的小娘子，早知道就聘給小兒子了。

此時吳陵看著媳婦躍躍欲試的樣子，不忍心拂了她的意，但是想到媳婦每日為了做那紅棗糕，都得卯時初就起床，要是再做那什麼乳酪和泡芙賣，少不得寅時就得起來，那他不就獨守空床了？

吳陵抿著嘴，沒有回答。

張木見相公不搭腔，一臉鬱悶的樣子，忽地福至心靈。這幾日自己每每早起，相公就是這副表情，她心裡一軟，趴在吳陵腿上，抱著他的腰，低低地說：「那我每日裡少做一點，就做十份可以嗎？」物以稀為貴，反正每日少賣一點，價格還可以提高一些。

吳陵努力忽視媳婦的一雙小髒手，數了那麼多銅錢，手上都有綠印子了，他穿的裡衣還是白色的呢！只是又捨不得讓媳婦鬆開，真是兩難啊！

隔日清晨，張木覺得眼皮沈得抬不起來，昨晚鬧得太晚，可是鼻子上的小爪子真是想忽視都不行。

「喵、喵！」主人該起床了！

張木只得掙扎著起來，要是沒有美人，她今天可能就得曠工了。她迷迷糊糊地套上衣服，輕手輕腳地下了床，這幾日相公也和她一起早起，好幾天沒睡好了，今天就讓他多睡一會兒吧！

張木先去廚房裡煮紅棗，再加了兩根柴火，便去看了下發酵的牛奶，估算著可以先做乳酪，這些大概夠做三日的量，今天程家剛好會送牛奶過來，發酵個幾日應該又能再做。

張木做了十三個乳酪，程家一個、阿竹一個、吳陵一個，剩下的就是今天賣的了。

這時有人敲門，張木知道是程家送牛奶的小夥計來了，連忙上前開門，笑道：「又難為你跑一趟了。」

小夥計才十六、七歲，平日裡見的多是莊子上粗俗的婦人，每次見到這麼個眉眼彎彎的小娘子都有些侷促，習慣性地撓著頭，咧著嘴笑道：「嫂子又客氣了。」

每日管家娘子採買的時候會順便去給小少爺拿奶糕，也有他的兩個紅棗糕呢！雖然送牛奶得來得早些，但是遇上這麼和善的小娘子，他心裡也是十分情願的。

張木先將紅棗糕放在爐子上烤，接著就開始著手做泡芙了。這裡沒有做泡芙的擠花袋，不織布也沒有，她當初絞盡腦汁想了幾天，去布鋪買了幾塊質料好些的雲緞、絲綢碎布勉強做了一個，花花綠綠的甚是好看，美人對它情有獨鍾，為了防止牠撕咬，她每次用完後洗乾淨就放在院子裡的竹竿上晾著。

美人每次都在竹竿下嗚咽——最討厭竹竿了，以前是晾小魚乾，現在是晾牠看上的布料子。

牛奶的量不多，所以泡芙也不能做太多，張木粗略估算了一下，打算先做一百個，待要擠奶油的時候，她便把吳陵喊起來幫忙。

吳陵正在院子裡擠奶油，聽見有人敲門，一時有些疑惑，程家都已經把牛奶送過來了，這麼早還會有誰上門？

他上前開門，便見阿竹笑得一臉燦爛地站在門口。

「哥，爹說你在家偷吃，讓我來盯著你。」阿竹見到阿陵哥哥黑著的臉，忍不住笑了出來。

他吸了吸笑得嗆到的鼻子，瞄到院內黃澄澄像個小土墩的東西，嚥了口口水，頂了頂吳陵的胳膊。「哥，那是什麼？熟了嗎？」

見阿陵哥哥不搭理他，阿竹也不湊冷臉，跑到張木旁邊，拈起一塊紅棗糕咬了一口，含糊不清地道：「我今兒個起得早了點，餓得慌，就跑過來了，我就知道嫂子肯定在做好吃的。」說著又忍不住看了黃澄澄的土墩一眼。「嫂子，那是什麼？」

「哦，那個啊，是奶泡。」張木想著要是遇到其他同是穿越的人就不好了，她只想安穩地在這邊過日子，所以除了紅棗糕外，要賣的泡芙和乳酪都改了名字，到時跟外人介紹時，泡芙就叫奶泡，乳酪則叫奶糕。

她看見阿竹咬著唇，看著自家相公，又不敢上前去拿的模樣，覺得阿竹比起他爹的道行還是弱了點。看了眼旁邊風乾得差不多的乳酪，走過去拿了一塊遞給阿竹。「這奶糕給你嚐嚐。」

說起這丁二爺，也不知是怎地，每日裡就喜歡和吳陵搶吃的，像是在搶食的過程中發現了樂趣一樣，每日下午她給他們做些小糕點和水果茶，兩個人都要搶上一番，明明分量足夠得很。

阿竹正盯著黃澄澄的小土墩，看嫂子遞來一個乳黃色的東西，雖然沒有小土墩好看，但是也是新鮮的吃食，便笑嘻嘻地接過，咬了一口，眉頭不自覺地皺了一下。這東西不甜也不香，一時不想吞下，也不好意思當著嫂子的面吐出來，就那樣尷尬地含在嘴裡。

「小矮個，吃了長個兒，快吞下去。」吳陵見阿竹沒像以往那樣狼吞虎嚥，便知道這傢伙和自己一樣不喜歡這口味，開玩笑地道。

阿竹一臉黑線，什麼小矮個？他才十三歲好不好，但最後還是把奶糕嚥了下去。

現在張木和丁二娘輪流看鋪子，兩個人都要輕鬆許多，張木每日便有空閒在廚房裡搗鼓一點東西，最簡單的就是紅棗茶了。她也嘗試著做過優酪乳，可父子倆都不太喜歡酸酸甜甜的東西，不過丁二娘倒是挺喜歡的，她過個兩、三日便會做上一些。

她有時候有種錯覺，覺得好像在這裡生活了很多年一樣，家庭和睦，有個疼愛她的相公，還有個和善的婆婆，娘家也時常惦記著她，比以往她一個人孤零零地在城市打拚的日子要好上幾百倍。

阿竹過幾日就要回書院了，這次吳陵和丁二爺也要一同去，縣裡的那批生意正好要交貨了，不過吳陵不放心張木一個人在家裡，便託牛大郎捎了口信，讓張老娘過來陪陪張木。

張老娘自是十分樂意過來陪女兒，反正地裡的活也忙完了，家裡還有桃子幫忙打點，而小水一聽說可以去姑姑家住，也非得黏著要過來。於是吳陵出發的第一天，白雀巷的家裡反而更熱鬧了些，美人和小水倒是很對脾氣，一下午都跟在小水後面跑，還時常把肚子翻過來給小水撓，撓得舒服了，還會喵喵叫喚兩聲。

張老娘見女兒膚色白皙了許多不說，身形也圓潤了不少，行走間腰肢柔軟，多了些小婦人的風韻，心裡不由得更放心了些。

女兒的姻緣路一直不順，現在倒是和吳陵好好地過起了日子。

晚上吃完晚飯，哄了小水睡著，張老娘便拉著張木的手嘮嗑。

「丫頭，那丁二娘好相處嗎？」張老娘想起這名義上的婆婆，心裡還是有點擔憂。

張木看著張老娘小心翼翼試探的樣子，展顏一笑。「娘，我好得很，婆婆也對我很好，妳就放心吧！」

丁二娘性子比較爽朗，也不太干涉她和吳陵的事，張木覺得有個這樣的婆婆挺好的，遇到事情也有個人能商量。

聽了這話，張老娘放下心來，便絮絮叨叨地和女兒話起家長裡短。

「那趙家婆娘也不知怎地，十月得了寒症，說是在床上躺了幾天，連起來做飯都不行，誰知那趙淼淼竟然就不管她老娘了，整日裡往隔壁兩個哥哥家蹭飯。說良心話，那趙家大郎倒是有些良心，還會端了飯在床前伺候。」張老娘想起趙婆子以往的囂張跋扈樣，既覺得解恨，又有種老來的傷感。

張木見張老娘臉色有些惆悵，心裡思緒一轉，便知道老人家又多想了，軟著聲音哄道：

「娘，不提她家了，我和哥哥會好好孝敬妳和爹的，妳就放寬心吧！」

張老娘也知道自家孩子品行好，只是一時想起老人晚年的蒼涼，心裡也有些感慨，見女兒握著她的手安慰她，便也放寬了心。

兩個人聊了許久，張老娘漸漸睡著了，張木卻是一點睡意都沒有。

相公睡覺時總是要抱著她，一開始她不適應，就說各睡各的，不准沾身，可是每日醒來總會發現相公黏在她身上，今天晚上，她一個人也不知道能不能睡得著？

第二十三章

張木一整個晚上翻來覆去，好不容易有些睡意的時候，朦朧間又感覺有東西在她身上爬，她伸手摸了一下，發現是美人，只得昏昏沈沈地爬起來，套上衣服往廚房裡去。

張老娘年紀大了，有些淺眠，迷迷糊糊中感覺女兒起來了，便也下了床。

早上的空氣有些涼，張木不禁打了個寒顫，好在現在要做的三樣糕點都是做慣了的，不像以前那樣手忙腳亂。

她先做了泡芙，待程家送牛奶的小夥計過來，泡芙也剛好做好，便拿了五個給小夥計。

「又麻煩小哥了，這是剛做好的，小哥嚐個鮮吧！」

小夥計看著奶泡，一個勁兒地搖頭，推辭道：「嫂子太客氣了，不用、不用。」

張木用小油紙一包，就往他懷裡塞。「客氣啥？拿著路上吃。」

將小夥計送出門，張木也拈了一塊奶泡遞給張老娘。

張老娘連連擺手，斥道：「這麼貴的東西，別浪費了，留著一會兒賣去。」女兒做的這奶泡要四文錢一個，比肉包子還貴，她可捨不得吃。上次女兒託牛大郎帶回來的三十個，她留了十個給小水吃，其他則分送給方家和小石頭家。

沒想到女兒除了繡活，做糕點的手藝也好得很呢！不過張老娘並沒有覺得女兒會一手好廚藝有什麼不對，女兒自小手就巧，才會被方家嬸子看中跟著學繡活，到待嫁的時候，那一手繡活真是十里八鄉都聞名的，誰不知道水陽村的張家丫頭有一手好繡活，一個月能掙一兩銀子呢！

不過張老娘不知道的是，當初張木嫁到了趙家，白天做繡活，晚上也得就著燭光做活，一個月掙的可不止一兩。

張木見張老娘捨不得嚐，便笑著勸道：「都是自家做的，又不是買的，娘就嚐一個吧！不然有人問起妳女兒做的奶泡是什麼味道，妳都不知道，那多丟人啊！」

小水在睡夢中聞到香噴噴的味道，立刻醒來，趿拉著小鞋，迷糊地跑過來湊熱鬧，見奶奶不吃，拿起一個奶泡就往張老娘嘴邊遞。「來，奶奶張嘴，小水餵妳。」

張老娘被小孫子喊得心裡軟乎乎的，便嚐了一口，裡面的餡細膩又滑潤，還沒在嘴裡咬兩口就滑進喉嚨裡了，她用帕子擦著嘴笑道：「怪不得大家都喜歡吃呢，確實又香又甜。」

現在女婿每個月能掙四兩，女兒這紅棗糕、奶泡和奶糕一個月至少能掙上三十兩銀子，算一算，張老娘心裡一驚，女兒做糕點的本事可比繡活厲害多了，要是過個兩年，小夫妻倆也能在鎮上闖出名號了。

不過女兒不做繡活也好，那東西做多了傷眼睛不說，骨頭也會不好。

張老娘幫女兒把做好的糕點提到丁家鋪子門口，就拉著小孫子去鎮上相熟的人家串門子，張木給她包了兩包紅棗糕帶著。

說起這相熟的人家，便是方嬸子家的大閨女嫁去的余家，這方家姑奶奶未嫁的時候和她挺聊得來的，現在偶爾回去也會去她家坐坐，張老娘難得出來一趟，便準備也去余家坐坐。

恰好余家去年也娶了新媳婦進門，聽方姑奶奶的意思，兒媳是掌家的一把好手，現在裡裡外外都給兒媳打理，她也輕鬆許多。

方姑奶奶正在吃早飯，見張老娘帶著小孫子來了，連忙起身笑道：「張嫂子好幾年都沒來我家坐坐了，今兒個怎麼有空閒了？」

「我家那女婿去了縣裡做生意，不放心阿木一個人在家，讓我來陪著呢！這不我也沒啥事，就來找妳嘮嘮嗑，沒擾到妳吧？」張老娘笑著回道。

方姑奶奶原本正打算吃完早飯就出去打馬吊打發時間的，見有人來陪自己嘮嗑，自是歡迎得很，當下兩人就親熱地聊起了近況。

這時余家的小媳婦端了茶過來，張老娘眼睛一亮，笑道：「妳家這兒媳真是好顏色，像一朵嬌花一樣鮮嫩呢！我們都是快要落地的黃葉了。」

余家小媳婦抿嘴一笑，施了一禮後便去前頭忙活了。

方姑奶奶接話道：「嫂子也忒會哄人了，誰家小娘子有妳家木丫頭生得好啊？妳可別打趣我兒媳了。」

木丫頭以前就手巧，現在更厲害了，那紅棗糕就連她也喜歡呢！

方姑奶奶雖是誇獎張木，可張老娘看她說起兒媳的模樣，也知道她對這個媳婦是極滿意的，當下也不和她多辯。女子好不好，不是世人一張嘴就能說得清的，還得看這家日子怎麼過。

「欸，嫂子，妳知道楚家嗎？」方姑奶奶忽地壓低了聲音說道。

「做木材的那家？」張老娘想了一會兒才問。鎮上有名號的楚家，也就那一家而已。

「是了，就是那一家，前兩年我不是還和妳露了口風，說看中了他家丫頭嗎？阿正要娶慧兒的時候，我還氣了好一陣子呢！哎喲，我跟老姊姊說啊，辛虧當時阿正堅持，不然我可得後悔死。」方姑奶奶一邊說著一邊拍著胸口，一臉慶幸的模樣。

張老娘猜度著，慧兒應該就是她家兒媳了。「那楚家發生了什麼事不成？」

「倒不是生意上的事，只是楚夫人前些日子不知怎地回去了娘家，她剛走沒半個月，楚家閨女竟然就和葉家大爺看對了眼。」

方姑奶奶想起那如花一樣的小姑娘搭上比自己夫婿還要大上一歲的葉家大爺，心裡一陣嫌惡，真是上梁不正下梁歪。葉家老太爺娶了個十七、八歲的小閨女做小妾不說，葉家大爺看著狗模狗樣的，竟然就搭上了楚家閨女。

張老娘心下也不禁咋舌，這有錢人家行事竟然這般荒謬。

她看了方姑奶奶一眼，見她臉上神色鄙夷，心下便明白她也是看不上楚家小閨女的，不過她不想聊人家姑娘的品行，便岔開了話頭。

另一頭的竹篾鋪，張木剛賣完了糕點，丁二娘正幫著她收拾，便見著程家的管家娘子匆匆地趕過來，一臉急切的模樣，手裡還提著一包糕點。

管家娘子見著了張木，連忙拉著她往鋪子裡走。「小娘子妳快看看，我今兒個去甘家鋪子給太太買些果脯，竟見著他家也在賣了。」

打開的油紙包裡，赫然是外形和張木做的紅棗糕差不多的糕點。

張木剝了塊嚐了一口，味道和她做的雖有些差距，但是裡頭也加了牛奶。

當下她便對管家娘子笑道：「這事還虧得劉嬸子知會我，不然再過個幾日，我可就沒法子做下去了。」

劉嬸子見張木臉上並無急色，知道她心裡有了主意，笑道：「小娘子聰慧得緊，心裡有想法便好。」一說著便告辭回去了。

張木拍掉指尖的碎屑，估量著這紅棗糕的生意再做個把月就得收了，甘家鋪子既然將原料摸清了，知道做法也是遲早的事；而且她一直有個隱憂，這邊乳製品很少，自己這樣大張旗鼓地做泡芙和乳酪，要是真遇到了同是穿越的人，還不得立刻被拆穿，所以她準備之後再換個賺錢的法子。

另一頭的楚家，楚准看著站在面前一臉倔強的女兒，忽然覺得有些悲涼，他這些年風裡來、雨裡去的，三五不時就要出遠門，還不是為了家裡的兒女，誰知這個夫妻倆放在心尖上的小女兒，卻硬生生地在他的心口插了一刀。

「蕊兒，妳如果執意去葉家，就不再是我楚家女了。」

「爹爹。」一楚蕊想開口哀求，可是看著神色平靜的父親，心頭頓時一涼。

直到遇上葉家大爺後，她才明白什麼是她真正要的，所以她輕易地就放棄了吳陵，誰知爹爹執意不讓她入葉家門。鬧了這許多天，爹爹好不容易鬆了口，可是她的心不僅沒落地，反而著慌起來。

直覺告訴她，爹爹是認真的，之前不論她怎樣鬧，爹爹會傷心、震怒、失望，可是從沒像此刻這樣冷靜過。

楚蕊覺得夜晚的寒氣有些重，讓她生生地打了個寒顫。

她上前拉住父親的胳膊，有些哀傷地說：「爹，我是您嫡親的女兒，就算您不認我，我也還是會孝敬您和娘的。」

她不想在葉家和楚家之間做選擇，她既捨不得寵溺她的兄長和爹爹、娘親，也捨不得葉大爺允諾的如花似錦的美好生活。葉大爺答應她雖是以平妻之禮聘她入門，但是葉家的家卻是給她作主的，家裡的銀錢隨她花不說，還會帶她到處遊玩，一起去蘇杭看白娘子和許仙相會的美景，或是帶她上京城去買最好的衣裳和首飾。

「但凡蕊兒想要的、喜歡的，我都會想盡法子辦到。」

雖說他已三十有八，但是那俊朗的模樣，莫名地讓她腦海裡生出許多旖旎的幻想和憧憬。

「我這一生虛度至此，遇著了蕊兒才明白，什麼功名利祿都不如佳人回眸一笑。」想起他說的話，楚蕊的眼角眉梢都泛了一層甜蜜。

楚准看著眼前著魔的女兒，閉了閉眼。

十月底，楚蕊從梧桐巷嫁去了碧螺巷。

整個碧螺巷只有葉家一戶，所以平日裡大家都稱碧螺巷為葉家巷子。楚准再怎麼氣女兒，也還是備了一份豐厚的嫁妝，楚夫人也被楚准從娘家接了回來。

楚夫人穿著一身紫色青緞掐花裙子、披了一件鏡花綾披帛，卻生生地顯得憔悴不堪，不見一點昔日的富態。她看著兒子揹了小女兒上花轎，只覺得心口抽得疼，她的女兒竟然要嫁給一個老頭子做平妻。

奈何葉家大爺竟然搭上州牧的線，上頭一句「郎才女貌」壓下來，他們夫妻也只得認了。

梧桐巷到葉家巷子也就一刻鐘的腳程，轎伕晃得再慢悠，還是一會兒就到了，只見鮮豔的紅燈籠掛滿巷口，外頭的那棵百年桂花樹上也纏了幾層紅綢，端是喜慶得很。

一輛馬車停在桂花樹下，一個長相清俊的小郎君掀開簾子，見著一抬掛滿了紅綢的花轎吹吹打打地進了巷子，臉上露出一絲不忍，可是想到祖父，還是硬著心腸轉身讓車伕送他回去縣裡的書院。

吳陵出門有好些天了，張木心裡的思念漸濃，好在今兒個有個從縣裡採買的客商帶了兩封信來到丁家鋪子，其中有一封是吳陵給她的，她忍了一個白日，此時見張老娘在哄小水睡覺，才坐在窗前拆開了信。

信上開頭一句「娘子」，差點讓她心口一酸。吳陵說生意還順利，就是人情往來上還有一些事得打點，張木見是這等事，便也放了心，又看到吳陵囑咐她天氣漸冷，早上寒氣重，讓她早上多睡一會兒，少做一些糕點，嘴角不禁上揚。

小水正在鬧騰，纏著張老娘說話，張木便把那封只有寥寥數句的信在燭光下看了好幾回。由於吳陵不在，張木乾脆把美人的小床挪來這裡，此時美人見著主人又在看信，扒拉了兩下，靜悄悄地往院子裡去，心裡想著終於可以去偷吃小魚乾啦！

張老娘終於把小水哄睡，見小水呼吸漸緩，便輕輕地起身，見女兒還坐在窗下，悄聲說道：「快去睡吧！明兒個又得早起呢！」

張木伸手摸著懷裡的信紙，微微笑道：「娘，明兒個我們起晚些，糕點也少做點吧！甘家鋪子的口味和我們越來越像了，明兒個過後，我們便不做了吧！」

她這幾日心裡隱隱有些不安，原本打算做完這個月，可想起相公心疼她時的模樣，她決定偶爾也寵寵自己。

「可生意這般好，要是不做了，流失的可是白花花的銀子呢！」張老娘有些心疼地道。這小戶人家，誰能一日掙到這般多的銀子？她家在水陽村也算是中農了，可種地一年也才得三、五兩銀子呢！

張木笑著搖了搖頭。「娘，妳放心好了，我不會在家裡混日子的，等吳陵回來，我再找其他的活。」

見張老娘還是面露不捨，張木眼波一轉，說道：「娘，這些日子生意這般好，吳陵又不在家，要是被人盯上了，打了不好的主意，可就不值當了。」

雖是說服張老娘，可是張木說著也不禁皺了眉頭，從新婚那日撿了一顆月牙石，她就覺得隱隱有些不對勁，又說不上來到底是怎麼了。

張老娘被女兒猛地一提醒，瞳孔一縮，忽地想起趙問下落不明，女兒還是少露面為好，當下便拍拍女兒的手說：「是娘起了貪念，吳陵不在家，妳一個小娘子還是低調些好。」

燭光下，張老娘看著女兒越發細緻的眉眼，心裡一陣恍惚，她怎麼感覺女兒越來越年輕呢？這般白皙的膚色，抬眼瞧人時眼睛裡像是有水光流動一般，真是好看，倒像待嫁時候的俏模樣了。

「娘，明日賣完了棗糕，妳和小水也回去村裡吧！妳在我這兒住了這麼久，嫂子和哥哥也該想小水了；再說婆婆一個人在鋪子裡住著也孤單，我想著要不就搬過去和她一起住吧！」張老娘在這兒陪了她好些天，除了偶爾去佘家串串門子，平日裡就和小水待在家裡，也孤寂得很。

張老娘略一沈吟，點頭道：「妳去陪妳婆婆也好，這些日子我在旁邊看著，妳婆婆是一個爽快人，對妳也還上心，是該趁著他們爺兒倆不在，好好近乎近乎。」見女兒過得好，她也放了心，出門這些日子，也有些念叨著老頭子了。

第二日，張木只做了三百多塊紅棗糕，每人限買十文錢，有些常來的客人，張木順手多送了兩塊，留個人情，以後再做其他生意也較容易。

方姑奶奶在家裡聽來買酒的人說，吳陵家的小娘子今兒個是最後一天賣紅棗糕，趕緊過來，見往日桌上有三個大竹籃，今兒個卻只有一個，便明白那人說的是真的。

她走到攤子前，佯裝不滿地說：「阿木，妳這是要斷我老婆子的吃食了？我現在就好妳家這一口，妳不賣了，我以後可得往妳家門口堵去。」

「嬸子，我可不能讓妳堵上門來，不然阿慧可饒不了我。」張木微微笑道：「改明兒阿慧有空閒的時候，我教她怎麼做，以後啊，您天天吃著媳婦做的棗糕，不是日日甜到心裡？」

「啥？妳連方子也不要了啊？」方姑奶奶驚訝了一下，那甘家鋪子可是花了好大的工夫才琢磨出做紅棗糕的方子呢，阿木竟這般大方就給了出去。

「哎喲，嬸子，一口吃食罷了，也就吃個新鮮，吃多了大夥兒都得膩，我趁早給，還能博個好口碑呢！」她昨晚便想好了，要是長久做下去，非得買頭奶牛回來不可，她可沒精力去養一頭牛。

送走了方姑奶奶，程家的劉嬸子正巧也過來拿奶糕和奶泡，張木便跟她說了她的決定，最後道：「若是小少爺還喜歡吃，我就把做法教給您家的廚娘。」

劉嬸子把話帶回程家，程太太略一思量，讓劉嬸子帶著廚娘去了一趟丁家鋪子，還拿了十兩銀子給劉嬸子帶著。待劉嬸子帶著十兩銀子回來的時候，程太太才知道，原來張木打算公開方子，凡是想知道做法的，她都會一一告知。

「太太，吳家小娘子說了，這方子也不值當什麼，太太贈了許多牛奶給她，她心裡可感激著呢，怎麼也不能再收太太的銀子了。」劉嬸子和張木打了許多次交道，也收了不少紅棗糕，心裡喜歡這小娘子，回起話來，便也帶上幾分由衷的笑意。

程太太不禁一笑，這小娘子倒是大方俐落得很。

待最後一天的糕點賣完，丁二娘幫著張木收拾，聽她說要搬來同她住，便笑道：「我正念叨著要不去妳那兒住幾日呢！」

她一個人住實在乏味得很，老頭子又遲遲不回來，晚上連個說話的人都沒有，黑燈瞎火的她得到大半夜才能睡去，此時聽張木說要來陪她，自是歡喜不過，又道：「這下妳能過來，我也有個伴了。」

說著，便讓張木幫忙看著鋪子，她則去後院把吳陵原來的房間收拾了一下，換上新的鋪蓋。

當天下午，張木幫張老娘包了一大包紅棗糕、三十個奶泡和五塊奶糕，把他們送到鎮口牛大郎的牛車上後，回去收拾了一些換洗衣物，便搬去了竹篾鋪裡。

很多年後，張木每每想起自己此時的決定，都覺得無比慶幸。

第二十四章

吳陵和丁二爺一直在縣城裡逗留，雖有來信，歸期卻一直未提。

十一月八日，張木給吳陵做的襖子縫好了樣式，丁二娘商議著給他們爺兒倆再做一雙棉鞋，只是家裡頭的花色怎麼都不太滿意，皺著眉說道：「以往兩個小的隨便做一雙就好了，現在他們爺幾個都是在外行走的，做得太寒磣了，外人也得小瞧他們兩眼。」

張木想起家裡先前買的碎布還剩許多，便說：「娘，我先前買了許多碎布還沒有用完，有幾塊緞子花色挺好的，我今兒個就回去拿。」

丁二娘應了一聲，看著美人滴溜溜地轉著眼珠，笑道：「家裡的小魚吃完了吧？一會兒我再去市集裡買些小魚回去晾著，在這邊晾著沒幾日牠就想法子吃掉了。」

「娘，您這般寵著牠，牠可越來越無法無天，都敢偷吃魚乾了。」張木想起家裡莫名消失的小魚乾就一陣頭疼。

「喵喵！」婆婆還沒寵我的時候，我就偷吃啦！哈哈～～

丁二娘摸著美人的肚子，看著牠歡快地在地上扒拉，心裡軟乎乎的。

也不知道是她以往沒注意，還是這隻貓確實比其他貓聰明，魚乾掛在竹竿上，她以為貓就吃不到了，可是隨著家裡的魚乾不斷消失，這隻貓又總是一副饜足的模樣，她便留了個心眼，注意牠的小窩，果真發現了一條小魚乾。

丁二娘留意了幾日，也沒發現這隻貓是怎麼吃到魚乾的，只得隨牠去了。只是這貓也機靈，每日跟在她身後進進出出的，一抱牠就肚皮一翻，讓妳給牠撓癢，她倒覺得比自家兒子和老頭子都貼心多了，此時想起乖貓喜歡吃魚乾，心裡一喜歡便如此提議了。

張木瞪了美人一眼以示警告，她不願意把美人的嘴養刁，就怕哪一日她和吳陵窘迫了，這隻貓非得餓死不可。所以對於牠愛吃的魚乾，張木一直都控制著數量。

只是婆婆開口，還是為了她的貓，張木自是不好有異議。

到了夜裡，張木被美人的爪子撓醒，只得半睜著眼無奈地抱起美人放到被窩裡。

「喵喵！喵喵！」美人一反常態地叫喚起來。

張木一激靈，好像聽到外面有吵鬧聲，披著衣坐起來，抱著美人側耳聽了一會兒，聽見外頭有腳步聲、嘶喊聲，鬧烘烘的，張木立即打起精神穿衣服。

「阿木、阿木，妳醒了沒？」外頭傳來丁二娘急促的敲門聲。

「娘，我起來了，這就開門。」張木一邊扣上扣子，一邊往房門口走去。

門一開，一股寒氣便湧了進來，美人抖了抖身子。

「阿木，外頭好像出事了，我來找妳一起去前頭看看。」丁二娘見張木衣裳整齊地穿在身上，便拉著她的手往前頭鋪子裡去。

娘兒倆不知道外頭發生什麼事了，也不敢開門，就站在鋪子裡頭聽著街道上的動靜。

「有人出來嗎？」

「巷口的陳家和朱家出來了……吳家的……」

「……鎮長派人去了嗎？」

張木聽到巷口的陳家和朱家，心裡暗暗覺得不對勁，那不是她和吳陵家巷口的兩家人嗎？

「娘，可能是我們的巷子出了什麼事。」

「嗯，我估算著也是，阿木，家裡就我們娘兒倆，還是別出去了，街上那麼亂，要是發生什麼事，到時也沒處說理去。」丁二娘皺著眉頭道。

「娘，我明白的，家裡最重要的就是美人了，我把牠帶了過來，其他的少了什麼也沒事。」

丁二娘聽了這話，心裡頭才放鬆了一點。阿木過來的時候就帶著兩件換洗衣裳和一隻貓，小夫妻兩個在那邊住了幾個月，肯定是採買了不少東西的，阿木前段日子掙的銀子可能都還在那裡，她就怕這丫頭一時捨不得想回去看看。

心裡知道了大概，丁二娘便拉著張木回屋睡了。丁二娘沒去自個兒主屋裡，兩個人還是留了個心眼到吳陵的小屋裡睡，也沒點燈，和衣躺在床上，半晌都不曾睡著，只努力側著耳朵聽外頭的動靜。

街道上有不成文的規矩，晚上出了事，早上店鋪開門都會晚些，就怕一開門看到什麼不適宜的東西，因此平日裡卯時初就陸續開門的店鋪，今天都延到了辰時才開店。

其他村裡來鎮上買東西的人從鎮口進來，看到白雀巷像上了一層炭漆似的，猜到昨晚可能出了事，見店鋪還沒開門，也不著急，三三兩兩的找地方坐著嘮嗑。

丁二娘和張木晚上都沒睡好，早上見天光亮了，心裡頭才微微放鬆了一點，兩個人迷迷糊糊地睡了過去。

等睡醒開了門，丁二娘和張木才知道，昨晚白雀巷竟然走水了，燒了大半夜才滅掉。巷子中間的幾戶人家燒得最嚴重，林老爹為了搶救家裡的稻穀，走得慢些，被掉下來的屋樑砸中了腿；史家的兒媳懷著身孕，被嚇得當場小產。

張木心裡隱隱覺得事情有點蹊蹺，林家住在自家左邊，史家在她家右邊，那她家豈不是更嚴重？

待張木跑到白雀巷口，見原來簇新的牆面被煙熏火燎後有些破敗，忙壓下心頭的慌張，快步往巷子裡走去。

大門已經塌了，原來兩扇紅色的門，現在已經很難看到一點原色，黑色的炭塊刺痛了張木的眼睛。三間瓦房都塌了，大樑被燒得黑漆漆的堆在廢墟裡，吳陵給她準備的竹籃、東邊窗下的桌子，還有她剛給美人晾曬的小魚乾都沒有了，就連院子裡吳陵種的桂花和梅花也遭了殃。

張木伏在丁二娘的肩上，強忍著落淚的衝動。

「阿木，別難過，等他們爺兒倆回來了，再好好建一個更大的屋子啊！」丁二娘一邊拍著張木的背，一邊環視著像焦炭一樣的院子。如果阿木沒有去她那裡住，等阿陵回來看到的，恐怕就不是這樣一個還能夠這般難過、流淚的人了。

「吳家娘子，原來妳昨兒個不在家啊，我們都以為妳沒逃出來呢！」

張木從丁二娘肩上抬起頭，見是林家嬸子，啞著聲音說道：「林嬸子，這到底是怎麼一回事？」

「唉，誰知道呢？昨兒個半夜的時候，巷子裡的狗沒命地吠，我家老頭子被吵醒了，隱約看到外面有火光，不然我們一家子可都得睡過去了。」林嬸子看著眼前的廢墟，伸手抹了抹淚，她兒子好不容易攢夠了錢在鎮上建了四間大瓦房，竟然就這般沒有了。

張木見林嬸子也是一臉難過，也不好多問。

她踩著石塊，每走一步，心裡都疼得慌。吳陵當初布置得那般用心，想到他看著自己寵溺又討好的眼神，心裡一陣陣抽疼，要是他知道了得有多難過？

「二嬸、弟妹，妳們真在這裡啊！」

丁二娘抬起頭，就見自家姪子丁大匆匆地趕了過來。

「唉，阿大，你來得正好，我們娘兒倆心裡頭正沒個主意呢！這好生生地怎麼就走水了呢？」丁二娘看著一片廢墟，心裡頭一陣後怕。

「二嬸，我早上打聽了一下，覺得事情有些蹊蹺。聽昨兒個晚上看見的人說，火光是從阿陵家竄出來的，可是既然弟妹和阿陵都不在家，那這火到底是從哪裡來的呢？」

丁大看著這一片廢墟，心頭有些沈重，二叔和阿陵在縣裡可能出了什麼事，否則這鎮上誰有膽量敢放這般大的火？可看著二嬸和弟妹一臉無助的樣子，他也不敢把自己的猜測說出來，不然只是平白給她們增添憂愁。

丁二娘跟著丁二爺做了許多年的生意，也是經過一些風浪的，聽了丁大的話，她心裡便有了懷疑，當下也不戳破，扶著張木勸道：「阿木，我們找找還有沒有什麼能用的東西，好歹也是妳和阿陵新婚的房子，留個念想也好。」

張木也知道此時不是傷心的時候，忙抹乾了淚，在廢墟堆裡來來回回走著，看著黑漆漆的一堆木塊、瓦礫，不知道該從哪裡著手。看著東屋放床的位置也成了一塊平地，想起結婚當日，吳陵眼睛亮晶晶地掀開了她的蓋頭，心頭又一陣抽痛，這是她和吳陵的家啊！

「弟妹，估計都燒沒了，我們還是先回去吧！」既然心裡有了隱憂，丁大直覺地認為張木在這裡待久了不好。

張木一時也不知道從哪裡下手，便點了點頭，挪著步子往門口走去，突然靈機一動，喊道——

「不對，還有模具。」她眼睛發亮，看著丁大和丁二娘。「當初做棗糕的模具都是在鐵匠鋪裡打的，應該還在。」說著便往廚房的廢墟裡走去。

丁大看著她在一堆瓦礫裡東翻西找，心頭不忍，便也蹲下來幫忙。

丁二娘眼神一閃，阿陵家的廚房和正屋不是連著的，中間隔著一段距離，就算晚上的風再大，零散的火星在牆角也沒有什麼，這火究竟是怎麼燒過來的？

張木看著桌上放著的有些變形的模具，有些晃神，眼前忽然又閃過先前撿到的那塊月牙石，莫名覺得吳陵當時握著石頭的神情有點奇怪，心裡留了意，準備晚點再問問丁二娘。

她從廚房的廢墟裡挖出五個紅棗糕的模具，美人喜歡的擠花袋沒有找到。她本想再多找一些的，只是看到丁大也在陪著她挖，臉上、衣裳、鞋面都沾上一層黑灰，一時有些過意不去，想著這些東西也沒什麼用處，後面的事還多著，不好在這些小事上麻煩人家，就沒再執意挖了。

她的目光移到手上的簪子，不禁慶幸自己把首飾和銀兩都夾在衣服裡帶走了，不然這場火一燒，想找都不容易。

昨晚火勢滅掉後，應該有人來自家拾了不少東西走，家裡的兩口大鍋都不見了，更不要說兩個做棗糕的小爐子了，東邊屋子裡放的十吊銅錢，也一文都沒了。

由於丁二爺和吳陵都不在家，丁大便捎話回家給他爹，讓他從村裡過來搭個手。

丁大爺近來因為兒子訂了親，還是一個非常不錯的姑娘，心裡正得勁，猛地聽說老二家出事，心裡一咯噔。

他請牛大郎把他送到鎮上，剛進鎮口沒多久，便看到白雀巷巷口被火熏黑的兩面牆，再往裡面走，看到了三家連在一塊的瓦礫堆，屋樑都掉下來了，整個屋頂也塌了，只剩下幾面牆觸目驚心地杵在那裡。

他看著廚房到正房的地面，老二也曾和他提及縣裡的生意，雖有些麻煩，也不至於這般大動干戈，而且即使要鬧事，也是挑丁家的鋪子，不應該從吳陵這頭下手。

況且老二行事一向妥當，不太會遇到這般明顯要滅口的對手……如果不是老二的事，那……

他一時不敢深想，覺得弟妹和姪媳不能再在鎮上住著了，這火明顯是衝著姪媳來的。

丁大爺匆匆來到丁家鋪子的時候，大門是關著的，他上前敲了門，丁大剛好在前頭，聽到爹的聲音，連忙去開門。

「她們娘兒倆呢？」丁大爺越過兒子，沒看見丁二娘和張木，轉身過來問兒子。

「爹，你不用擔心，嬸子和弟妹昨晚沒住在那邊，都沒事呢！現在正在後屋裡歇著。」

「那就好。」丁大爺看了兒子一眼，壓低聲音道：「我覺得事有蹊蹺，那火估算著是衝著阿木來的，你收拾一下，一會兒把你嬸子和阿木接回家去。」

丁大心頭一跳，他就覺得這鎮上沒誰有能耐能一聲不響地燒掉幾處宅子，當下點點頭，不多言語。

張木一早就帶了兩身換洗衣裳到鋪子這邊來，此時聽說要去水陽村，只收拾了一個包袱，至於那些頭面和銀兩，她和丁二娘商議好了，就放在吳陵屋角的一塊磚頭下。

丁二娘提起這處時，還忍不住笑著說了一句。「那是陵兒小時候藏銀子的地方呢！他剛學會做小弓箭，他師父便送了他一把小刀，他倒好，竟然撬動了底下的一塊石頭。」

張木想起相公機靈的模樣，不由笑道：「娘，他藏銀子幹麼呀？」猛地一笑，牽動了唇角，臉上好久沒有太大的表情，有些僵硬，忙拿起帕子捂住。

「唉，說是要攢錢給他娘燒紙錢。」丁二娘想起當時那麼小的一個孩子，面無表情地說「給我娘燒些金元寶，不然她在下面會吃不飽」，當時她和相公兩個震驚不已，那是吳陵在她家的第二個年頭。

之前就一直覺得這孩子舉止不凡，做事有禮有節的，以為是哪個大戶人家丟失的孩子，幾次三番問他家在哪兒，他只說沒家，直到吳陵說燒元寶的時候，他們才知道這孩子恐是父母都不在，被族人趕出來的。

丁二娘看了兒媳一眼，見她聽到吳陵，眼裡就亮了起來，像夏日裡生機勃勃的稻田一樣蕩漾著綠波，抿了抿唇，還是決定告訴她。

「阿木，阿陵不是孤兒，妳知道嗎？」

張木見丁二娘神色凝重，以為她是心疼阿陵無父無母，不由笑道：「娘，我知道的，您和爹還有阿竹就是我和相公最親的家人。」

「傻孩子，我說的不是這個意思。」丁二娘拉著張木的手，輕輕地拍了兩下，繼續說道：「阿陵有家人，只是他不願意回去，那邊估計也是不想他回去的。」

張木聽到這裡，心不由得提了起來，又想起那塊月牙石。當時吳陵的表情有些驚詫，難道說他其實是見過那塊石頭的？他知道那石頭背後的意思？

他該不會是大戶人家的少爺，因為那邊有了什麼想法，才會有人來燒她家的房子？是要滅了阿陵，還是要滅了她？

丁二娘心裡忽地有些擔憂自家相公和阿陵在縣城裡不知道有沒有遇上什麼事，那邊既然不想讓阿陵回去，也不知道會不會對阿陵動手。

「娘，您的意思是，相公的親人不要他了？」張木覺得自己可能會錯了意，相公家那邊最多只可能是一些祖產、田地相爭，如果真是大戶人家，是有族長和族規的，怎麼可能會讓一個男孩流落在外？

再說，相公那麼好，他的家人怎麼可能會不要他？可是接下來丁二娘的話，卻讓張木不得不相信，她所想到的那些，並不是瞎想。

「阿陵的生母去世了，家裡還有個庶母、庶弟和庶妹，他家境很好，沒了阿陵，家產都是那一房母子三人的，要是阿陵回去，可是嫡子呢！」丁二娘看著阿木一臉驚詫，笑著對她搖了搖頭。「要是真回去，妳就是大戶人家的少夫人了。」

「娘，我不稀罕，我和相公就待在您和爹身邊好好過日子，等相公回來了，您兩老可得借些銀錢給我們重新建個屋子。」那一家人既然不要相公，把才幾歲大的孩子往外扔，就和他們夫妻倆沒有任何關係了。

丁二娘聽了張木的話並無意外，當初阿陵外家人找上相公時，他們問阿陵要不要回去，阿陵也是這麼說的。這小夫妻兩個，倒真對了脾性。

可是這火啊，要是真的是有人刻意放的，怕也只有那一戶人家有這膽量了。

張木沈默了一會兒，有些疑惑地問道：「娘，不管什麼原因，阿陵在外這麼多年，他們都沒想著要找回去，怎麼現在又找來了呢？」

「是阿陵的舅家先找到阿陵的。說起這事，也是巧合，妳爹和阿陵跟縣城裡的人接了一筆生意。」

說到這裡，丁二娘湊到張木耳畔小聲嘀咕了兩句，才又接著說道：「需要阿陵的相關身分，這邊一報上去，阿陵就被他舅家發現了。」

張木還想多問兩句，丁二娘卻擺了擺手，不願多說，張木也不好再開口，可能有些事，娘希望她從相公那裡知道吧！

這時丁大恰好過來說牛車都備好了，丁二娘起身，先在店鋪門上貼上告示：主家有事，閉門七日，接著才拉著張木坐上牛大郎的車往水陽村去。

十一月十五日以後，那父子倆肯定就會回來了，因為阿竹放榜的日子就在十六。

第二十五章

丁二爺確實是趕在阿竹放榜前的日子回來的，他一早便收到了媳婦的信，只是實在脫不開身，又知道她們娘倆住在村裡，心裡放心很多，此時回來，便直往大哥家奔。

丁二娘已經把三雙棉鞋都做好了，也想著爺兒倆這兩日會回來，一早便讓小水在村口等著。

待見到相公牽著小水的手過來，丁二娘這幾日提著的心總算是落回原位。

「怎麼就你一個，阿陵呢？」丁二娘見吳陵並沒有像往常一樣跟在丁二爺身後，有些奇怪。張木也伸長脖子往門外瞅。

「阿陵有些事，一時脫不開身，我就先回來了。」丁二爺見媳婦開口，拿出一早便想好的理由回道，見兒媳眼巴巴地看著自己，又補充了一句。「那小子說得給妳們娘倆挑首飾，還得耽擱個兩、三日，我怕妳們等得急，便先回來了。」

丁二娘直覺不對，看了相公一眼，見他臉色憔悴，便讓他先休息一會兒，阿陵的事回頭再問。

張木知道丁二爺說的不是真話，可她也不好再追問。想也知道，家裡著了火，相公肯定心急火燎的，怎麼可能還有心思在那邊給她們選禮物？

看著婆婆去廚房裡張羅，她也跟著去搭把手，反正相公的事，今兒個不說，明兒個不說，後天總得說的。

十一月十六日，阿竹一早便雇好了馬車，待看完榜就準備往回趕。他在榜單上找到自己和要好同窗的名字，他是十三名，取得了童生資格，不過他好像也看到了趙志的名字。

丁家一早就翹首盼望，以往丁二爺覺得阿竹年紀還小，考不上也沒關係，可是阿陵出了些事以後，他便盼望著兒子早點考個功名，好幫幫阿陵。

「爹、娘，我是第十三名，有機會參加明年四月的院試了。」

阿竹一回來就開心地報喜，丁二爺只覺得心口的那塊大石終於鬆了一點。

阿竹中榜的喜訊將那一場大火帶來的陰霾驅散了不少，丁二娘在丁二爺回來的第二日便跟著回到鎮上。張木心裡惦記著吳陵，但見丁二爺不吐露實情，也不好日日追著他問，便想著回張家住幾日。

張老娘一聽女兒說要回來住，立即抹著淚點頭。「丫頭，妳要回來住，娘是巴不得啊。」

發生大火的第二日，張家便知道了消息，她讓大郎去鎮上看看，卻見阿木跟著丁大爺父子回到了村子，張老娘見到女兒好好的，心裡才放心了一點。

桃子也在一旁點頭。「這下真是太好了，我可得好好地跟小姑學兩手，妳姪子可天天纏著我做棗糕給他吃呢！」

西邊的屋子是準備以後給小水住的，只是小水現在還小，依舊跟爹娘一起住；張木的屋子跟出嫁時一樣，還是一樣的床，兩口舊箱子依舊放在牆角，南邊窗戶下小矮桌上的竹籃裡還放著許多碎布，只是為了防止積灰，張老娘用一塊舊布將籃子蓋得嚴實。

張木想起那回吳陵來送櫥櫃，她就站在這窗下悄悄地撩起紗簾一角偷看，那時看著那瘦削的背影，心裡也覺得異常安心。

沒想到，她在這裡真的愛上了一個人。

這回阿竹打算在家裡待三日，丁二娘整日在廚房裡準備湯湯水水的，兒子嘴饞又愛玩，少不得好好地餵一餵，不然以後都不惦記著回家了。

所以這三日裡，阿竹將黨參燉烏雞、蟲草燉老鴨、瓜菇燉豬蹄挨個兒地喝了一遍，只是日日喝，嘴巴也膩得慌。此時阿竹對著一碗豬蹄，苦著臉道：「娘，妳兒子本來個兒就不高，再這麼喝下去就成小胖墩了。」

丁二娘瞪了兒子一眼，斥道：「兔崽子，有得吃你就要樂了還嘮嘮叨叨地嘴碎。」說著又從鍋裡撈了一大塊豬蹄往阿竹的碗裡放。

阿竹求救地看了自家老爹一眼，卻見老爹目不斜視地喝著小酒，眼睛都不瞟他一下，他只得埋著頭開吃——好懷念書院裡的青菜啊！

晚上，丁家兩老洗漱好，準備入睡時，丁二爺看著燭光下臉上已經能看見皺紋的妻子，嘆道：「娘子，轉眼這麼多年過去，阿竹都考取功名了。」

丁二娘一邊將髮髻放下，一邊笑道：「可不是，那時候我真以為我生不出孩子呢！沒想到竟然能有阿竹，說起來，阿陵真是我們家的小福星。真是年紀到了，你這段日子怎地沒事就念叨這個？」

見自家相公不接話，丁二娘湊過去道：「相公，你給我個準話，阿陵是不是出事了？那場大火我覺得蹊蹺得很，再說，阿陵那麼看重阿木，怎麼可能知道家被燒了，還不緊趕著回來呢？」

丁二爺抬頭看著炯炯有神的娘子，苦笑道：「娘子也比二十年前聰明多了，以前只知道珠花簪子呢！」

「行了，你別挖苦我了，女人愛美怎麼了？」丁二娘聽相公提起這一碴，頗不以為意地嗤了一聲。

「阿陵怕是不好回來了。」丁二爺長長地吁了口氣，見娘子皺著眉頭看他，只得解釋道：「他舅家找來了，說是他外祖母躺在床上就等著見阿陵最後一面呢！」

「那阿陵去看過後還會回來嗎？」

「我估計他舅家不會輕易放人，阿陵可是吳家嫡子，吳家那金窟、銀窟可都是阿陵的。」老人家惦記著外孫無可厚非，可是這許多年了，他們對山野間長大的阿陵又能有幾分真心呢？只怕富貴迷人眼，要藉著阿陵攀高梯呢！

「都怪你，好好地帶阿陵去摻和縣衙裡的生意做什麼？要是不去縣衙裡備案，那家子能找到阿陵嗎？等阿陵跟了我家的姓，給他們在大海裡撈針去。這下好了，阿陵回不來了，兒媳可還在眼巴巴地盼著呢！」丁二娘想起兒媳望眼欲穿的樣子，心裡也有些落忍，那大戶人家不會接受一個和離的婦人做兒媳的。

丁二爺見媳婦這般心疼兒媳，不由笑道：「妳傻啊，我們走之前不是給阿陵上了族譜了嗎？只要阿陵不願意，他還是我丁家人。」

只是，如果鄭家老太太苦求阿陵回去，阿陵不知道能不能堅持得住啊！

丁二娘見相公眼睛閃了一下，便知道他心裡也是沒底的，只是阿木……

「相公，這事還是得和阿木說清楚，我們這般瞞著，說是為了她好，不讓她擔心，可是如果，我說萬一，阿陵真的願意入吳家的族譜呢？」就算吳家老爺鬆了口，吳家的那個妾和庶子也不會讓阿陵如願的。

丁二娘想到阿木的人生三番兩次地因為男方而狀況不斷，心裡不禁有些不忿，憑什麼女子的姻緣就得等著男子說娶還是離呢？「我覺得這事對阿木不公平，你把阿木帶過去吧！我們也不要小瞧了阿木，我瞅著她腦袋瓜清楚得很。」

丁二爺默默頷首，他心裡也起了帶張木走的念頭。那場火，該是衝著阿木來的，就不知到底是吳家還是鄭家？

吳家和鄭家都在台州，吳家先祖曾追隨太祖皇帝，現在朝中的禮部吳尚書家便是吳家的嫡支，而台州的吳家則是旁支。

俗話說，朝中有人好辦事，放在台州吳家身上，是再貼切不過的。台州吳家便是靠著京城吳家的關係，撈了個皇商，到吳老爺這一代，已經是第三代了。

吳老爺年輕的時候聽從父母之命、媒妁之言，娶了台州素有美名的鄭地主家大小姐。新婚妻子識禮知書、溫婉端莊，吳老爺也是和嬌妻耳鬢廝磨了一段時日，只是這一切在同行贈送了一位精心調教的瘦馬後，便不復存在了。

三天後，阿竹準備要回書院了，丁家兩老和張木這回也跟著一起出發。

當馬車到縣裡的時候，先讓阿竹下車，丁二爺看著兒子瘦弱的身板，忍不住叮囑道：「不要老吃書院裡的飯菜，過個兩、三日就和同窗去外面吃頓好的，到年底回來的時候，再不長點肉，我讓你娘天天給你燉豬蹄。」

阿竹一臉黑線，爹真是越老越像個孩子。

「知道啦！你們放心吧！一定要把阿陵哥帶回來啊！」說著便朝馬車揮了揮手，看著娘和嫂子放下車簾，身影隨著馬車走遠了。

通台縣是前往台州的必經之地，也是台州下面較繁華的一個縣，即使坐在馬車裡，光聽著外面熙熙攘攘的叫罵聲，也可以想見街市的熱鬧，只是張木坐在馬車裡，卻是一點看熱鬧的心思都沒有。

等到了台州，她會看到傳說中雕梁畫棟、漆著金粉的大戶人家，會有小妾、庶子，還有躺在床上的老祖宗……難道她穿來不是抱著相公種田、生娃兒就好了嗎？

她以為只要她和吳陵生一個小娃兒，她的穿越人生就圓滿了，沒想到前頭等著她的竟然是一處大宅門。

丁二爺和車伕坐在外頭，丁二娘和張木坐在裡頭，原本丁二娘是沒有要來的，只是想到相公帶著兒媳出門，諸多事都不方便，夫妻倆一合計，便讓丁大爺幫忙看著鋪子。

此時丁二娘見張木安安靜靜地低著頭坐在那裡，怕她擔心阿陵，寬慰道：「阿木，妳不用太擔心，我們既然來了，就不會不管妳和阿陵的。」

張木心頭一暖，笑道：「娘，您和爹陪我走這一趟，我心裡就有底了。」

再怎麼說吳陵現在的戶籍還落在丁家，丁二爺是他名正言順的父親，只要丁家承認她的身分，她便還是吳陵明媒正娶的妻子。

申時三刻的時候，總算是到了台州，丁二爺先帶她們找了一間客棧，準備明日再去鄭家，畢竟還得準備一些登門禮呢，不然這般匆匆忙忙的，人家還以為他們是來打秋風的。

客棧的一樓是飯館，二樓和三樓是客房，此時一樓還坐著些人在喝茶聊天，張木聽見離櫃檯近些的兩個客人說——

「欸，你聽說了嗎？吳家的嫡子回來了。」一個身穿藍布大褂的大漢一邊嚼著花生一邊說道。

「不是丟了十多年了嗎？怎麼還能找回來？這一回他家的吳潭不會甘休吧！」說這話的是一個膚色黝黑的大叔，正吹著茶盞上的茶沫。

「可不是？那麼一大塊肥肉，眼看就要咬到口了，這般生生地讓出去，可不是割他的肉啊！」穿著藍布大褂的大漢一臉幸災樂禍地說道。

「呵，有熱鬧瞧了，兄弟反目可是禍家之本啊！」

「什麼兄弟？那小妾害死了鄭家小姐，那小姐生的兒子能和仇人的兒子做手足嗎？」

丁二娘見張木聽得入神，不動聲色地拉了她一下，張木回過神來，見丁二爺已經訂好了客房，便跟著丁二娘往二樓去。

進了房間，丁二娘笑道：「阿木，別擔心，阿陵今兒個晚上就會來一趟，我就說這小子機靈，他早算準了我們會來找他，剛才掌櫃的說，阿陵一早在幾家客棧裡留了話，要是有一男兩女的丁姓人家來入住，就派小二去知會他一聲。」

張木剛才一心在聽那兩人聊天，沒注意到掌櫃說了些什麼，聽丁二娘這般說，立即站起來問：「真的嗎？真的一會兒就過來了嗎？」

丁二娘見兒媳這般急切，想著畢竟是新婚夫妻，許多日子不見，可不是日日念在心口？便笑道：「自是真的，一路緊趕慢趕地過來呢！我一會兒讓小二送些熱水過來，妳先梳洗一下。」

「謝謝娘，幸好跟著您兩老來，不然我一個人還不知道怎麼辦呢！」張木心裡由衷地感謝丁家兩老，從她嫁過來後，見他們一直將阿陵當作親兒子一樣疼惜，連她這個兒媳也是當半個閨女疼愛。

想著等等就能見到相公，張木心裡也有些緊張了。

到了傍晚，吳陵來了，他身上穿著一件藏青色的直襟長袍，領口和袖口都繡著銀絲邊的流雲紋，腰間繫著一條墨色祥雲寬邊錦帶，上頭還掛了一塊玉體通透的碧玉，綠瑩瑩的像水波一樣。

丁二爺一眼瞧著，捋著鬍子笑道：「你這小子，這下也嚐了一回富貴窩的滋味了吧？怎地，有沒有樂不思蜀啊？」

吳陵跑得急，臉上還泛著一層紅暈，聽了這句調笑，那些在丁家鋪子裡吵吵鬧鬧的日子便躍到眼前，心頭一暖，這些日子以來心裡的煩躁也平息不少，笑道：「爹，看您老人家這麼遠跑來看我，我就不和您鬥嘴了。」

說著，他瞅了眼立在娘後頭的媳婦，見她一雙眼漫著欲落未落的水光，一身月白色的棉裙還是婚後幾日他帶著阿木去店裡扯的布，裡面該是加了一層裡子，卻鬆垮垮的，像是大了許多，他心頭一緊，快步走過去。「阿木，妳怎麼瘦了這般多？」

張木只覺得手上一暖，吳陵已經握著她的手了。

終於見到了人，張木想笑，卻感覺臉上肌肉像是僵了一樣，他不在的這段日子，讓她好好地體味了一回「待要相思，便害相思」的滋味。

她沈默了片刻才道：「只是衣裳做得大了一些而已……」

吳陵見著媳婦努力忍著不落淚，平白地多了兩分心疼。他捏了捏媳婦的手，不再言語，心裡思量著，待外祖母好些，他就帶媳婦回去好好補一補。

丁二娘在一旁忍著笑，此時見小倆口愣愣地站著，便笑道：「老頭子，我們去隔壁屋裡吧，給這兩個年輕人好好訴一訴衷腸。」

丁二爺正要舉步離開，吳陵卻一把拽住了他的胳膊，苦著臉道：「我一會兒還得回去，所以得先把事情趕緊和爹娘說一說，你們也好幫我想個辦法。」

雖說這些日子鄭家上下待他都和氣得很，可是他還是惦記著和阿木的小屋。新房子燒毀了，回去還得重新蓋一個，這天眼看就要冷了，他可不想落著雪還在鋪子裡住著，都不能好好抱媳婦。

丁二爺和丁二娘一聽這話，也斂了笑意，一屋子幾人圍著一張桌子坐了下來。張木拿起茶壺給三人沏茶，白陶瓷茶盞裡立時便氤氳起白煙。

吳陵一手碰了碰熱燙的茶盞，沒想到離家的時候還是十月，此時卻已有了初冬的寒意。「爹，您也知道，我對那個家沒有什麼好感，只是幼時外祖母還算疼我，我生母也一向孝順，現在她因病躺在床上，我不忍心不讓她老人家見我一回。」吳陵想起以往他娘只有抱著他回鄭家，臉上才會露出一點笑意，心口不禁酸澀難當。

他又想起那間離了窗花的屋裡，桌上的花瓶每日都會換上幾枝鮮豔的花，還有那個每日立在他身側盈盈笑著的少女，心裡不禁一突。

二舅母每日都讓表妹伺候在外祖母身邊，表妹總是時不時地和他搭幾句話，可兩人也不是自小一起長大的，他每每覺得彆扭不願開口，表妹就撒嬌對外祖母說他面冷。

他有心想和爹娘說兩句，可看見坐在一邊看著他的媳婦，終是將「表妹」兩個字吞進肚裡，只說了一句。「二舅舅待我怕是有些想法。」

媳婦大老遠地跑過來看他，要是讓她誤會就不好了，這事還是再找個機會慢慢對她說吧！

丁二爺聽了吳陵的話，沈吟不語，過了一會兒才問道：「你是準備和我們一道回去嗎？」見了這滔天的富貴，他也不敢確信阿陵不會動心，畢竟吳家的偌大家產可都是阿陵的啊！

台州自古就是魚米富貴鄉，不說稻米和漁產，就是運往各地的絲綢和茶葉的數目也是令人咋舌的，而吳家做為台州唯一的皇商，每一個行業都有沾上邊，就連鹽業也有所涉獵，不說為台州商行的第一家，就是本朝能與吳家相比的人家也是寥若晨星的。

只要阿陵願意回去，等著他的便是金山和銀山啊……

第二十六章

茶盞的熱度慢慢降下去，氤氳的熱氣也散了許多，吳陵抿了一口茶，笑道：「自是要和爹娘一起回去的，我還惦記著和爹娘討幾兩銀子蓋一間新屋呢！」

張木聽著吳陵這麼說，不由跟著點頭。「我和娘說過這事了。」

丁二娘笑了一聲，點著張木的額頭，拿腔拿調地嘆道：「哎呀，本以為妳是個好的，沒承想這就幫著阿陵搬我老兩口的銀子了啊！」

要是以往，這話實是不好拿來說笑的，不說與養子的媳婦，就是和自家親兒的媳婦，說出來也得尷尬，可是吳陵夫妻倆既捨得這般富貴，這幾兩銀子的揶揄也權當是玩笑了。

張木得了吳陵的準話，心頭放鬆下來，此時被婆婆取笑，也只含笑受著。要是真進了那鐘鼎高門，少不得把她折騰死，她寧願一輩子就窩在鄉間小鎮上，和相公兩人好好努力，以後多多買地，做個閒適的地主婆就好。

「明兒個阿木陪我去鄭家見一見外祖母吧，我上午來接妳，爹和娘就在這城裡逛一逛，有幾處風景聽說還不錯，娘半輩子沒出來看過，爹可得好好地帶娘去轉一轉。」說著，吳陵又轉過來對丁二娘說道：「我聽說城外有一間清涼寺，籤文很是靈驗，娘要不這幾日去給阿竹求支好籤？」

這一句正說在了丁二娘的心坎上，她對出門逛逛這事是有些躊躇的，來這裡是為了幫阿陵，要是出去了，阿陵有事也找不到人搭手，只是若是給小兒求支籤的話……

丁二娘在心裡想了一回，笑道：「那行，我和你爹就出去個半日，也給你們小夫妻倆問問兒女緣。」

張木臉上一紅，嗔道：「娘真是，就愛打趣我。」其實細算一下時間，兩人成親有好些日子了，婆家催促也是應該的。

看媳婦臉上羞怯，吳陵倒是驚訝了一下，在他的印象裡，怎麼像是頭一回見到媳婦害羞似的？心裡竟覺得異常滿足。

到了第二日早上，吳陵來客棧裡接張木。他才剛進門，就見媳婦穿了一身極合身的鏤金百蝶穿花雲錦襖，比新婚當日的顏色還要鮮亮些，不由得有些嘖嘖稱奇，心下決意以後一定要多給媳婦買幾身好看的衣裳。

其實這身衣裳是丁二娘昨兒個傍晚去成衣鋪子裡給張木買的，她先讓張木試了一下，再就著燭光改了下腰身，這樣才會合身好看。

丁家兩老將小夫妻倆送到客棧門口，丁二娘拉著張木的手叮囑道：「阿陵既然沒有留在這裡的心，妳就當去舅家探一回親戚便可。鄭家人要是以禮相待，妳敬重些便是，怎麼說也是阿陵的母家長輩；若是他家瞧不起我們是小戶人家出身的，妳也不必忍著，見了外祖母便回來。」

張木一一應下，心下不由得有些忐忑，既然阿陵帶她去見外祖母，心裡自是對這位老太太有些情分，這老太太也是阿陵心裡唯一承認的親人。沒想到到了婚後，還要上演醜媳婦見

「公婆」的戲碼。

吳陵牽著張木的手，覺得她的手心有些濕，知道她緊張，嘴角不由上揚。媳婦一向臉皮厚，這回還真真做了一回小媳婦的樣子呢！

他寬慰她道：「娘子不用擔心，我和外祖母提過妳，她老人家早就想見妳呢！你們要是不來，我也是要回去接妳過來的。」

張木拽著吳陵的胳膊，咬著唇說：「那你和我說一說外祖母的脾性，我好有個底。」

這卻是難為吳陵了，他在鄭家的這幾日，外祖母對他甚好，他也不知道外祖母的脾性有什麼好捉摸的，畢竟老人家十幾年沒有見到女兒留下的血脈，這次一見面，自是樣樣滿意、件件上心。人雖躺在床上，可吳陵的衣食住行沒有一樣不是老太太再三關照的，底下人見老太太這般上心，也不敢在這關頭偷懶耍奸，否則要是鬧到老太太跟前，惹了她生氣，可沒好果子吃，不說老太太饒不得他們，就是大爺也不會輕饒他們。

所以他在鄭家倒也沒發生什麼糟心事，除了每日也立在外祖母屋裡的表妹。想到這裡，吳陵不由得偷偷瞄了媳婦一眼，不知道媳婦知道了會不會吃醋？

到了鄭家，鄭家門房一見表少爺回來，立即上前問候，開了側門讓他進去，吳陵也不以為意，拉著張木的手就往外祖母的屋裡走。

那邊有眼尖的小廝，見到表少爺牽了一個婦人進來，便悄悄地往二房屋裡跑去。

一路上，張木努力忍著好奇心不東張西望，待吳陵帶她穿過兩道拱花門，迎面便是「榮華園」三個大字，字體遒勁，頗有一種沈靜安穩的韻味。

饒是對字體沒什麼研究的張木，也看得出應該是出自大家手筆。

院外的牆角下窩著一叢叢牽牛花，有杏黃色的、紫粉色的，沿著牆角一點點地往上爬，待過了圓形拱花門，視線開闊許多，清晨的日光輕輕地灑落在秋海棠上。張木從臨窗屋下一棵扶疏的桂花樹縫隙中，看到一個桂子綠的身影，這桂花該是晚桂，上頭還掛著一簇簇花粒，枝椏已經越過了窗戶，該是有些年頭的。

立在門口的小丫鬟大約十三、四歲，梳著雙髻，用兩條粉色的髮帶繫著，著了一身翠綠色的棉裙，笑盈盈地道：「表少爺，今兒個大小姐比你來得還早呢！老太太一早就在盼著您了。」

吳陵點點頭，一踏進院子，張木便瞥見一個身形高䠷的丫鬟轉身進屋通報，不久那丫鬟出來，福了一禮，接著對著張木笑道：「這便是表少夫人了吧？老太太可念叨您好些日子了。」

張木含笑不語，這個倒是比前頭的那個機靈些。

吳陵牽著張木往裡屋走去，邊走邊笑道：「外祖母，我帶媳婦來看您了。」

張木心下微微一頓，看了相公一眼，抿著嘴笑了起來。她竟覺得相公這句話裡帶了些傲嬌的語氣，好像在說「妳看，我說了吧，我都有媳婦了」。

身量高䠷的丫鬟打起簾子，淡淡的檀香味從裡頭飄了出來，陽光從雕花的窗戶灑入，在大理石地上落成細碎的光亮。

只見一個頭上戴著綠色抹額的富態老人倚在榻上，身上半擁著一床牡丹花開的錦被，一雙混濁的眼溫和地看著張木。

老太太的旁邊還立著一個膚色白皙、梳著柳葉髻的少女，雖也是笑著看過來，只是那笑容莫名地讓張木覺得有些寒意。

「阿木，這是外祖母。」吳陵對張木介紹道。

「孫媳拜見外祖母，祝外祖母身體康健。」張木緩緩地半蹲著身子福了一禮。

「欸，好孩子，快過來，見到妳啊，我這身子都鬆快了許多。」鄭老太太傾著身子伸出手，想將張木拉來身邊。

吳陵快步走過去把她按住，笑道：「天氣正涼，您這兩日才好一點，可千萬別再著涼了。」

鄭老太太見外孫對自己這般上心，心裡暖融融的，家裡的兩個孫子和一個孫女平日裡都忙得很，偶爾才會過來請個安，哪裡有空搭理她這個老婆子？

「祖母，這就是表嫂啊？怎地看著比阿陵哥還要大些呢？」一旁的少女俏皮地仰著頭問道。

鄭老太太微微瞇了瞇眼，對張木笑道：「好孩子，我可聽阿陵念叨了妳好些時日了，聽說妳在做糕點上頗有天賦，改日可也得讓我這個老婆子解解饞啊！」

這是直接忽略鄭家小姐了，既然老太太都不給自家孫女臺階下，她自是不用顧慮，接了話頭笑道：「阿陵以往也和我說過家裡有個疼愛他的外祖母，只是不知道原來您竟是在台州呢！我之前聽爹說，還懵了好些日子，這下見了外祖母，不需您老人家開口，我也得拿出壓箱底的本領好好孝敬您啊！」

鄭老太太聽張木說乖外孫兒流落在外那麼多年還記得她這個老婆子，想起阿陵在外受的苦，眼裡不禁噙了淚花。她這輩子生了三個孩子，閨女就一個，還偏偏一早就離開她，連閨女唯一的骨血也生死不明了這許多年。

當年要是她押著老頭子，讓他把阿陵接回來養，也不會讓他們祖孫分隔這麼久，只可惜老頭子到最後都沒有再見到阿陵。

「哎喲，娘，是哪個不長眼的惹了您這般生氣啊？看我不好好收拾她。」

張木見內屋的簾子又被掀了起來，先踏入的是一個穿著粉色比甲的丫鬟，身後則是一位珠翠環繞的婦人。

聽這稱呼，應該是鄭老太太的兒媳了，就不知是大兒媳還是小兒媳？

張木瞥見鄭老太太臉色一僵，心下明瞭老太太怕也是不待見這位的，便眼觀鼻、鼻觀心地作壁上觀。

那邊吳陵也悄悄地對媳婦眨了眨眼，這二舅母忒煩人得很。

「妳別在我這大聲嚷嚷，可別嚇到我外孫媳婦。今兒個我可不稀罕妳過來，妳帶著暖丫頭先回去吧！晚上把老二喊來一起吃團圓飯。」老太太面容平靜地盯著二兒媳紀氏，可是在場的人都聽出了她話中的不耐。

「祖母，我還想多陪您老人家一會兒呢！」鄭慶暖嘟著嘴，一臉委屈地說道。

鄭老太太搖了搖手。「人多我眼花，妳先和妳娘回去吧！」

說完，鄭老太太就往後頭仰了仰身子，張木趕緊把她扶著。

紀氏氣得心裡直哆嗦，見女兒還要再說，忙壓下心頭的恨意，微微在女兒手上使了勁，仰著臉笑道：「我知道今兒個娘稀罕小媳婦，那我就領著暖暖先回去了，晚上再過來和阿陵媳婦好好說說話。」

見老太太又擺了手，紀氏只得牽著女兒出了屋。婆母一向看不慣她，可最多就像菩薩一樣坐在那裡不說話，哪裡像這回竟然趕她回去？

鄭老太太看著孫女一步三回頭，不由得在心裡嘆氣。憑她家在台州的名望，將暖暖嫁到讀書人家是再容易不過的，可是二兒媳卻一心鑽到了錢眼裡，說什麼「讀書還不是為了當官撈錢，還不如直接將暖暖嫁到富貴人家呢」。

這二房母女倆對阿陵的那點心思，她怎會看不出來？之前原本還想著阿陵娶的媳婦是二嫁女，還是一個村婦，以後怎麼擔得起吳家的當家夫人身分？自家的孫女雖說有些嬌蠻，可畢竟是大家養出來的小姐，以後也可為阿陵分擔一些，這才沒敲打二房。

可是今兒個她見這外孫媳婦性格爽朗，言談也不拘謹，又心疼阿陵得緊，大老遠的竟也巴巴地追了過來，就這份心意，她看著便是個好的，何況阿陵又喜歡，她也不願違了這苦命孩子的意。

這邊鄭老太太拉著張木話起了家常，問些吳陵平日裡的生活，張木看出來這老太太對他們夫妻倆有幾分真心，便也挑著好的給老人家逗樂，細到食衣住行，連吳陵和美人鬧彆扭的事也拿出來說，逗得老太太直樂，吳陵卻坐在旁邊覺得臉上熱得很。

另一頭，紀氏和鄭慶暖出了榮華園，鄭慶暖想到那村婦言笑晏晏的樣子，只覺得心口不順。她以為會是個蓬頭垢面、滿臉摺子的婦人，可為何那張氏膚色那般好，竟然和她差不了多少。

「娘，那張氏真討厭，就那土樣，阿陵哥哥竟還娶她。那身衣服都是去年的樣式了，在雲衣坊裡擺了一年多，還好意思穿在身上顯擺，真是沒見過這麼丟人的。」

鄭慶暖正等著娘親附和兩句，誰知半天得不到回應，便不耐煩地伸手拽了娘親的袖子。

「娘，妳聽到我說話了嗎？」

「啊？暖暖說了什麼嗎？娘剛才在想事情。」紀氏回神，見著女兒委屈地癟嘴，心頭一軟。

「娘，妳不是說一定讓阿陵哥哥和離，然後娶我的嗎？妳還說祖母也是默許的，怎麼今兒個祖母待那村婦這般和氣，還把我們趕了出來？」

「暖暖，妳別擔心，娘肯定讓妳阿陵哥哥娶妳，妳可是我鄭家這一代唯一的掌上明珠，自是要嫁到吳家做當家媳婦的。」她的閨女模樣俏、嘴巴甜，哪家的夫人見了不喜歡？都說是咱們台州城最有福氣的小姐，一定能嫁到金山、銀山成堆的吳家。

早在十五年前，她心裡就有了這個打算，奈何那討人厭的小姑竟然這般沒福氣，一早就投胎去了，阿陵還被那楊氏賤人給弄丟了。她正想著要不就把暖暖嫁給吳潭算了，雖是庶子，名聲不好聽，可是吳陵不在，那偌大的家產就是吳潭的，女兒嫁過去照樣可以一擲千金，加上上頭又沒有正經的婆婆管著，日子過得肯定比小姑當年還要風光。

可她還沒和楊氏露口風，大伯竟然把阿陵領了回來。

阿陵可是吳家嫡子，他一回來，還有吳潭什麼事啊！她少不得趁著吳陵住在鄭家時讓他和暖暖好好培養感情，至於阿陵在鄉下娶的那村婦，幾兩銀子就能打發了。

紀氏心裡有些存疑，她明明是和婆母露了口風的，婆母分明也是默許的，不然她今兒個也不敢這般下張氏的面子，原以為婆母會睜隻眼、閉隻眼，沒想到這老虔婆竟然反過來幫著那小賤人。

「暖暖，妳等著，娘一定讓阿陵用八抬大轎把妳娶回吳家。」她的女兒一定是這台州城最風光的少夫人。

至於張氏那個小賤人，就是給她女兒當墊腳石的分。

第二十七章

鄭老太太準備了豐厚的見面禮給張木，一套一色宮妝千葉攢金牡丹首飾、一支金絲香木嵌蟬玉珠簪、一對金鑲紅寶石雙龍戲珠手鐲，還有一套十二式赤金寶釵花細。丫鬟一一打開的時候，直閃得人眼睛疼。

張木震撼地張大了嘴。真的好美，她只在宮鬥劇裡見過這些。

鄭老太太看著外孫媳婦驚訝得張大了嘴，心裡頗得意，笑道：「這些可都是我的壓箱寶，就是存著以後給孫媳婦的。阿陵說他娶了妻，我就讓人拿去銀樓裡又鍍了色，妳看看可還喜歡？」

吳陵原本要推辭，可是看著老太太眼裡的喜悅，話到嘴邊又嚥了下去，見自家媳婦為難的模樣，反而還開口勸道：「外祖母給的，娘子也不必見外，收著便是。」

「哎，還是阿陵懂事。木丫頭，這是外祖母給妳的，妳若不收，我可是要傷心的。」鄭老太太見自家外孫這般向著自己，笑得越發見牙不見眼，覺得心口滿滿的。

她看著外孫媳婦眼裡的驚豔，也知道那是女子愛美的天性，並不是貪婪的神色。一個年輕的女子，這般看著才鮮活一點，要是凡事都端著，也太像菩薩了；況且阿陵幼時孤苦，就需要一個知情識趣又會疼人的媳婦兒。

張木見這對祖孫都這般堅持，只好小心翼翼地接了過來。就這一支金絲香木嵌蟬玉珠簪的工藝，也不比現代的珠寶做工差到哪裡去。

當晚，團圓飯就擺在榮華園的廳裡，鄭老太太坐在上首，左邊是鄭家大老爺和二老爺，兒媳謝氏和紀氏都立在鄭老太太身後伺候著。

吳陵和張木坐在她右邊下首，然後依次是鄭家的長孫鄭慶衍、次孫鄭慶陶、長孫女鄭慶暖和鄭家長孫媳婦莫氏。鄭慶衍今年已二十有二，三年前娶了本地另一戶地主莫家的姑娘，莫氏進門三年便抱了倆，剛好一男一女，大的已經斷了奶，此時正被莫氏抱在懷裡，一雙大眼睛好奇地看著張木。

鄭老太太管了鄭老太爺一輩子，到了自家兒孫這裡，也不許他們納妾，至於通房，老太太便睜隻眼、閉隻眼，裝作沒看見，只要那些狐媚子沒懷上鄭家的子嗣就行。

所以鄭家沒有庶子、庶女，倒也省去了許多紛爭。

鄭老太太見人都到齊了，便吩咐身後的大兒媳。「上菜吧！」

謝氏微一頷首，去了屋外喚丫鬟去廚房。

不到一刻鐘，張木見一群僕婦端著餐盤魚貫而入，涼菜有四道：蜜汁辣黃瓜、桂花大頭菜、醬桃仁和醬小椒；熱菜十道：原殼鮮鮑魚、燒鷓鴣、雞絲豆苗、猴頭蘑扒魚翅、滑溜鴨脯、素炒鱔絲、腰果鹿丁、扒魚肚卷、番茄馬蹄和油燜草菇；湯品兩道：罐燜魚唇和罐煨山雞絲燕窩。

這時張木不由得慶幸自己是穿越過來的，這些菜色在應酬時都吃過，不然這時候她真是連筷子都不敢拿了。

鄭老太太餘光瞥見外孫媳婦面上並無波瀾，不由得在心裡點點頭，也算是山野鄉村裡一朵難得的好花了，要是換成隨便一個鄉下姑娘，此時不免要侷促不安或是目瞪口呆。

見兩個兒子都在暗暗觀察著外孫媳婦，知道都是想看看這姑娘的品行，鄭老太太在心裡直搖頭，開口道：「沒想到阿陵流落在外這麼多年，還能娶一門媳婦回來。芯兒走得早，就留下這麼一滴骨血，以後你們可得好好照應一下這小夫妻倆。」

「娘，您放心吧，阿陵是我的親外甥，我一定不會不管他的。」大老爺鄭恒元聽娘提起妹妹，也有些心疼，這些年他沒有一日放棄尋找妹妹的孩子，皇天不負苦心人，他終於找到了阿陵，可這外甥媳婦……

鄭大老爺看到老娘微微警告的眼神，心下便明白娘是認準這外甥媳婦了。

二老爺鄭恒生也在一邊應和道：「阿陵身上有一半是我們鄭家的骨血，我們自是不會看他被別人欺負的，那吳家的混帳——」

「老二。」

鄭二老爺正準備義憤填膺地罵吳家不仁不義，卻被老娘的喝斥聲打斷，只得縮了縮脖子，不再開腔。

紀氏見婆母連相公的臉面都不給，竟然在小輩面前打斷相公的話，心頭有些不悅，縮在衣袖裡的手憤恨地扭起了帕子。

這老太婆今日打了他們二房兩次臉了，等暖暖嫁到吳家，看誰還敢小瞧他們二房。

鄭慶衍微微挪了挪身子，輕咳一聲，莫氏立即會意，把懷裡的兒子換了個方向。小胖墩見到桌上的肉，立即揮舞著小胳膊，口齒不清地說：「肉肉、肉肉。」

莫氏有些難為情地拍了拍兒子揮舞的小手，含笑說道：「祖母，您看看這小胖墩，見到肉就忍不住了。」

「哈哈，小孩都饞嘴呢！衍哥兒小時候可比杞哥兒要饞得多，那時候一桌子吃飯，他就往桌上爬，你們祖父拽著他的腳丫子，不讓他動，急得衍哥兒直哭鼻子。」老人家就喜歡軟乎乎、白胖胖的小娃兒，一說起來就停不下。

鄭慶衍乘機打趣道：「祖母，這都多少年了，我可是連兒子都有了，您還翻這事出來說呢！」

「好好好，給你留點臉面，祖母不說還不行嗎？」鄭老太太想起往事，心情也愉悅許多，便對身後的兒媳說道：「行了，妳們也去坐著吧！不然媛媛都坐不安穩了。」

媛媛是莫氏的閨名，雖然都說婆婆挑兒媳，不過可能是隔了一代的關係，鄭老太太對孫媳倒是心疼得緊。

謝氏聽婆婆這麼說，笑道：「一年也沒伺候娘幾回，好不容易有這機會，您還不讓我好好盡盡孝心啊！」

「妳也是當婆婆的人了，也該享享福氣了。」鄭老太太笑著擺手道。

聞言，紀氏眉毛一挑。大嫂該享福了，難不成她還得繼續當丫鬟不成？要不是老太太給阿陶訂了何家的姑娘，阿陶又怎會到現在都還沒成婚？當下笑道：「阿陵和阿陶一般大呢！阿陵都成了婚，阿陶還得等何家姑娘除了孝，到時阿陶都二十了。」

鄭慶陶見祖母面色不豫，早在自家爹亂說話的時候，他就提著心了，此時不禁皺著眉道：「娘，孩兒都不急，您也別操心了，也就一年的時間而已。」有個不著調的爹娘真的很累，平日就算了，今日阿陵帶著媳婦回來，怎麼說也不能在這時候出狀況啊！

紀氏瞪了陶哥兒一眼，在大嫂的下首坐下。因為二房夫妻倆頻頻亂開口，一頓飯吃得並不如鄭老太太預想的歡快，好在大房母子倆識大體，還能勉強湊合。

晚上，吳陵和張木就歇在了鄭家，住的是吳陵生母以前住的房子。張木環視屋內，琴案、書硯一樣不少，不禁思忖她婆婆以前應該也是個才女，不禁為那未謀面的女子惋惜，再有才華，也被一方高牆關在宅門裡了。

鄭老太太撥了她身邊的一個丫鬟過來伺候，待洗漱好，張木便讓伺候的丫鬟下去了，說實在的，她還真不習慣有人在她旁邊杵著。

「相公，我們什麼時候回去啊？」她問吳陵。

「再待個兩日吧，我看外祖母的身子也漸漸好了，我們還是趁早回家把房子建起來。」這裡再好，也不是自己的家，況且除了外祖母，其他的人未必是真心待他的；畢竟他離家的時候年紀小，衍表哥長他三歲，還記得他，同齡的陶哥兒卻是一點都不記得了。

「相公，我怎麼感覺這一家子，包括外祖母，都想讓你回去呢？」他們想走可能沒有那麼容易。

「沒事，我有法子，我上了丁家的族譜，無論是吳家還是鄭家，只要我不點頭，他們誰也拿我沒法子。娘子別想那麼多，今晚好好睡一覺，明兒個我帶妳出去逛逛。」他見媳婦雖還有些疑惑，卻還是點了頭，心裡一暖。無論什麼時候，他還有一個信任他的媳婦不是嗎？

「對了，美人呢？」吳陵這時才想起來沒見到美人。

「我把牠留在鋪子裡了，和伯父打了聲招呼，讓他餵點吃的給美人。」張木原本想帶著美人，可連她自己都不認識路，要是美人在半路上跑丟，就麻煩了。

沒見到美人，吳陵心裡有點惆悵，以往在家裡常嫌棄這隻懶貓，沒想到許久不見，倒也想念得慌。

不過想念的不只有貓，還有人。他看了眼坐在梳妝檯前卸釵環的媳婦，眼神暗了暗，不動聲色地走到媳婦後面，把她抱了起來。

張木嚇了一跳，看著相公晦暗不明的眼神，忽然明白這是小餓狼附身了。

她騰出一隻手，掐了掐吳陵的腰，有些不滿地道：「相公，你怎麼長膘了呢，你不知道我喜歡排骨，不喜歡小肥肉嗎？」

吳陵臉騰地一下子紅了，這幾日吃得好，他確實比往日多吃了半碗飯。看著媳婦嫌棄的眼神，有些洩氣地說：「娘子，我以後會注意的，不會貪嘴了。」

「噗哧——」張木一下子沒忍住，被吳陵那可憐的小模樣逗笑了。「相公，我、我逗你的，你還當真了啊！哈哈，真、真是笑死我了。」

張木笑得在床上翻滾，這些日子沒見，為什麼覺得相公更可愛了呢？

吳陵眼睛一亮，對著毫無形象的小羊伸出了狼爪……

隔天天一亮，吳陵就帶著張木去鄭老太太那兒請安。

「外祖母，今兒個我想帶阿木去街上逛一逛，您有沒有什麼想吃的，我給您帶回來？」

鄭老太太這幾日氣色漸好，說話也有了些中氣，一聽外孫這樣說，忙擺手笑道：「你們小倆口去玩就好，我要什麼吩咐下人去買就行了。」

說著回頭看了身邊的大丫鬟綠雲一眼，綠雲就是昨日給張木打簾子的那個高眺丫鬟。

綠雲會意，連忙去後間取了一個鼓鼓囊囊的牡丹花樣荷包出來，交到鄭老太太手上。

鄭老太太對張木招手，說道：「好孫媳，來。」

張木看了吳陵一眼，見他沒反應，只得往前跨了兩步，走到老太太跟前。

「來，這是我這些年給阿陵存的壓歲錢，現在剛好一次給你們。哎喲，我這心裡啊，可舒坦多了。」鄭老太太把荷包往張木手裡一塞，揉著胸口笑道。

「這……外祖母，我和阿陵手頭上也有銀子，我們以前都沒孝敬您，怎麼還能要您的東西呢！」張木捧著荷包，有些進退兩難。

「傻孩子，這富貴人家哪一個不是讓子孫繼承家業的？再說，我都多久沒給阿陵壓歲錢了，每一年我都好好存著，就等著阿陵回來呢！好了，你們倆就別再多說了。」

「娘子，就聽外祖母的吧，這也是她老人家待我們的一片心意。」吳陵確實記得以往每次來鄭家，他都會抱著許多東西回去，所以小時候他常常盼著來鄭家。

他突然想起那個溫柔的女子，那一雙牽著他走進外祖母屋裡的手是多麼溫暖，那是他在吳家最柔軟的一點記憶。「外祖母，我小時候就常常數著日子，想著還有幾天才能來您這兒要東西呢！況且娘也喜歡回來，我記得她還和我說過最喜歡您房裡的這一把琴。」

鄭老太太想起唯一的閨女，眼裡又噙了淚花。「那個傻孩子，我說給她帶回去，她卻說不要……」

「外祖母，您可能不知道，娘不是不想要，而是她要是帶回去了，就不是她的了；若放在您這兒，她還能常來看看。」

從他有記憶開始，便常見到那個女人過來拿娘的東西，娘的妝奩到後來都是空的；好在娘在枕頭裡藏了一支烏木簪子，每次快到鄭家家門的時候，娘才小心翼翼地插在如雲一樣的墨色髮髻上。

只是後來，那個女人連他們母子倆的吃食也剋扣起來，連僕婦的都不如。他有一次餓得直哭，娘一邊流淚，一邊把他摟在懷裡哄——

「陵兒，是娘對不住你。」

那次是他第一次看見娘哭，可他從來沒有怪過娘，娘待他那般溫柔慈愛，一口吃食都緊著他的，他不知道娘為什麼要道歉？

他忍不住問道：「娘，外祖母家有好多吃的，我們為什麼不住外祖母家呢？」

不只外祖母家，弟弟也有很多吃的啊，只是每次他一提起弟弟，娘的臉色就會變得煞白，他也就不敢再提了。

「阿陵，你姓吳啊！要是娘離開了吳家，那你怎麼辦呢？你走不掉啊……」

直到長大後他才知道，娘是為了他才沒有和離的，也不敢和舅家說，不然舅家一定會強迫娘和離。

他的娘親只是為了守護他，才甘願留在那個狼窩裡。

「相公，你怎麼了？」張木見吳陵頭上隱隱冒著汗，有些疑惑地問道。現在已經十一月了，相公怎麼還熱成這樣？

「沒事，因為今天要出門，就多穿了一件，待在屋裡覺得有點熱了。」吳陵壓下心頭的恨意，對著張木緩緩笑道。

「行了、行了，你們倆趕緊出門去吧，晚上宵禁之前可得回來啊！」鄭老太太勉強撐著心神說道。

吳陵和張木應下，帶著老太太給的荷包出門了。

見阿陵和媳婦走了，鄭老太太微微招手，讓綠雲過來給她揉胸口。

每次一想起閨女啊，她這心口都得犯心絞痛。她百般嬌寵長大的姑娘，說話輕聲細語，笑得溫溫柔柔的，舉止間可見大家的儀態，是最俊秀聰敏的大家小姐；在閨中的時候，家裡的門檻都要被媒人踏破了，卻在吳家受了那麼多苦楚，讓她怎能不痛心？

只是那丫頭一句也不在自己跟前說，每一次回來，都是一臉幸福愉悅的模樣。

鄭老太太不由得對著那把琴發起呆來。這是白牙子製的十把名琴中的素琴，當年老頭子四處尋覓名琴給閨女陪嫁，卻遲遲找不到，到了閨女出嫁的第二年，才在京城以高價從一位落魄的官家後代手裡購得這把素琴，誰知那丫頭卻說她就喜歡在娘房裡彈琴，搬去吳家可真真暴殄天物了。

那時候閨女說得極認真，她還以為是在逗他們老倆口開心呢！

綠雲見著老太太看著那把素琴，眼神又陰狠起來，不禁打了個寒顫。這些年老太太常會對著那把素琴發愣，想起老郎中說老太太的病是長久鬱結於心，心裡竟有點懂了。

第二十八章

吳陵和張木先去客棧找丁二爺和丁二娘。

昨日丁二爺和丁二娘去了清涼寺，給吳陵和阿竹一人求了一支籤，今天怕吳陵有事過來找他們，便沒敢出門。

見小夫妻倆過來，丁二娘笑道：「還好我倆今日沒出門，不然你們可得撲空了。」

「娘，我們今天一起去街市上逛一逛，阿陵說我們明日就要回去了。」張木在鄭家住了一晚，覺得處處不自在，現在再見到公公和婆婆，頗有在異鄉見故人的感觸。

丁二爺看了吳陵一眼，吳陵點點頭。

「那好，我出一趟門就惦記著家裡，明明一大家子都在這裡，我這心裡還是放不下，連美人我都得在心頭想個幾遍。」丁二娘聽說明天就要回去，心頭也鬆了口氣，這裡再好，終究也不是久待之地，還是早一點回去比較心安。

台州城分為東城和西城，東城商鋪多，每月逢九還有集市，西城夜市比較熱鬧，那邊多是一般市井人家住的地方，手工藝人和小攤販較多。張木和丁二娘走在前頭，吳陵和丁二爺跟在後頭，一行四人很快便到了東大街上。

張木走在街上，只覺得眼睛看不夠似的，不說商鋪裡的東西新奇小巧，就是鋪面也裝潢得一家比一家雅致。她印象裡最美的就是徽州的粉牆黛瓦，像一幅幅水墨畫似的，可是這裡的房子鋪排得金碧輝煌，她看見好幾家門楣上雕的送財童子、喜鵲登梅、五福盈門都撒著金粉，在陽光的照耀下熠熠生輝，許多窗櫺上還雕著細緻的纏枝圖案，將一叢牡丹、一對金魚襯得更顯婉轉生動。

這時吳陵看見一家成衣鋪子，便要拉著丁二娘和張木進去，丁二娘瞥了眼裡面的衣裳，連連擺手說道：「我們就在小鎮上住著，穿兩件棉衣裳就好得很了，這麼費錢的料子買回去也是浪費。」

不說繡工，那料子不是雲錦便是羅綢，還有那許多絲織品，她更是見都沒見過。

可吳陵卻執意要帶她們娘兒倆進去，丁二爺在一旁含笑不語。街上人多，丁二娘也不好一直拉扯，只得跟著吳陵進去。

雖然張木也捨不得買這麼貴的衣裳，不過她倒是很想進去見識一下，也不怕掌櫃的不給她好臉色，以前讀書的時候，兜裡沒錢，穿得也寒磣，卻喜歡往服飾店裡逛，越高檔的她越感興趣，可沒少受店員的白眼，早早練就一張厚臉皮了。

誰知這一回卻沒有她以為的白眼，掌櫃的非常熱情，拿出一件件成裳出來供她們挑選，張木瞅了吳陵身上的墨色錦緞長袍一眼，不禁在心裡笑，也算是沾了一回富二代的光了。

張木看中一件玉色繡折枝堆花羅裙和一件蓮青色夾金線繡百子榴花綃裙，她覺得兩件都好看，不知道挑哪件好，正躊躇之際，見婆婆挑好了一件藤青曳羅靡子錦衣，便問：「娘，您說哪件好看一些？」

「折枝堆花的這件雅致，百子榴花的寓意好，一時還真說不上哪件更好看呢……」丁二娘伸手摸了摸料子，心裡估算著這兩件怕是都不便宜，不然就勸阿木兩件都拿了。

「這位小娘子真是好眼力，這兩件各有十二套，賣得好得很，就剩這兩件了，小娘子要是真心喜歡，不如就一併拿了吧，我便宜妳一成銀錢。」掌櫃的笑咪咪地說道。

「行，掌櫃，這兩件都一併包了吧，娘也再挑一件。」張木還未開口，吳陵便插口道。

那邊掌櫃的立即召小夥計過來包衣裳，他逕自又挑了幾件裙裳給丁二娘選。

張木看著吳陵，覺得滿頭黑線，為什麼她沒發現相公竟這般有富二代的氣勢？這兩件衣裳加起來估算要五兩銀子，她得早起做四天糕點才能掙得回來……可她又不好在外面拂了相公的顏面，只得忍痛認下。

「阿木，妳幫娘看看，這件青緞掐花紗袍可好看？」丁二娘被掌櫃拿出的一件件雅致耀眼的衣裳閃花了眼，不自覺開啟了女人愛美的天性，拉著張木挑起衣服來。

「哎喲，這位太太，這可是我們新出的款式，也就趕製了這一件呢！您穿出去絕對是獨一無二的。」掌櫃的見丁二娘心動，立刻上前口若懸河地推銷起來。

「掌櫃的，這件衣裳給我包了。」

一道陌生的聲音傳來，店內眾人都不禁抬頭看過去。

只見一個婦人俏生生地站在門口，逆著光，看不清面容，後頭還跟著兩個僕婦。

「賤人。」

一道喝斥聲突兀地在安靜的鋪子裡響起，像是平地裡扔了一顆驚雷。

張木吃驚地轉過頭看著吳陵——相公罵人了?!

原來來人是楊氏，也是吳陵名義上的繼母。過兩日莫家太太請客，楊氏一早便出門來尋一身亮眼的衣裳，在門外聽見掌櫃說了一句「獨一無二」，心下一動，朝裡頭望去，見衣裳擺在案上，隱隱瞧見是一件青緞，再瞥了眼案邊的婦人，穿著一身紫色堆花的棉裙，墨色的髮髻上只簪了一支玉葉金蟬簪，便起了鄙夷之心——「哼，也不知道是從哪個疙瘩地裡過來的。」

這台州城除了幾戶當家婦人和官眷以外，還真沒有她楊杏需要顧忌的。

可當楊杏嫋嫋娜娜地往店裡邁了兩步，卻被這中氣十足的喝罵聲震住了，心下一哆嗦，難道是遇見官眷了？

她咬著唇，小心翼翼地往那紫衣婦人旁邊的小郎君臉上瞧了兩眼，頃刻，一股寒意便蔓延至四肢百骸——

那冷漠、憤恨的眼神，她分明是見過的，至今記憶猶新，常常在午夜夢迴間，夢到那個小小的孩子就這般盯著她看。

張木見門邊的貴婦瞳孔猛地一縮，像是受到了驚嚇，心下便有了猜測，阿陵離開這裡的時候還小，他能記恨的人，怕也只有吳家的那一個了。

吳陵在見到楊氏的瞬間，腦子「轟隆」一聲，過去的畫面在腦海中一一翻過——娘親臨走時看著他合不上的眼、那個男人無聲的沈默，還有這個娼婦一臉的歡喜。此時見她滿面驕矜的模樣，心頭更是恨得如火燒。

就在張木愣神間，吳陵已經抄起了案上放的量衣尺，這尺不同於一般家用的尺，足足有三尺長，上頭雕了精美的花紋不說，木料也非常厚實，可能是身為工匠的原因，吳陵對一切木材都會多看兩眼，剛才一進來，他便注意到這支量衣尺了。

楊氏見到吳陵氣勢洶洶地衝過來，急急地往後退，可是後面跟著的兩個僕婦根本沒料到會有這齣，見有個小郎君發瘋般地衝過來，腦子都愣了一下，僵在原地，被楊氏一撞，這才反應過來。

其中一個年紀大些的僕婦嘴唇哆嗦了起來，可是一想到自家一家都在吳府當差，還是硬著頭皮擋在了楊氏面前，厲聲喝道：「哪裡來的土匪，這可是吳家的夫人。」

楊氏被這一聲厲喝喚過神來，轉身便對外面看熱鬧的人群說：「家門不幸，我吳家竟然出了要杖打母親的孽子。」說著便倚在另一個僕婦身上，用衣袖掩面哭泣起來。

「哎，我說吳家小郎君，這好歹也是你母親不是，你再有怨，也不能六親不認啊！」人群裡有一漢子打抱不平道。

「是啊，哪有這般欺凌長輩的。」另一頭也有婦人應和道。

這下子，圍觀的人群嘰嘰喳喳地吵鬧起來，你一言、我一語地說著「世風日下，兒子竟要棒打母親」。

「走，我們去報官，太罔顧人倫了。」

「這樣的人合該要送到官府，讓州府大人好好治他一個大逆不道。」

吳陵氣得面色通紅，心裡更是恨得滴血，一句也不想跟這些不相干的人說，只想教訓一下楊氏，無奈早有看不過去的大漢攔住了他。

楊氏聽見指責聲，不覺勾了勾唇角，可心下卻疑惑，為什麼這小狼崽會穿得這般富貴？她當初不是吩咐要把他賣到戲班子裡嗎？她就要讓鄭恒芯的兒子給人當玩意兒欺辱。從第一天見面起，她就立誓要讓那個高傲得不可一世的女人跪在她腳下，既然她死了，便輪到她的兒子。

張木看了看周遭，取了一把常用的尺，塞到衣袖裡。那邊丁二娘瞥見張木的動作，不動聲色跟在了她後面。

丁二爺見苗頭不對，立刻走到人群裡，拱手道：「諸位，這是我家養子，自幼被庶母所賣，流落至我家。這婦人逼死了他親生母親不說，對一個六歲的孩子也下這般狠手，我這兒子也是突然遇著這婦人，一時怒氣攻心，失去理智，望大夥見諒。」

「妳這個娼婦，竟敢有臉說妳是相公的母親？妳連良家子都不是，還妄想做人母親！」張木不知什麼時候已經越過了那僕婦，衝到了楊氏面前。

楊氏嚇得猛一抬頭，神情驚恐，忙抱著頭蹲在地上，直感到一陣疾風驟雨的尺子落在她身上。

張木怒道：「相公，別污了你的手，打女人的事還是交給我吧！」

兩個僕婦見是一個婦人，便大著膽子和張木扭打起來。

張木只覺得頭皮一疼，眼睛直冒金星，而丁二娘見兩個僕婦來勢迅猛，顧不得許多，也一塊兒扭打起來。

「阿木、娘。」吳陵猛地一腳踩在還強攔著他的大漢腳背上，越過去踹倒了兩個僕婦。

丁二爺也趕過來扶起丁二娘，吳陵見媳婦髮髻被扯散，頭上的釵環都落在地上，心疼地紅了眼。「阿木妳怎麼樣了？」

「我、我沒事，就是頭髮散了。」見吳陵眼裡泛著淚水，張木扯著嘴角笑道：「我厲害吧！」

吳陵只緊緊地抱住她，什麼也沒說。

由於東大街是台州城最繁華的商業聚集地，每日都有衙役巡邏，衙役遠遠地看到這邊聚集了一群人，便往這邊走來，吆喝道：「讓一讓、讓一讓，官府辦案。」

人群自動地讓開了道，有些人怕惹上是非，也不看熱鬧了，急急地散去。

楊氏見衙役來了，不動聲色地將手上的兩枚金戒指拔下，塞到衙役手裡，哭訴道：「大爺，我是東城吳家的婦人，今日本是出來買衣裳的，哪知道這四個人無緣無故地便毆打我。還望幾位官爺速速把他們押解回去拷問，還民婦一個公道。」

楊氏說得聲淚俱下，心裡卻樂得很，憑吳家的聲望，這兩個衙役就算不看在銀子的面上，也得把吳陵押去牢裡走一回。而吳陵既然還記得過往，卻沒有找回吳家來，怕是恨毒了夫君，自是不會承認他是吳家的嫡子；即使他承認了，一個毆打庶母的罪名壓下來，吳家人也是不會讓他繼承家產的。

兩個衙役看了手裡的金戒指一眼，不動聲色地看向楊氏——

東城吳家，不就是皇商吳家嗎？呵，這回可沾上大財主了。

不過衙役也沒有直接押解吳陵，而是走到他面前問道：「戶籍在哪？為何鬧事？」

楊氏見這兩個衙役拿了銀子還不辦事，不由暗恨，真是一群吸血的蝗蟲。

吳陵此時已緩了情緒，平靜地答道：「東城吳家，這個婦人是我的庶母，她偷盜了主母的財物出來，被我發現，便不顧臉面鬧將起來，企圖蒙混過關。」

就在剛才那一瞬間，吳陵忽地發覺，今日和楊氏鬧成這樣，再想過安穩的日子是不可能的了。他看了眼有些愣怔地看著自己的媳婦，心裡閃過一絲愧疚。

兩個衙役對望了一眼，說道：「既然都是吳老爺家的親眷，便一起去吳老爺家對質一下，若真有侍妾盜取主家財物一事，我們還得按律法辦事。」

另一頭的水陽村，張老娘正在廚房切著白菜，猛地手指一疼，竟然切到手指上了。

桃子連忙從灶下起身。「娘，我去給您拿紗布包紮一下。」

張老娘擺擺手。「沒事，就一個小口子，我剛才想著阿木，晃了下神，我用草木灰捂一捂就好。」閨女都離開三天了，也不知道找到女婿沒有？

「娘，丁二爺夫妻倆陪著阿木一起去的，您就放寬心吧！都入冬了，您這手不注意一點，再遇著冷水，就要生凍瘡了，我還是拿紗布過來吧！」

這時一道貓叫聲傳來——

「喵喵。」

聽見聲音，在西邊屋裡練字的小水「颼」地一下子跑了出來。「美人，是美人來了。」

桃子聽到兒子的聲音，喊道：「小水，你慢點兒。」說著轉過來對張老娘說：「怎麼可能是美人？美人怎麼會跑到村裡來呢？這可要不少路程呢！外頭也不知道是哪家的貓……」

「別說小水，就是我聽著也像是阿木的那隻貓。」張老娘看著小孫子跑得飛快，笑道。

小水踮著腳拉開院門上的門閂，往下一望，一隻土黃色的貓就窩在門檻外。

「嘿嘿，我就說是美人。」

「喵、喵。」美人抬起兩隻爪子往小水腿上爬。

小水彎下身把牠抱在懷裡，蹬蹬蹬地跑到廚房。「奶奶，妳看，美人來了。」

張老娘看著美人沾了灰、有些骯髒的肚子，又看了眼汩汩冒著血珠的手指，忽覺心口鼓跳如擂。

她怎麼感覺阿木要出事了呢？

第二十九章

「老爺，外面有衙役帶著楊夫人和一群人過來，說是要來調查侍妾偷盜案。」管家吳伯在書房外稟報。老爺並不好風雅，這些日子卻常常一個人待在書房，也不知道是怎麼了。

「什麼?!」門嘩地一聲打開，吳遠生瞪著吳伯。「什麼偷盜？」

「小的也不清楚，您要不去前廳看看？」吳伯試探著問道。

吳遠生強壓下內心激動，抬腳往前廳去。這些年家裡沒有主母，雖然楊杏是瘦馬出身，不可能扶正，但如今台州城裡誰不喚她一聲楊夫人？誰敢說她是侍妾？還偷盜？

吳遠生心頭狂跳，這些日子他早聽聞吳陵在鄭家，難道是那小子？

丁二爺一行人端端正正地坐在吳家待客的前廳，早有丫鬟端了茶水過來，丁二娘也幫張木散亂的髮簡單地綰了個髻，一行四人顯得輕鬆自如。

可坐在對面的楊氏此刻卻恨不得殺了這兩個衙役，他們竟然將吳陵帶了回來，要是老爺見到了——

外面的腳步聲越來越近，楊氏一口氣提在了嗓子眼。

吳遠生站在門外，一眼掃到一個年輕的小郎君，那眉眼竟和元妻像了九成，心下不覺悽悽。「陵兒，是你嗎？」

兩個衙役看見吳老爺激動的神情，明白這真是吳家歸來的嫡子了。想起頭兒說過近些日子要多注意一下吳家，兩個衙役便都不願走了，打探事情哪有光明正大地聽來得自在呢？

其中一個個子較高的衙役開口道：「吳老爺，我和兄弟今日在東大街上巡視，遇到貴府侍妾和嫡子發生糾紛，上前詢問，聽您家嫡子說貴府有侍妾偷盜主母財物，便來調查，多有得罪之處，還望吳老爺見諒。」該有的禮數還是得做足，這吳家背後的靠山可是禮部尚書呢！

吳遠生聽到「侍妾偷盜主母財物」，不禁眼皮一跳，見衙役拱手行禮，便也客氣道：「兩位官爺見外了，還煩勞兩位官爺稍坐片刻，待我問清狀況再來回稟。」

「吳老爺客氣了，您請便。」

「不必了，我沒有什麼可以和你說的，楊氏偷盜了我母親的嫁妝是最清楚不過的事，我外祖家有嫁妝單子，對照一下即可。」吳陵看到吳遠生，心頭一陣紛亂，在他的記憶裡，對這父親的印象很模糊，可能是父親不常來娘的院子，連他也見得少了。

「陵兒，這是家事，怎好鬧到官衙裡去？」鄭氏的嫁妝，吳遠生在楊氏那裡見過幾次，心裡便有了數。

說起來，當初吳陵失蹤，楊氏說是被人綁走的。

吳遠生剛開始也是信的，只是楊氏不是一個藏得住心思的人，鄭氏的那些首飾又實在太精緻華麗，吳遠生陸續在楊氏房裡看到鄭氏的物件，心裡不由得也存了疑。但是這個女子畢竟是他真心喜歡的，還給他生育了一雙兒女，便也睜隻眼、閉隻眼了。

「吳老爺，你讓一個娼婦將我娘逼死不說，還縱容她將吳家嫡子發賣，我倒想知道這是哪門子的家事？」

吳陵眉眼不動，緩緩說道。要說這些年他對生母有多眷戀、愧疚，便對生父有多憎恨、厭惡。

吳遠生聽見兒子喊他「吳老爺」，心口一抽，他的兒子竟這般恨他嗎？

「陵兒，你怎能這般傷老父的心，你失蹤的這些年，我一直派人四處尋找，好不容易你回來了，一家團圓不好嗎？」吳遠生佯裝悽悽地說道，十足像個中年喪子的父親。

吳陵並不接話，轉身朝兩位衙役拱手道：「兩位官爺，我乃曾經的吳家嫡子，幼時目睹吳家老爺寵妾滅妻，縱容侍妾殘害嫡子，今日先請兩位官爺做個見證，改日我再將狀紙遞到州府大人的案上。」

今日吳遠生承認他吳家嫡子的身分，他日就不能再改口告他身分不明。

丁二爺見吳遠生的瞳孔裡滲出一絲寒意，心頭不禁一哂。剛才看吳遠生這般悲苦，做父親見到失蹤已久親子的傷痛，還以為他對阿陵真有些父子之情，看得他都有點不忍心。呵，真不愧是皇商之家，別的他不清楚，至少這奸詐的商人本色，吳遠生掌握得可謂爐火純青。

兩位衙役見吳陵這般不給親爹面子，知道這吳家的大戲是要拉開帷幕了，豈不正合了頭兒的意？當下也客氣地說道：「我們兄弟兩人一向秉公辦案，自是會如實向大人稟報，小兄弟不必擔憂。」

這話一出口，便是要得罪吳家了，兩人見今日也沒個了斷，心急著要回去稟報上頭，當下便對吳遠生道：「我兄弟兩人今日還有公務在身，便不多留了，改日再來府上叨擾。」

吳遠生一口氣差點沒緩過來，這兩個小雜碎，還真當自己是個人物了，什麼叫做再來叨擾？難道真要辦這案子不成？

吳遠生暗暗吸了口氣，咧著嘴笑道：「兩位官爺客氣了，慢走。」說著看了吳伯一眼。

吳伯會意，立刻將兩位衙役送到門口，還從袖袋裡掏出了兩錠銀子。

兩位衙役也沒客氣，嘴上道：「客氣、客氣。」將銀子塞到袖袋裡了。

丁二爺怕吳陵一時心軟著了道，便也起身告辭。「今日犬子無狀，對貴府多有叨擾，還望吳老爺見諒，改日州府衙門裡再見。」

吳遠生不理會，只紅著眼眶說道：「陵兒，過往多有誤會，你娘去世，為父也很悲痛，這才一時疏忽讓你遭了賊手，以致你流落在外這許多年，受了不少苦，現在你回來了，我們一家團團圓圓的不好嗎？」

見吳陵冷著臉不吱聲，又開口道：「阿陵，子告父可是要挨三十大板的，你身子這般瘦弱，禁不起那棍棒加身啊！為父盼了這許多年才又見著了你，你就體諒一下我做父親的心情，莫要這般折騰自己的身子骨兒啊！」

張木一驚，古代子告父是要挨板子的？

丁二爺看著吳遠生，拱手道了句「告辭」，便拉著丁二娘往門口走去，再待下去，他隔夜的飯食都得嘔出來了。

後頭吳陵也拉著張木跟上。

楊氏見吳陵沒有留下來，心頭一鬆，整個人癱在椅子上。

吳陵要是回來，不說家產，阿潭和芷沅也不能再占著嫡子、嫡女的身分了；之前因為沒有嫡子在這，吳家就只有他們兩人，也就沒有什麼嫡庶之分。

楊氏心頭一狠，無論如何也不能讓吳陵再在台州城待下去。

此時吳家院裡東邊的一棵桂花樹下，立著一個婀娜的姑娘，姑娘盯著往門口走去的眾多身影，抬起像青蔥一樣的手指頭，折了一根枝椏下來。

後頭站著的丫鬟身子一縮，還是壯著膽子往前邁了一步，低頭小聲道：「小姐，仔細手別傷了……」

上次小姐給鄭家小姐氣得扭帕子，勒出了一條紅痕，楊姨娘把她們叫過去好好敲打了一番，說是再不用心伺候，就去下面跟著婆子一起洗衣服。要是真下去了，不說冬天的水冰冷刺骨，就是吳家那一群見風轉舵的丫鬟、婆子和小廝怕是都要踩她幾腳，秋華自是不敢不當心。

吳芷沅淡淡地掃了貼身丫鬟秋華一眼，過幾日還要去莫家太太的花會，的確是不能傷了手指，要是留下紅痕，娘肯定又要念叨。

想到剛才看見的那一群人，吳芷沅眼眸一轉，看來爹那邊還要哄哄才行，那不知哪裡竄出來的嫡子，呵，她一定得弄死他，這吳家只有她和哥哥兩個子嗣，吳家的一切，都是他們母子三人的。

秋華只覺得頭上的視線如灌了陰風一樣，冷颼颼的，像是要在她的身上扎出幾個洞來，心裡不禁直打顫，當下頭埋得更低了。

小姐脾氣不好，稍有不快，就拿她們出氣，此刻冬華還在床上躺著呢，那腿也不知道能不能痊癒？

也不知過了多少時間，秋華終於聽見頭頂上傳來一句——

「走吧！」

秋華如蒙大赦，趕緊跟著小姐的步子往前廳去，心裡猜測這一對母女估計又要哄老爺應什麼事了。

鄭老太太看著站在她面前的外孫，終是忍不住，開口勸道——

「阿陵，你娘是我親閨女，我也心疼她，可她為了你都百般忍耐了，你這一紙訴狀遞到州府大人面前，就得和吳家徹底脫離關係了。」

蕪朝沿襲了前朝的一條律令：「子告父，杖三十，除族」，若阿陵狀告吳遠生，吳家的一草一木就都和他沒有關係了。

「外祖母，我並不稀罕吳家的族譜，我娘當初就是因為我不能脫族才在吳家受欺辱的，那時我年幼，不懂她的顧慮，不然我早就勸她和離回家了。」

鄭老太太嘆了口氣，說道：「阿陵，既然你主意已定，我也不好多說，鄭家當初沒能為你娘作主，這次萬不能再讓你受欺辱了。你不稀罕吳家的家產，你娘的嫁妝卻是無論如何都要討回來的。」

那是她和老頭子給閨女準備了十五年的啊，沒得便宜了那賤蹄子。

「外祖母，您放心，我一定會把娘的嫁妝要回來的。」當年那娼婦每次來娘的房裡拿東西，娘都木著臉不說話；如果當初娘能強硬一點、蠻橫一點，就不會任由一個妾侍欺凌到頭上了。

第二日，吳陵敲響了州府衙門前的大鼓，州府大人明皓昨兒個就聽手下彙報了此事，今兒個一早就在衙門裡等著，鼓聲一響，便讓衙役傳吳陵進來。

明皓轉著拇指上的玉扳指，回想起前幾日深夜收到的密信，心頭一時思緒雜亂，見衙役帶著吳陵進來，忙定了定心神。

「大人，吳陵帶到。」

明皓正了正身子，看了立在堂下的小郎君一眼，見其眉眼清秀，眉峰微微隆起，身形挺拔，心下不由嘆道：「倒是一副好相貌。」

吳陵也悄悄打量著坐在案桌後的人，見其約四十左右，面容清俊，一雙眼睛像能刺探人心一樣。

他微微低下眼，就聽上方的人開口道：「昨日本官已經從巡城侍衛那裡聽聞你要狀告老父，狀紙可有？」

吳陵忙斂下心神，肅聲道：「已備好，還請大人過目。」

旁邊的師爺將狀紙接過，雙手呈上。

明皓一展開，見筆鋒清奇，字體妍麗方正，不像以往的訟師所寫，便知是鄭家人的手筆了。他瀏覽了一遍，接著對一旁的師爺悄聲說了幾句話——

饒是吳遠生再有防備，聽到府衙傳召的時候，心裡還是不禁一凜。

楊氏心裡也是驚詫不已，但是還是沒忘記及時上眼藥。「老爺，沒想到阿陵這孩子竟然真存了這般歹毒的心腸，自古哪有子告父的？妾身就是在話本子裡也沒有見過。您縱有千般不是，也是您和他父子之間的事不是？枉費老爺這十三年來還這般惦記他，真真是一個白眼狼。」

「爹，大哥也許有什麼苦衷也不一定，您先別氣，去聽聽大哥怎麼說，畢竟也十三年沒見了，這之間可能有什麼誤會。」吳芷沅皺著眉頭，小心翼翼地開口道。

吳遠生看了眼愛妾和嬌女，見一個一臉憤然，一個似有擔憂，目光往庶子臉上移去。

「阿潭，你說呢？」

吳潭握緊了手，沈吟了一會兒才開口道：「兒不希望這事是真的，您是我的親生父親，大哥又是我的嫡親兄長，兒只希望我們一家能和和睦睦的。」

見爹頷了頷首，吳潭攥著的手才微微鬆了鬆。

他可是比爹還要早得知吳陵的消息，只是他還沒找到機會下手罷了，不過吳陵這下子犯到爹面前，就不用他出手了。

當年爹能捨了他一次，這次一定能斷了他的筋骨。

吳伯深諳一個做管家的本分，站在門外，像是什麼都沒聽到一樣，見門口的阿力趕過來，問道：「又怎麼了？」

「老管家，衙役們又在催了，您看這……」

「行了，你先過去吧！老爺馬上就出來。」吳伯擺手道。

阿力見老管家給了準話，便又回去當差了。

吳伯嘆了口氣，真是匪夷所思，沒想到還真有兒子告老子的，老太爺要是知道了，還不得從棺材裡跳出來？

他見楊氏還在裡頭拉著老爺絮叨，便在門外婉言提醒道：「老爺，外頭的衙役問您什麼時候可以走一趟？」

「讓他們等著，這些雜腿子，倒跑到吳府來耍威風了。」楊氏揚著帕子不耐煩地道，絲毫不記得當時在店鋪外，她只差沒抱著人家的大腿求他們作主。

吳遠生看了門外站著不動的老管家一眼，安慰他們道：「你們也無須擔憂，我去去就來。」

然而吳遠生這一去，並不是一時半刻，也不是一日、兩日，而是隔了五年。

——未完，待續，請看文創風492《娘子押對寶》下集

2017 狗屋果樹 線上書展 1/3(8:30)~2/10(23:59) 準時起跑！

新春傳愛接力賽

週週有新書，一起追隨愛情的腳步

新書接力鬧雙月，年節不孤單

風 文創

玉人歌《蘭開富貴》全二冊
籲　曉《船娘好威》全五冊
簡尋歡《賢妻不簡單》全三冊
新　綠《娘子押對寶》全二冊

下單即送貓咪圓形貼紙（一單一張），共600份，送完為止。

橘子說＋書展紀念組（詳情請見內頁）

雷恩那
《與魔為偶》上+下（另有小別冊）

季可薔
《新娘報喜》

梅貝兒
《當寡婦的古代日常》上+下

宋雨桐
《二分之一的愛情》

舊書折扣請看內頁

第一棒
新春傳愛接力賽

人紅是非多，精打細算才能富貴長久！

妙筆生花，絲絲入扣／玉人歌

彼時，她名利雙收，卻孤家寡人；
此刻，她缺衣少食，卻有了一群新的家人。
這一世，她用手中畫筆，
為自己、為心愛的人畫出不一樣的絢爛人生。

文創風 481-482 《蘭開富貴》 全套二冊

張蘭蘭自認從不是幸運兒，但老天對她也未免太差了吧！
先是遇到被劈腿、結果人財兩失這種破爛事，
為了忘卻傷痛她拚命工作，總算在國際畫展大放異彩，
卻又碰上工程意外，一摔就穿成了古代窮村莊的農婦。
最誇張的是，她一口氣多了丈夫和孩子，還有媳婦跟孫女！
從前一個人逍遙自在，如今有一大家子要照顧，她真心覺得壓力如山大啊！
幸好這現成的老公人帥又可靠，一群便宜兒女也乖巧懂事，
只是一家八口這麼多張嘴等著吃，全靠丈夫一人外出做木工，
和幾畝薄田的收成，不想辦法開源，日子是要怎麼過下去？
虧得張蘭蘭一手絕活，幾張栩栩如生的牡丹繡樣賣得天價，
繡出的花樣更在京城貴女圈颳起了瘋搶旋風。
一切看似順風順水，卻有人眼紅白花花的銀子，算計起他們劉家了……

書展報好康 1/3出版，新書優惠75折！

第二棒
新春傳愛接力賽

落魄公子哥東山再起，只因船娘超給力！

水上風光，溫情無限／翦曉

穿越也要各憑運氣！
一個小孤女、一艘破船、一個受了傷的禍水相公……
就算再厲害的穿越女也大嘆難為，
幸好辦法是人想出來的，且看她小小船娘大顯神威！

文創風 483-487 **《船娘好威》** 全套五冊

允瓔本以為以船為家，遊歷江河之中，是多逍遙自在的美事，
殊不知一朝穿越成船家女兒，才發現根本沒那麼容易──
原主的父母雙雙遇賊丟了性命，留給她的唯一家當是破船一艘，
且不說那「小巧」船艙塞滿吃喝拉撒一切家當，連翻身都難，
鎮日為生計奔波、被土財主欺凌的日子更是苦不堪言，
偏偏她一名小小船娘又拖著個受了腳傷的「藍顏禍水」，
對她來說，他只不過是個路人甲，暫時同住在一條船上啊，
頂多……唉，她就好人做到底，收留他直到痊癒為止，
到時哪怕他走他的陽關大道，她撐她的小河道，都不再相干～～

第三棒
新春傳愛接力賽

賢妻一雙妙手能轉運，背後似乎有秘密？

生活事烹出真滋味，平凡間孕育真感情／簡尋歡

不得已花錢買個女子來管家做妻子，誰知她一回來就撞牆?!
醒來後又像換了個人，雖然淡漠卻聰明厲害，
滿腦子賺錢主意讓他大開眼界，他到底買了個什麼樣的女子啊？

文創風 488-490 《賢妻不簡單》 全套三冊

一切都是從二兩銀子開始的……
他千求萬借弄來了二兩銀子，跟徐家婆子「買」了個妻子，
並非他瞧不起女子，而是家裡窮困又急需有個人照顧孩子，
只得出此下策，誰知這個名字很嬌氣的女子，個性卻剛烈，
一聽他花銀子買下自己，竟然一頭撞牆昏死過去！
還好她醒來後如同換了個人似的，雖然不情願，還是答應留下來；
從此，孩子有人照顧，家裡多了生氣，她也不知是有什麼法術，
什麼簡單的東西在她手裡都化成美味的食物，
沒過過這般溫暖踏實的日子，他越發覺得人生有了盼頭，要為這個家努力；
只是妻子怎麼總有些異想天開又能賺錢的主意，
而且說話、行事都跟別人家的姑娘、嫂子不同，
他欣喜於自己找了個賢妻，也逐漸擔心她待不了平凡小村落，
如果她真的想走，該怎麼辦？他已離不開嬌嬌小妻子了呀……

書展報好康 1/24出版，新書優惠**75**折！

第四棒
新春傳愛接力賽

再嫁娘子炙手可熱，究竟誰才是真命天子？

同舟共濟，幸福可期／新綠

這個時代的女子過得太拘束，
她想讓她們的生活也能海闊天空，
於是，大燕朝討論度最高的「公瑾女學館」就此開張……

文創風 491-492《娘子押對寶》全套二冊

張木盼著能嫁個好郎君，不求大富大貴，只求兩廂情願，
只是前夫家一直死纏爛打，大有不弄死她不罷休的意味，
好不容易擇了個好姻緣，卻時不時冒出覬覦自家夫君的小娘子，
她要斬斷前夫這朵爛桃花，又要護住得來不易的家，
沒想到在古代經營婚姻竟這般不容易！
關於夫君吳陵，他是木匠丁二爺的徒弟兼養子，真實身分是個謎，
不過對張木來說，只要夫妻攜手並進，簡單過日子她便心滿意足，
尤其相公寵她護她，看似溫和俊秀，其實閨房之樂也參透不少，
她異想天開想經營女學館，他也把家當雙手奉上。
她本以為兩人風雨同舟，就沒有過不去的風浪，
豈料某天相公離家未歸，她這才明白他其實大有來頭，
他的深藏不露，原來是有一段不堪回首的過去——

經典不敗 超殺特賣

今年舊書折扣依舊親民，
有興趣的朋友可以趁機會搜羅好書！

【75折】 橘子說1212~1239、文創風429~480、亦舒/Romance Age全系列

【單本7折】 文創風300~428

【單本6折】 文創風199~299（291~295除外）

【小狗章】（大本內曼典心、樓雨晴除外）

→ 單本88元：文創風001~198（015~016及缺書除外）

→ 5折：橘子說1106~1211、花蝶1614~1622、采花1239~1266

→ 60元：橘子說1105之前、花蝶1613之前、采花1238之前

→ 4本100元：小情書001~064 + PUPPY001~466任選

★ 小叮嚀——

(1) 請於訂購後三日內完成付款，最後訂購於2017/2/13前完成付款才算有效訂單喔！

(2) 如訂單上有尚未出版之書籍，會等到書出版後一併寄送。
活動期間親自至本社購買亦享有相同折扣，請先電話聯絡確認欲購書籍，以方便備書。

(3) 購書滿千元(含)以上免郵資，未滿千元郵資65元。

(4) 特賣書籍因出書時間較久，雖經擦拭、整理，仍有褪色或整飾痕跡，故難免不如新書亮麗。
除缺頁、倒裝外無法換書，因實在無書可換，但一定會優先提供書況較良好的書給大家。
若有個人原因需要換書，需自付來回郵資。

(5) 各書籍庫存不一，若遇缺書情形可選擇換書或退款。

(6) 歡迎海外讀者參與(郵資另計)，請上網訂購或是mail至love小姐信箱
(love@doghouse.com.tw)詢問相關訊息。

狗屋．果樹有權修改優惠活動的實施權益及辦法。

新春傳愛頒獎大會

機不可失！買一本就能抽獎，只要上網訂購且付款完成，系統會發e-mail給您，附上抽獎專用之流水編號，一本就送一組，買十本就能抽十次，不須拆單，買愈多中獎機率愈大！

- ✶頭獎 Panasonic國際牌全自動製麵包機 …………… 共1名
- ✶二獎 OMRON 歐姆龍體重體脂計 …………………… 共2名
- ✶三獎 Panasonic國際牌保濕負離子吹風機 ………… 共2名
- ✶四獎 Comefree瑜珈彈力墊 6mm ………………… 共2名
- ✶五獎 狗屋紅利金200元 ………………………… 共10名

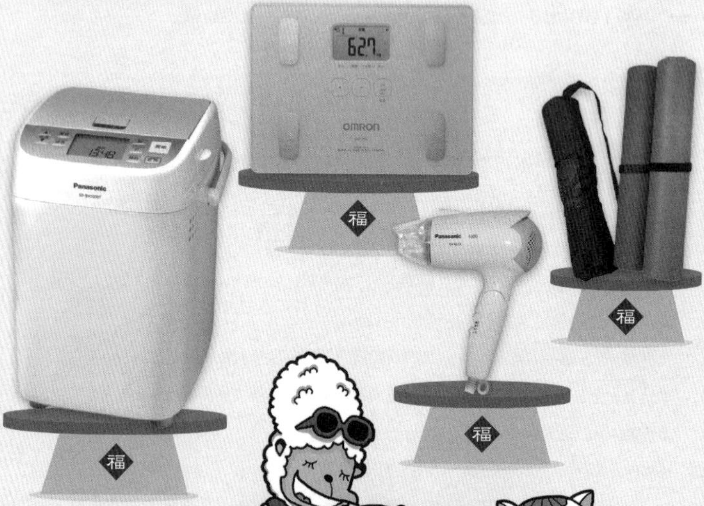

2017/2/20在官網公布得獎名單，公布完即開始寄送，祝您幸運中獎！

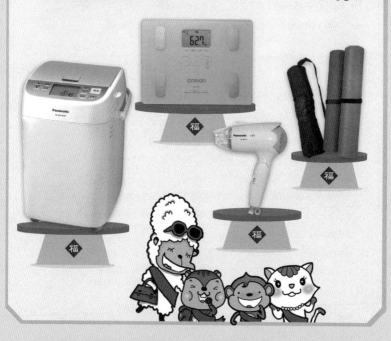

2016年12月出版

佳人非淑女

文創風 475～476

從母系社會穿越到了男權世界？
雖說古代生活對女性充滿惡意，
但她相信若拳頭夠大，身為女人也無妨……

文思通透人心，筆觸風趣達理／昭素節

穿到古代，不過是眨下眼的工夫，
要適應生活，卻得花上十分力氣。
青桐雖不幸的穿成了個棄嬰，但幸運的有養父母疼愛，
她一邊學習古代生活，想著要一輩子照顧爹娘，
可是人算不如天算，京城來的親爹娘竟找上了門 ?!
本來她不願相認，不承想一家三口卻被族人趕了出來，
這下子她只得領著養父母，進京討生活了。
然而京城的家竟是十面埋伏，面對麻煩相繼而來，她是孤掌難鳴，
未料那個愛找碴的紈袴小胖哥竟會出手相助，
禮尚往來，她決意幫他減肥，卻不知這緣結了，便再難解開。
她和他一同上學、一起練武，甚至一塊兒上邊關打仗，
他對她日久生情，她卻生性遲鈍、不開情竅，
幸而他努力不懈，終究使她明白了他的心意，
此情本該水到渠成，誰知最後關頭，他爹居然不答應婚事 ?!
這下兩人該如何是好？

曖曖情思 暖心動人／清風逐月

文創風
491

娘子押對寶 上

國家圖書館出版品預行編目資料

娘子押對寶 / 新綠著. --
初版. -- 臺北市 : 狗屋, 2017.02
冊 ; 公分. --（文創風）
ISBN 978-986-328-688-2（上冊：平裝）. --

857.7　　105023764

著作者　新綠
編輯　王冠之
校對　沈毓萍　蔡佾岑
發行所　狗屋出版社有限公司
地址　台北市104中山區龍江路71巷15號1樓
電話　02-2776-5889～0
發行字號　局版台業字845號
法律顧問　蕭雄淋律師
總經銷　知遠文化事業有限公司
電話　02-2664-8800
初版　2017年2月
國際書碼　ISBN-13　978-986-328-688-2

本著作物由北京晉江原創網絡科技有限公司授權出版

定價250元
狗屋劃撥帳號：19001626
網址：love.doghouse.com.tw　E-mail：love@doghouse.com.tw